Señales de vida

Graciela Schvartz

Señales de vida

emecé
cruz del sur

Schvartz, Graciela
Señales de vida.- 1ª ed. – Buenos Aires : Emecé Editores, 2008.
312 p. ; 23x14 cm.

ISBN 978-950-04-3024-1

1. Narrativa Argentina I. Título
CDD A863

Independencia 1668, C 1100 ABQ, Buenos Aires, Argentina
www.editorialplaneta.com.ar

Diseño de cubierta: *Departamento de Arte de Editorial Planeta*
1ª edición: abril de 2008
Impreso en Talleres Gráficos Leograf S.R.L.,
Rucci 408, Valentín Alsina,
en el mes de marzo de 2008.

IMPRESO EN LA ARGENTINA / PRINTED IN ARGENTINA
Queda hecho el depósito que previene la ley 11.723
ISBN: 978-950-04-3024-1

Sábado Matinée

10 DE OCTUBRE, 1959.
Los sábados a la tarde son siempre tres películas de corrido y, entre película y película, en el intervalo, que muchos llaman elintérvalo, cae el telón.
Un telón de terciopelo es algo que sólo pasa en los cines del centro
pero para que el terciopelo sea verdaderamente suntuoso
tiene que ser de color oscuro.
Negro no tanto porque muchos metros, todo negro, se vuelve fúnebre.
Azul noche, o púrpura o gris profundo. También puede ser verde botella.
En este cine, no: imposible saber de qué tela es el telón, detrás de los carteles,
¿arpillera, lona, liencillo?,
cualquiera da lo mismo si total tiene los carteles cosidos, pegados encima.
Avisos de negocios, aspecto abigarrado, colorinche:
Zapatos Carlitos (letra cursiva) Panadería y Confitería Savona
(torta de bodas y pareja de novios: él, con galera)
Librería Papelería Léxico Fiorentino Libros Calzado Deportivo Norberto

(zapatilla, no: se dice pero no se escribe).
Cada cartel su estilo, su letra, sus colores, ¿quién será el pintor que los pinta?:
Modas Santa Anita Sanatorio Antártida Sedería La Reina Peinados Quito
Confitería La Ideal Pizzería El Destino:
sobre el telón, como un mapa, la geografía del barrio.
Este sábado, sin embargo, no dan tres películas. Una sola, única:
Lo que el viento se llevó.
Es una película antigua, y hacía muchos años que no la daban,
no es como *La Quimera del Oro* o *Tiempos Modernos* que las dan siempre en el cine Real o en el Victoria de Avenida de Mayo, justo al lado del Tortoni.
Ésta es una película que la estrenaron una vez y después nunca más,
todo el mundo se quedó con las ganas de volver a verla.
Alrededor, se hizo una especie de leyenda. Hay anécdotas:
que Leslie Howard se murió cuando derribaron el avión donde viajaba porque los nazis lo confundieron con un espía inglés,
que Paulette Godard quería ser Scarlett y no la eligieron,
que Vivien Leigh llegó tarde, cuando ya estaban filmando el incendio,
y el director la vio y dijo: ¡es ella!, igual a Colón cuando dijo Tierra.
Este sábado, Irene llegó temprano al cine:
cuando quiere algo con muchas ganas no sabe calcular el tiempo,

la espera se le hace inaguantable.
Y hace muchos días que quiere que llegue este momento:
sentarse en la butaca, comprarle maníes con chocolate al caramelero
(estuche paralelepípedo de cartulina amarilla),
ver cómo las luces de a poco se van apagando y el telón sube despacio:
ese instante de felicidad y expectativa,
todo a oscuras y la música que se suelta.
La butaca es de cuero marrón, un cuero duro, áspero como corteza,
medio tajeado por el uso, escamoso,
que si es verano y no tenés medias te raspa las piernas.
Y si es invierno y tenés sólo zoquetes, también.
No le vendría mal un poco de pomada. Ni tampoco aplanarle los resortes,
el asiento parece montañoso, siempre hay una punta que viene y se te incrusta.
Los maníes con chocolate se terminan antes de que empiece la película.
Pero ¿quién se acuerda ahora de los maníes?

Los ojos de Rhett Butler

Ahí está Scarlett O'Hara con su vestido de muselina de un verde tan claro que hace efecto como de agua o transparencia, sentada en la galería de la gran casa blanca, junto al pórtico: coquetea con los mellizos pelirrojos, altos, que se ve a la legua que están enamorados de ella. No uno, los dos. ¿Piensa, Scarlett, por un momento, que uno u otro o uno *y* otro u otro y uno puedan sentirse heridos, humillados, celosos? ¿Scarlett, pensar eso? ¿Estás loca, Irene? A ella, ese pensamiento no se le podría ocurrir ni remotamente.

La casa se llama Tara, está en medio de un campo verde y así, blanca como es, parece un barco bajo el cielo o una isla dentro de esa plantación que llega hasta donde alcanzan los ojos, hasta el mismísimo horizonte, con la tierra roja que cruza los surcos verdes.

Cómo coquetea Scarlett, qué descaradamente, cuánto sonríe (tiene hoyuelos), qué linda que es, cómo lo sabe, qué desparpajo, cuánta convicción, qué completa certeza: es la mujer más hermosa del mundo. Irene, desde su butaca de cuero duro, en el cine, quiere una cosa sola, una única cosa entre todas las cosas posibles e imposibles: ser igual a Scarlett.

(Pero Scarlett, que traducida se llama Escarlata, no

tiene un pelo de colorada; Irene, en cambio, sí: puro pelo bermellón.)

Scarlett, con los mellizos Tarleton, puede darse todos los lujos del flirteo porque ninguno de los dos le hace temblar el corazón. Le parecen simpáticos, le parecen divertidos, pero el único que a ella le importa es Ashley y Ashley muy pronto va a hacer una gran fiesta en su casa. Eso es lo que los mellizos le cuentan a Scarlett porque quieren que, en esa fiesta, ella les conceda todos los bailes. Pero entonces uno de ellos (como quien tira una piedra y mata a un pájaro sin querer) dice que Ashley hace la fiesta para anunciar que va a casarse con su prima Melania.

Scarlett se pone pálida. No es que su belleza se apague, eso es imposible desde todo punto de vista. Son los ojos los que pierden su luz. Y la mandíbula irlandesa que tiene se le endurece todavía más.

Porque Scarlett, en secreto, está enamorada de Ashley. Hasta este momento, ella creyó que Ashley también la quería. No tuvo que deshojar ninguna margarita: fue una certeza sin preguntas, sin dudas, sin mucho-poquito-nada. Y acaba de caerse a pedazos. Para ella, Melania no cuenta, nunca contó. La miró siempre sin verla, con condescendencia: le parece pálida, un poco envarada dentro de sus vestidos opacos, con esa hilera de botoncitos prendidos hasta el cuello. Piensa que parece una solterona con el pelo tirante recogido en un moño sobre la nuca. Que parece un ratón, piensa. Y así y todo, la que va a casarse con Ashley es Melania. No, no: tiene que haber una confusión, se dice Scarlett, sólo puede ser un error, piensa. Mañana será otro día, se tranquiliza. Ella va a explicarle a Ashley y todo se va a arreglar.

Por fin llega el día de la fiesta.

Scarlett, parada junto al dosel de la cama, le pide a Mammy, la esclava negra y gorda que verdaderamente es como una madre para ella, que le ciña el corsé, más, un poco más, otra vez más, y todavía un tirón más porque ella a toda costa quiere tener cintura de avispa. En esa escena se nota que Scarlett es caprichosa y mandona, que está acostumbrada a que sus deseos se obedezcan sin chistar y la Negra es la única que le discute y le dice basta pero entonces Scarlett, en lugar de enojarse, le hace visajes y cariños falsos porque es capaz de cualquier cosa con tal de conseguir lo que quiere.

La Negra le dice que tanta cintura, tanto escote ceñido no es propio de una chica de buena familia. Ella, a Scarlett, la conoce como si la hubiera parido. Sabe lo que se propone. Y le dice que el señorito Wilkes, Ashley, decidió casarse con otra y que no puede hacer nada en contra de eso. Pero Scarlett no piensa lo mismo (Irene se da cuenta): ella va a convencerlo de que todo fue un error. Consigue que Mammy le sujete el corsé así como quería y se pellizca las mejillas para tener más color. Porque ponerse colorete, eso sí que está prohibido, es casi lo más prohibido de todo, lo peor: es algo que pertenece a la categoría de mala mujer irredimible.

Después se va a la fiesta en el carricoche con sus padres y sus hermanas, que son insoportables las dos, obedientes y mojigatas, muy remilgadas, del tipo *mamá, mamá, mirá lo que me hizo.* La madre es pura nobleza, elegancia y severidad. El padre es coloradote, tiene cara de chupandín. Entre ellos se tratan respetuosamente, se dicen Señora O'Hara, Señor O'Hara. Irene se imagina que en algún momento dejarán de tratarse de usted.

La casa de Ashley se llama Doce Robles y los jardines están llenos de gente y mesas servidas y bullicio, hay conversaciones entre los hombres, que si la guerra, que el Norte y el Sur, la esclavitud, Lincoln, la cosecha del algodón y los negros, pero lo único que quiere Scarlett es ver a Ashley, que sea él en persona quien le diga que el casamiento con Melania es mentira.

Cuando lo encuentra, Ashley no está solo. Lleva a Melania enlazada por la cintura. Y con ese aire de caballero elegante y lánguido, el pelo rubio, la sonrisa pálida, gentil, siempre indecisa, los ojos desvaídos, le dice a Scarlett que él y Melania van a casarse.

Irene piensa que Melania tiene una sonrisa serena y bondadosa, un aire de monja benefactora. Hasta capota tiene de monja. Los ojos son oscuros, amigables. Abraza a Scarlett, la quiere porque Ashley la quiere. Es buena, se nota de acá a la China que Melania es buena. Y tiene esa virtud que enseñan tanto, la modestia, que todos dicen que es la máxima cualidad que puede tener una persona. Scarlett, al lado de ella, parece un tiburón, un viento, una salvaje.

Después, hay un momento en el que Scarlett baja las escaleras. Son esas escaleras anchas que había en las casas de aquella época, de mármol blanco, con pasamanos de madera, y al pie, en esa especie de caracol que hace la baranda donde termina, apoyándose apenas, hay un hombre que la mira de una manera que Scarlett nunca vio hasta ahora, y que Irene tampoco vio nunca pero que ahí, sentada en la butaca áspera, de superficie irregular, le hace pegar un salto en el corazón.

El hombre no le saca los ojos de encima y sonríe, además, un poco de costado. Sobre la sonrisa tiene un bigote que acentúa el gesto y le suma también algo canalla. La mirada es insolente, insiste, no se inclina, no se desvía: tiene caricia y también tiene apuro, las dos cosas tiene, piensa Irene dentro del mismo aturdimiento que parece alcanzar a Scarlett, allí, en mitad de la escalera. Él se saca el sombrero para saludarla, como si le hiciera un homenaje y también como si se burlara un poco de ella, o de él mismo, todo al mismo tiempo y en el mismo gesto. Y por un momento, ella, que venía bajando las escaleras con un ímpetu y una gracia que parecía que nada podía detenerla, queda suspendida en medio del movimiento sin saber qué hacer. Como prendada, como prendida de los ojos de él, de eso que dicen los ojos de él y de esa sonrisa sesgada, humorística, con un hoyuelo al costado que parece casi una cicatriz. Y después, Scarlett sigue bajando pero tiene que hacer un esfuerzo para no volver a mirarlo.

Más tarde le cuentan que él es un caballero del Sur, de buena familia y de mala fama: oveja negra. Se llama Rhett Butler: es jugador, es mujeriego, es aventurero. Es un tarambana, es eso que la abuela de Irene llamaría un atorrante. Es alto, es buen mozo. Es morocho. Un rubio, el que sea, no podría nunca llegarle a los talones.

En el jardín, hay un grupo de muchachos jóvenes como un enjambre alrededor de Scarlett. Ella juega con ellos: a uno le pide granadina, a otro un pañuelo, le promete un baile a aquél, un beso a éste, cosas que ni piensa cumplir y más promete cuando Ashley anda cerca así le muestra que no le importa, que sí, que se case con Melania, que total ella...

Justo en medio de la fiesta aparece el hermano de Melania que tiene mejillas rosadas, una boca floja entreabierta, es un cabeza de chorlo que se le nota a la legua, y se suma al grupo de festejantes de Scarlett. ¡Para qué!, ella empieza a hacerle unas zalamerías que al tipo se le suben a la cabeza, lo dejan sin respiración y de golpe, sin entender cómo ni por qué, se transforma en el preferido de Scarlett y la cara, con la emoción, se le entaradece total.

Hay un momento en que los hombres se encierran a fumar y a hablar sobre la guerra y Rhett Butler se burla un poco de ellos y de sus argumentos nobles. Es un hombre que ha corrido mundo y le parece que nadie se da cuenta de lo que significa una guerra verdadera: mucho hablar del heroísmo, de la chusma del Norte, de los ideales pero en una batalla están los cañones y las balas, la sangre y los muertos. Trata de explicarles que ese entusiasmo es una estupidez completa y ellos se ofenden, se sienten patriotas incomprendidos. Lo miran como si estuviera infectado, que es un cínico, le dicen, y lo quieren echar de la casa pero Ashley y el padre lo defienden: es una cuestión de caballerosidud que él se quede, un deber de la hospitalidad. Ashley es así, muy de cumplir con los preceptos. Muy del honor.

A la hora de la siesta, a las chicas las hacen entrar en un dormitorio grande. De todas ellas, no hay una sola que quiera a Scarlett. Actúan como si la despreciaran pero más que nada la envidian porque, a todos los varones, Scarlett les gusta más. Igual, a ella no le importa. Celos, desprecio, comadreos: es sorda para esas idioteces. Y cuando están dormidas, Scarlett se escapa para buscar a Ashley.

Le dice que sabe que la quiere a ella, que cómo va a cometer el error de casarse con Melania. Él trata de explicarle pero sus argumentos son inútiles, habla de la nobleza y de los buenos sentimientos, de cosas que para Scarlett son jeringozo, *nopoblepezapa*, sólo la enfurecen: ya no coquetea ni intenta subterfugios, le dice con todas las letras que lo ama. Él insiste con la cantinela de que va a casarse con Melania aunque la suya tampoco es una negativa de claridad meridiana: se le pone la mirada un poco perdida, le dice que ella tiene pasión por la vida y está a punto de darle un beso.

Pero se recupera de su tentación. Es como si escuchara una voz que lo llama al orden: se separa de ella y se va. Sobre todo se va porque ella parece dispuesta a todo y Ashley, entonces, como un caballero, sale de la habitación. Scarlett se queda sola y colérica, agarra un florero que hay sobre la chimenea y lo estrella contra la pared. Entre ella y la pared hay un canapé y cuando el florero se hace pedazos, del canapé se levanta Rhett Butler que justo había ido ahí a dormir una siesta tranquilo.

Él sonríe igual que en la escalera y además, silba. Como si estuviera asustado, pero en realidad está divertido y el pelo del jopo, que antes estaba prolijo, ahora está desordenado, le cae un mechón sobre la frente que le queda todavía mejor. A Irene no le cabe en la cabeza que, a Scarlett, Ashley pueda gustarle más que él. Ella lo insulta porque no reveló su presencia pero él mantiene la sonrisa inmutable, y la sonrisa le alcanza los ojos, se los ilumina. Ella le dice que no es un caballero y él le contesta que, para el caso, ella tampoco es exactamente eso que se dice una señora.

Llega un mensajero: anuncia que empezó la guerra. Ashley y Melania apuran la boda para estar casados antes de que él vaya al frente y Scarlett, por puro despecho, se las ingenia para que el hermano de Melania le proponga casamiento. Al final se casan los cuatro juntos, en una misma ceremonia.

Al hermano de Melania lo mata la primera bala que cruza el cielo de la guerra. Hasta para morirse es un tarado. Scarlett se queda viuda y no puede ni soñar con ir a un baile, que es una de las cosas que más le gustan. Tiene que usar vestidos negros, crespones de luto, sombreros con velo. Se mira al espejo y siente que su vida es un desperdicio.

Melania la trata como si fuera su hermana y la invita a vivir en Atlanta con ella. Scarlett prepara las valijas y canta. Mammy, la esclava negra, la mira con sospecha: es la única que conoce las razones de tanto canto.

Pero en Atlanta, Scarlett tampoco la pasa bien. Vive en la misma casa con Melania y con una tía estrambótica que se pinta los cachetes de rosa y tiene unos rulos que parece Ricitos de Oro. Sólo que Ricitos de Oro es una nena y Pittypat, una vieja gorda que se la pasa desmayándose por cualquier estupidez. *Mis polvos, mis polvos*, dice cuando le da el vahído. El único recurso que tiene para enfrentar la vida es un soponcio a cada rato.

Ellas pertenecen a un grupo de damas de sociedad, tienen que participar de actividades bondadosas, ir al hospital a cuidar a los heridos, ocuparse de viudas y huérfanos y seguir creyendo que la guerra es una causa justa. A Scarlett la guerra no le va ni le viene pero no le queda más remedio que hacer lo que hacen las demás. Tiene que disimular, o van a descubrir que es una desalmada. Y Melania es la más buena de todas, así que no para un minuto. Va de acá para allá, del hospital a la iglesia, de las viudas pobres a los huérfanos hambrientos: haciendo caridad, ella está como un pez en su salsa.

Una noche, hay un baile de beneficencia. Scarlett, vestida de negro, consiguió ir a la fiesta. Es la primera vez desde que se quedó viuda. Tuvo que recurrir a toda su astucia para que nadie sospechara nada: con actitud modesta, ojos caídos, convenció a las Damas de que su presencia en el baile, para ella, significaba un auténtico sacrificio. Y ahora está ahí, con Melania, atendiendo un puesto donde venden ponche. No puede bailar porque está completamente de luto pero sólo escuchar música le alegra el corazón. Detrás del tenderete, mirando cómo bailan los demás, los pies se le mueven solos: el vals la transporta.

En ese momento preciso aparece Rhett Butler. La saluda con esa insolencia, esa manera de mirar que a Irene le precipita la respiración. Las cosas cambiaron: él ya no es un réprobo, el traidor que todos pensaban que era. Se convirtió en un héroe: consiguió atravesar el bloqueo y trajo medicinas para los enfermos, cloroformo, quinina, armas, municiones. Todos lo consideran un gran benefactor pero Melania más que nadie. Ella, que en Atlanta lleva el estandarte de la dignidad, lo saluda con respeto y un gran cariño. Le dice Capitán Butler. Así que Scarlett no se puede pelear con él: tiene que bajar los humos.

En la fiesta, hay una moción para que todas las damas regalen sus joyas así pueden juntar fondos para el Ejército. Y Scarlett, como si fuera un gesto de abnegación por la Causa, se saca rápido la alianza y la arroja en la canastita con ademán de desprendimiento. Melania también, pero cuando se saca el anillo se nota que a ella verdaderamente se le parte el corazón. Y Rhett Butler las ve a las dos con esos ojos de lince que tiene: Scarlett no lo embauca ni por un minuto. Él la mira y ya sabe todo lo que está pensando, lo que ella es, lo bueno y lo malo que esconde en el alma.

Hay un médico, que es uno de los hombres más respetados de la ciudad. Y él nada menos propone que los hombres ofrezcan plata para bailar con la mujer que elijan. Como si fuera un remate, quién da más para bailar con tal dama o con cual otra. Es una idea atrevida. Pero el doctor es tan ejemplar que aceptan. Rhett Butler ofrece una cantidad enorme de plata para bailar con Scarlett. Las viejas Arpías se sobresaltan, que es imposible, murmuran, que ella es viuda. Que sólo de ella depende, dicen en cambio los ciudadanos respetables, tentados por la plata, sólo ella puede elegir entre su deber y su corazón. Scarlett vacila, se debate en la duda por un momento, no puede perderse esa oportunidad, esa alegría, los músicos esperan, hay un silencio de parálisis y Scarlett, finalmente, sale a bailar con Rhett Butler. Pittypat se cae redonda. Ni siquiera alcanza a pedir *los polvos, los polvos*.

Él es mucho más alto y cuando le enlaza la cintura, Scarlett cabe entera adentro de su abrazo. Al principio quiere parecer compungida pero él no la deja seguir con la farsa. La hostiga un poco, se divierte, le dice que nunca creyó en su matrimonio y mucho menos en la tristeza de la viudez. Él conoce su secreto, la vio diciéndole a Ashley que estaba enamorada de él, y Scarlett en parte lo odia por eso y en parte siente alivio porque con Rhett Butler puede decir lo que piensa y no estar siempre haciéndose pasar por otra que no es. Y además él hizo posible este milagro: que ella ahora mismo esté bailando, que recupere esa felicidad.

Melania, mientras tanto, ahí mismo, tiene que salir a proteger a Scarlett de las murmuraciones. La defiende a capa y espada, no permite que nadie diga nada en contra de ella. La quiere, la va a querer siempre, va a cuidarla de las malas lenguas, de la inquina, de que los demás sospechen que es una buena pieza. Melania es noble, no hay espacio para la maledicencia en su corazón. Al final de la noche, el Capitán Butler le hace llegar un sobre con una carta y la alianza que él rescató para ella de la canasta de joyas. De la alianza de Scarlett no dice ni una palabra. Porque él reconoce los embustes pero también sabe cuando la bondad es verdadera.

Después de ese baile, para Scarlett, de a poco, el luto va llegando a su fin. Todavía se viste de negro pero vuelve a asistir a reuniones, a formar parte de la vida social de Atlanta. Y aunque muchos varones fueron a la guerra, todavía hay para entretenerse. A Scarlett, el mundo no le da ningún miedo. Irene, en el lugar de Scarlett, estaría escondida debajo de un colchón.

Un día llega Rhett Butler de visita con un sombrero de regalo. Es de tafetán verde, lleno de moños, volantes, con metros y metros de cintas. Le hace juego con el color de los ojos. Toda la vida la mamá le inculcó que no está bien recibir regalos de los hombres pero el sombrero es un sueño. Scarlett suspira y es como si el suspiro arrastrara las dudas: decide aceptarlo porque ¿cómo podría llegar a enterarse su mamá?, pero después vuelve a suspirar porque, teniéndolo, ¿cómo podría llegar a usarlo? Que es imposible, que está de luto, le dice a Rhett Butler. Pero él la desafía. Que qué es ese luto, le pregunta. Que basta, que hasta cuándo. No hace falta un gran esfuerzo para convencerla: cada vez que Scarlett tiene un dilema de conciencia, dice *mañana, lo pensaré mañana.* Mientras tanto, hace lo que el corazón le dicta.

Así que va y se pone el sombrero. Frente al espejo, se le nota en los ojos la intención de provocar: se pone el sombrero de atrás para adelante y le pregunta a Rhett Butler cómo le queda. Él le saca el sombrero y se lo pone al derecho: esto va para atrás, esto para adelante, le explica, y en ese momento, los dos están cerquísima, demasiado cerca, ella está segura de que él va a besarla, echa la cabeza hacia atrás, cierra los ojos: espera ese beso como un triunfo. Rhett Butler está a punto de caer en sus redes pero se da cuenta a tiempo de la artimaña, retrocede, le dice que no, la deja plantada y se va. Como diría el papá de Irene, él a Scarlett la tiene recontrajunada.

Pero la guerra es larga: el Sur empieza a perder una batalla tras otra. Todos los días, desde el frente, llegan listas de muertos y de prisioneros. Muchos eran conocidos, amigos. Muchos estaban en aquella fiesta en Doce Robles festejando a Scarlett en el jardín. Hay padres que tienen que leer en las listas los nombres de todos sus hijos. Dos, tres, cuatro: todos muertos. También en el hospital se mueren los heridos. Hay muchas escenas de terrible desesperación porque faltan vendas, medicamentos, morfina para el dolor.

Hay una tregua y, para Navidad, Ashley vuelve por unos días. A la noche, después de comer, Melania y Ashley se despiden de Scarlett, *hasta mañana, hasta mañana,* le dicen, y suben las escaleras abrazados. Scarlett se queda abajo, ve cómo entran en el cuarto y cierran la puerta detrás de ellos. Ella, sola, mira esa puerta cerrada. Rumia amargura.

A la mañana siguiente, cuando Ashley vuelve a irse al frente, Scarlett baja a despedirlo. Y allí, frente a la ventana por donde se ve caer la nieve, vuelve a decirle que lo ama. Ashley la aparta, primero se niega, después la abraza, la besa en la boca, la rechaza otra vez, la aleja de él, le dice que confía en su coraje, le pide que cuide a Melania y con una expresión de alma atormentada, cierra la puerta detrás de sí y se va. Que sí que no, que no que sí: la parrala. No es puro emperramiento de Scarlett creer que él también la quiere.

Melania se queda embarazada.

Es el peor momento de la guerra. Hay una escena donde se ven miles y miles de heridos tendidos sobre la tierra, entre las vías de un tren que ya no corre. Y en el hospital, con el calor del verano, las moscas les zumban a los heridos. Todos están exhaustos.

De Rhett Butler se sabe poco y nada. Él tiene una amiga que es dueña del prostíbulo de Atlanta, una mujer un poco vieja, teñida de colorado que es medio novia de él. Meretriz, le dicen. O también Mujer Pública. Y ramera. Rhett Butler no fue a la guerra, nunca se alistó, está siempre ahí. Se pasa las horas jugando al póker, tomando whisky y divirtiéndose con sus amigos. A veces está en mangas de camisa, con el cigarro en la boca, envuelto en una nube de humo. Otras veces, tiene el sombrero puesto como al descuido, echado hacia atrás. Y sonríe, Rhett Butler, sonríe siempre con ese hoyuelo suyo, al costado de la boca.

De él nunca llega a saberse nada con certeza prístina porque cuenta poco y no es de los que se andan quejando. Pero hay rumores: que en el pasado tuvo malas experiencias y ahora no tiene muy buena opinión del bicho humano. Cree que el mundo está lleno de hipócritas, de cobardes y mojigatos. De mala gente. No va a aceptar que vengan a decirle cómo hay que portarse en la vida. Ni a contarle qué es el honor o qué el coraje. Tampoco es que piense que los otros son malos y él es bueno. Él sabe que es un poco villano, no pretende hacerse pasar por una persona de corazón noble.

Cuando ve a Scarlett, siempre le dice alguna cosa ponzoñosa para divertirse. Es un poco porque te quiero te aporreo. Una tarde, ella está en el pórtico de su casa, sola, y aparece Rhett Butler. Le besa la mano, le besa ese lugar escondido donde la mano se cierra, y le besa la muñeca, ahí donde late el pulso. Le dice que nunca quiso tanto a ninguna mujer. Pero que él no es de los que se casan. Que sea su amante, le pide. Eso es lo peor que puede decirle, es casi un insulto. Scarlett se ofende, lo echa: se pelean otra vez.

Se acercan las tropas del Norte y todos empiezan a irse. La ciudad está vacía. Aparecen desertores, borrachos, malvivientes. Gente que da miedo. Ellas no pueden irse, falta muy poco para que nazca el hijo de Melania. En la casa, hay una chica negra bastante boba que las ayuda. Les dijo que ella sabe de partos, que se queden tranquilas. Pero cuando llega el momento, la chica se aterroriza y no es capaz de mover un dedo: es boba, boba completa, del todo boba. De aquí en más, la Boba: único nombre que se merece.

Scarlett manda a la chica a buscar al médico y se queda con Melania. Ella trata de ser valiente pero el sufrimiento es más fuerte que sus principios. Grita de dolor. Sólo deja de gritar cuando se desmaya. Parece que va a morirse. La Boba no vuelve, el médico no viene.

Después, mucho después, Scarlett la ve venir por la calle, cantando, caminando despacio, sola: bobeando. Se desespera, la zamarrea, va ella misma a buscar al médico. Pero él está en el hospital rodeado de heridos, consternado porque se le mueren entre las manos. De ninguna manera va a ir con Scarlett, le da dos indicaciones rápidas y la despacha: no puede distraerse por una pequeñez como un parto. Scarlett vuelve, le dice a la Boba que ponga agua a hervir, que junte toallas, que se apure. Endereza los hombros, se arma de coraje y empieza a subir las escaleras para estar con Melania.

La tranquiliza, le seca la transpiración, la ayuda. Pasan horas y horas, es un parto difícil, muy largo. Melania sigue peleando y Scarlett está con ella. Cada minuto. Ashley le hizo prometer que iba a cuidarla y ella cumple con su promesa. Puede ser que él esté muerto, nadie lo sabe. Pero Scarlett mantiene su palabra. Al final, Melania tiene a su hijo. Está extenuada pero el chico está sano, está bien. En la ciudad, las llamas avanzan. Tienen que irse de ahí cuanto antes.

Scarlett manda a la Boba a buscar a Rhett Butler a la casa de Bella. Bella es la mujer puta de pelo teñido y su casa es el burdel. También se puede decir prostíbulo que es más común, o lupanar.

La Boba llama a Rhett Butler a los gritos, desde la calle, no quiere ni tocar la puerta de ese lugar demoníaco, y él se asoma, se ríe cuando la ve en medio de la calle, gritando con voz estridentísima pero apenas escucha el mensaje de Scarlett, interrumpe la partida de póker, recoge su chaqueta y deja todo.

Consigue un caballo y un carro. El carro se cae a pedazos, el caballo parece más muerto que vivo pero carro y caballo son un tesoro inapreciable. Sólo Rhett Butler era capaz de conseguirlos, en esa ciudad donde ya no queda nada.

Se ve el fuego cada vez más cerca. Son los mismos habitantes los que incendian la ciudad antes de irse para que no caiga en manos del ejército del Norte. Scarlett le dice que lo único que quiere es volver a Tara. Que eso es imposible, le dice Rhett Butler, que entre Tara y Atlanta están los yanquis. Scarlett llora, grita: está fuera de sí. Él la abraza, entonces: la tranquiliza. Le promete que Tara, sí, que ella va a volver a su casa. La cuida como si fuera un padre. Un padre bueno porque no todos los padres son buenos. Ponen un colchón en el carro, Rhett Butler abriga a Melania, la envuelve en las cobijas, la alza y la acuesta en el carro. Le pone al bebé entre los brazos, le dice a la Boba que suba atrás y él adelante, en el pescante, sienta a Scarlett y hace que el caballo se lance en medio del incendio. Los derrotados pasan frente a ellos: hombres escuálidos, al borde de sus fuerzas.

Todo caballo le teme al fuego y éste también. Con el saco, Rhett Butler le tapa los ojos para que pierda el miedo y se queda con su camisa blanca que brilla entre las llamas. Ahora sí pueden atravesar las calles incendiadas. Porque también de caballos sabe Rhett Butler.

Le da rebencazos para que se apure: Irene tiene miedo de que se caiga muerto: si el caballo se muere, están perdidos. Pero consiguen salir de la ciudad. Aparecen las primeras filas del ejército del Norte: el peligro no termina nunca. Rhett esconde el carro debajo de un puente. Tienen que guardar completo silencio: si los descubren, los matan.

Rhett Butler no sonríe. Le explica a Scarlett cómo tiene que seguir. Ella no entiende, Irene tampoco: él habla como si fuera a dejarla sola. Sí, dice él, va a unirse al Ejército. Ella no lo puede creer, ¿ahora, justamente, cuando la guerra está perdida? Ahora, sí, dice él, se burla un poco de sí mismo, de ese gesto inútil. Que no la deje sola, por favor, le dice Scarlett, que tiene miedo. *Pobre del yanqui que se cruce en tu camino*, le dice él. Y la hace bajar del carro. Le dice que la ama, que bese a un soldado que va a la muerte. Y la abraza, él, contra un fondo de fuego lejos, y la besa con un beso largo, largo y profundo, y se va caminando así, sin darse vuelta.

De ahí en adelante, todo el camino va a ser muy difícil. Tienen que esconderse a cada paso. A medida que se acercan, encuentran incendiadas, convertidas en ruinas, las viejas casas de la vecindad. Los campos están calcinados. Los restos todavía echan humo. No queda nada. Scarlett tiene hambre, Melania hace mucho que está desmayada en el carro, lo único que sabe hacer la

Boba es llorar. Se les cruza una vaca que muge y muge y muge, no deja de mugir. La atan al carro y se la llevan.

Al fin, llegan a Tara. Por milagro no incendiaron la casa. Pero todo parece frío, apagado. No hay lumbre, no hay fuego. Las hermanas de Scarlett están convaleciendo del tifus. La mamá se murió. Si hubiera llegado apenas unas horas antes, Scarlett todavía podría haberla visto viva. El padre está ido, quedó mal de la cabeza con tantas desgracias. Y negros hay pocos: algunos fueron a la guerra, otros se escaparon. Está Mammy, como siempre, y un negro grandote que se llama Pork que antes andaba muy orondo de librea y galones, y ahora está en harapos. No hay nada qué comer. Scarlett sale al campo, desentierra con las manos un rábano y se lo come así, sucio y crudo, y le jura al cielo, parada contra la luz del crepúsculo, que nunca va a volver a pasar hambre. Nunca más, ni ella ni ninguno de los suyos, va a tener hambre otra vez.

Y ahí viene el intervalo. O elintérvalo, qué más da. Lo único que quiere Irene es que pase rápido, que siga la película.

Es un tiempo dificilísimo el que tienen que enfrentar cuando empieza la segunda parte. Miseria y más miseria. Hambre. Todos criados siempre entre puntillas y ahora tienen que pelear contra el hambre. Porque cuando el hambre es así, es una pelea. El caballo que las trajo se murió: cumplió con el trabajo de llevarlas y cayó muerto en la misma puerta. Hubiera merecido una medalla. Menos mal que Scarlett trajo la vaca: mugía porque estaba a punto de parir. Ahora, tienen una vaca y una ternera y eso sí se llama suerte: hay leche, sobre todo para las chicas que quedaron esqueléticas después del tifus y para Melania que se recupera muy despacio. Pero los yanquis se llevaron hasta las gallinas, no dejaron nada. La chancha está perdida en el pantano. Y lo único que importa es qué van a comer. Todos le preguntan a Scarlett. Ella ni siquiera puede sentarse a llorar por la madre, no hay tiempo para eso. Scarlett dice *lo pensaré mañana* porque si llega a ponerse a llorar por la madre está frita. Llorar, en ese momento, es empezar y no parar nunca más.

Scarlett, que sólo pensaba en arracadas de granate, en vestidos, música y festejantes, se transforma. Para ella, ahora, el rescate de la chancha es cuestión de vida o muerte. Cava con sus propias manos para encontrar mazorcas de maíz o batatas, desentierra los rábanos con las uñas y se mete ella misma a cosechar el poco algodón que se salvó del incendio. Trabaja de sol a sol, como una negra, como una bestia.

Melania sigue en cama. El padre de Scarlett quedó colifa. Las hermanas son piel y huesos. Scarlett lleva las riendas de la casa. Un problema, una pregunta, una penuria, para todo está Scarlett. Y necesidades hay miles. No es que ella ponga la oreja, ni que sea tierna o tenga palabras de comprensión y ánimo para el plañidero. Todo lo contrario. Las quejas la llenan de impaciencia: se volvió dura como el pedernal y más vale que nadie se cruce en su camino. Ella hace todo lo que hay que hacer pero está enojada, parece siempre furiosa. Lo que la mantiene en pie es la rabia.

Un día ve a un soldado yanqui que se acerca a caballo. Scarlett está aterrorizada pero el miedo, a ella, no la paraliza. De un salto, le pega un manotazo a la pistola y sujetándola con fuerza, la esconde detrás de la pollera. Como una piedra, está en mitad de la escalera, esperando. El yanqui entra con cuidado, él también empuña un revólver: no sabe con qué puede encontrarse.

Es repugnante: está sucio, barbudo, borracho inmundo. Es ahí cuando ve a Scarlett, inmóvil en mitad de la escalera. Linda, joven, asustada, parece incluso que tiembla: el tipo se confunde. *Ésta es la mía*, debe pensar. Llevado por el optimismo, se descuida. Empieza a subir. La lujuria le deforma la cara, sonríe, la sonrisa es asquerosa: se refocila de antemano. Pero cuando está a un paso, cuando insinúa el gesto de tocarla, Scarlett levanta la mano escondida y el tipo ve de frente la pistola apuntándole a los ojos. De la libidinositud sólo queda el pánico, es demasiado tarde para huir, ya no hay tiempo: antes de pestañear, el tipo está muerto.

En ese momento, espantada por el disparo, aparece Melania en camisón. Sostiene con las dos manos el sable de su hermano. Es tan pesado y ella está tan débil que parece que va a caerse. Scarlett cree que se desmaya ahí mismo pero Melania tiene más coraje del que le cabe en el cuerpo. Que hay que esconder el cadáver, dice con completa sangre fría, que nadie tiene que enterarse. Que por qué no lo revisan a ver si encuentran algo en los bolsillos. Scarlett la mira con respeto, con admiración: esa idea tendría que habérsele ocurrido a ella. El tipo era un desertor, un ladrón: escoria humana. En los bolsillos tenía dólares, joyas robadas, monedas de oro. Melania y Scarlett se miran con alegría. Arrastran el cadáver: la cabeza rebota contra cada escalón, retumba con ruido lúgubre. Lo envuelven en una alfombra para arrastrarlo mejor. Scarlett lo entierra en el fondo del jardín mientras Melania lava las manchas de sangre del piso. Cuando los demás vuelven, no quedan ni rastros del yanqui. Sólo el caballo pastando por ahí. *¿Y ese caballo?*, preguntan. A Scarlett y Melania no se les mueve un pelo: que llegó caminando solo, que andará perdido. Mienten como tahúres verdaderos.

Cuando la guerra termina, empiezan a volver los soldados. Con uniformes harapientos, descalzos, lisiados, con muletas mal hechas, patas de palo, con vendas roñosas, piojos, mugre, con hambre, los vencidos vuelven a sus casas. Pasan por Tara y traen noticias del frente. Algunos son amigos, o lo fueron antes de la guerra. Muchos son desconocidos.

Y después, un día de principios del otoño, sopla un aire frío y desde la casa ven que se acerca un soldado por el camino. Es sólo una figura a la distancia, avanza despacio, con cansancio, como si viniera caminando desde hace mucho tiempo. Melania se levanta, va a avisarle a Mammy que ponga otro plato en la mesa pero se interrumpe de golpe, se queda sin aire, empieza a correr con un ímpetu que nadie hubiera imaginado que tenía, como si el viento la llevara. Porque Melania, en esa silueta que avanza por el camino contra el frío, acaba de reconocer a Ashley.

Ashley se suma a los trabajos de la casa. Pero él es un caballero, no tiene propensión al aprendizaje de menesteres como el labramiento del campo. Nunca en la vida se le ocurrió que iba a tener que hachar leña, ordeñar una vaca, pensar en el algodón o el trigo. Lo hace, hay que reconocérselo, pone buena voluntad, es aplicado, es tenaz. Es un inútil. Puede hablar con elegancia y tristeza de un mundo que terminó, del derrumbe de los sueños, pero si tiene que empuñar un hacha es más fácil que se corte un pie antes que embocarle al tronco. Hasta a Scarlett, que siempre lo mira con buenos ojos, esa inutilidad la saca de las casillas. Pero a él por lo menos no le ladra, se muerde la lengua para no gritarle que a ver si menos sueños y más realidades.

Un día, llega a Tara el antiguo capataz que tenían antes de la guerra. Él pertenece a la peor ralea de gente, es un traidor que se volvió rico haciendo negocios con los yanquis. Muestra la traición como un orgullo, y la riqueza también. Llega con su mujer, adornada con sombrero, joyas, colores: frente a la pobreza de los otros, es una provocación, una grosería propia de chusmas ignorantes. Pero esa mujer, además, le contagió el tifus a la mamá de Scarlett, es la verdadera culpable de su muerte. Por eso, cuando aparecen en Tara, la cólera domina a Scarlett, el puro odio, y los echa a los dos con cajas destempladas, con una furia que parece loca. Pero Wilkerson, porque el tipo se llama Wilkerson, no se va así nomás, se hace el gallito, *¿ah, sí?*, les dice, *¿conque ésas tenemos?, cuando tengan que pagar la contribución los quiero ver, ¿de dónde van a sacar la plata? Jajajá. Tara será mía. Y ustedes ya pueden ir pensando qué hacer con su orgullo,* les dice.

Son trescientos dólares los que necesitan para pagar el impuesto, nada más que trescientos dólares, pero trescientos dólares son imposibles, son como escalar el Himalaya, no hay nadie que tenga tanta plata, nadie que pueda prestárselos. Son todos unos muertos de hambre.

Scarlett va al granero a buscar a Ashley. Necesita un consejo, que él la ayude a pensar en una solución. Y él, con la mirada perdida en la lejanía, en el mismo horizonte donde el sol se está poniendo, le habla del crepúsculo de los dioses. Algo del *Götterdämerung*, le dice. Habla en alemán. Scarlett tiene grandes méritos pero entender las abstracciones filosóficas no es uno de ellos. Esos pensamientos ya le resultan difíciles en su propio idioma así que en alemán, son jeroglíficos egipcios. Ella le dice que lo ama: eso sí lo entiende, lo sabe en carne propia. Entonces él pierde la caballerositud, la besa como un desaforado, le dice que una sola palabra más y la hace suya.

Así se lo dice. Qué otra cosa puede querer Scarlett. Que sí, le dice, y va más allá, que se escapen juntos. Él la mira como si estuviera loca. Frente al desvarío de ella, recupera la razón: ¿escaparse?, le dice, ¿abandonar a Melania?, ¿que ella abandone Tara? Scarlett está cansada de todo. Pero Ashley le dice que sí hay algo por qué seguir luchando: se agacha, levanta un puñado de tierra roja y se lo pone a Scarlett en la mano. Que tiene a Tara, le dice, que aunque ella no lo sepa, Tara es su alma.

Scarlett vuelve a la casa. Camina despacio, lleva en la mano el puñado de tierra roja. Sólo piensa en los trescientos dólares. Tiene que haber una manera de conseguirlos. Es el final de la tarde y está sola en el salón. *¡Rhett!*, se le ocurre como una iluminación, *¡tengo que ver a Rhett Butler!* Alguien dijo que estaba preso, que tenía mucha plata guardada en algún lugar secreto. Pero la ilusión dura menos de un minuto. Se mira al espejo, se ve en los ojos una expresión de miedo y de hambre, ángulos de sombra en la cara: parece un lobo. Ella sabe que para convencer a Rhett Butler tiene un único camino: gustarle tanto como le gustó siempre. Y así, harapienta como está, huesuda, da lástima. Nunca va a conseguir nada de él. No va a poder engañarlo.

Con desaliento, sólo para tenerse en pie, se agarra de las cortinas de terciopelo que cuelgan olvidadas de las ventanas. Mira el paisaje del otoño, ve los campos grises, acaricia el terciopelo verde oscuro como si ese contacto le diera consuelo. De repente, algo cambia en la cara de Scarlett. El gesto con el que tocaba el terciopelo deja de ser maquinal. Ahora palpa las cortinas, las pesa con las manos, las mira como una tendera, con la mirada apreciativa de una experta: esos cortinados de terciopelo son la respuesta a sus ruegos: con frenesí empieza a descolgarlos de las ventanas, a arrancarlos como una desaforada.

En ese momento, entra Mammy. Quiere pararla: lo que hace es un sacrilegio, ésas son las cortinas de su mamá, le grita, la sacude, trata de frenarla. Es inútil: Scarlett tomó una decisión y Mammy se da cuenta de que no hay vuelta atrás. Scarlett sabe que si pretende que Mammy transforme esas cortinas en un vestido con sobrefalda, volantes y frunces, al menos una parte de la verdad va a tener que contarle. Pero no toda, nunca toda, porque si Mammy llega a saber que lo que quiere Scarlett es conquistar a Rhett Butler, no habrá ni vestido ni nada.

Por fin, llegan a un acuerdo. Mammy va a hacerle el vestido con una condición: ir a Atlanta con ella. Scarlett acepta: ella también sabe cuándo tiene que retroceder. Mammy pone manos a la obra.

Ahí está Scarlett, en la puerta de la cárcel. Como si nada le hubiera pasado. Espléndida con su vestido nuevo. Pura sonrisa, hoyuelo, gracia. Consigue que el guardia la deje pasar. Pregunta por Rhett Butler; de parte de quién, le dicen. *De la hermana*, se le ocurre. Risas de la soldadesca: se ve que hermanas, Rhett Butler tiene unas cuantas. Pero la hacen pasar. Rhett, con malicia, la abraza como si fuera de verdad la hermana. A él le encanta verla, no puede disimular la alegría. Cree que a ella le importa su suerte. Le pregunta cómo están las cosas y Scarlett cuenta una patraña tras otra, le vende vidrios de colores al capitán Butler: ni un resquicio de dolor o de necesidad. Ninguna penuria a la vista. Que pensó mucho en él, que lo extraña. Lo hace entrar, a Rhett Butler, como un caballo. O casi. Porque en un momento él le agarra las manos. Las dos, a falta de una. Llevado por el entusiasmo, la acaricia. Pero en las manos de Scarlett está la verdad desnuda: uñas rotas, piel desgarrada, rastros de ampollas, de quemaduras, durezas, cicatrices.

Scarlett por un momento creyó que Rhett Butler era pan comido. Las manos echan todo a perder. Trata de retirarlas, Scarlett, de meterlas otra vez en el manguito. Demasiado tarde. Él le mira las palmas y se da cuenta de todo. Está furioso. Siempre le pidió que ella dijera la verdad, era un pacto entre los dos. Se siente estafado, sobre todo porque estuvo a punto de pisar el palito. Se vuelve un duro hombre de negocios. Hablan de números, intereses, de cuánto, para qué, de qué manera. Que qué garantía, pregunta Rhett. Ella, con tal de conseguir esos miserables trescientos dólares, se ofrece a sí misma: llega a ese colmo. Y entonces él le dice que no le puede dar nada, que no tiene un solo peso disponible. La humillación de Scarlett no tiene límites, quiere matar a Rhett Butler: le salta al cuello, le da un ataque de furia que tienen que venir a sacarla entre cuatro soldados yanquis.

Como perdida, Scarlett sale a la calle. Llueve, hace frío. El ruedo del vestido se arrastra por el barro. No sabe qué hacer. Está rabiosa, peor que eso: está a punto de sentirse derrotada. *¡Señorita Scarlett, Señorita Scarlett!*, escucha en ese momento. Es Frank Kennedy, un pretendiente de su hermana Su-Ellen, la insoportable. Hace años que la pretende, pero primero fue hacer fortuna, después la guerra, después la ruina. Nunca terminó de pasar nada. Ahora, con un aire arratonado, los hombros encogidos por las preocupaciones, las patillas erizadas, un poco pelado, está en Atlanta haciéndose otra vez una posición para por fin poder casarse. Que tiene una tienda, le dice a Scarlett, que la reconstrucción de Atlanta es una oportunidad, que ya tiene sus ahorros:

Frank Kennedy va contándole todo mientras la hace subir a su carromato, ella adelante, Mammy atrás, y Scarlett de repente empieza de verdad a escuchar lo que Frank Kennedy está diciendo, sale del sopor doloroso en que la dejó el encuentro con Rhett Butler, lo mira apreciativamente, abre el juego de la adulación con mohínes y caídas de ojos, le dice que tiene las manos heladas, le pregunta si le presta el bolsillo para calentárselas, se le arrima, ya de entrada se ve que Scarlett puede hacer lo que quiere con Frank Kennedy, y lo que quiere son los trescientos dólares, está dispuesta a vender su alma al diablo para conseguirlos. Mammy sentada detrás escucha y advierte —nadie la conoce como ella— pero, por esta vez, y por Tara, también admite.

Scarlett entonces va soltando su mentira. Le dice que la hermana, que no se explica cómo, que qué maldad no decírselo, hace puntos suspensivos, silencios sospechosos que llenan de zozobra al pobre señor Kennedy. Que lamenta ser ella la que, en fin, que sí, que Su-Ellen va a casarse con otro, y llora Scarlett por tener que ser ella la portadora de tan infausta noticia. Una actriz redomada: Frank Kennedy demolido, ella dispuesta a consolarlo. Lleva adelante la conquista como una tromba: quince días más tarde, están casados. Mammy parte de vuelta con los trescientos dólares: en Tara, pagan la contribución. Ataque de ira para Wilkerson que se queda con las ganas. Ataque de escrúpulos para Ashley que adivina la verdad. Ataque de furia para Su-Ellen, que se quedó sin marido, solterona forever.

Por unos días, Scarlett se pone la piel de cordero. Festeja a Kennedy, le hace mimos y fiestas. El pobre no lo puede creer: se casó con la más linda, nunca en su vida se atrevió a soñar que Scarlett iba a darle bolilla. Pero Frank de acá, Frank de allá, como jugueteando, Scarlett empieza a hacer preguntas. Al principio parece que las preguntas son porque se interesa en su vida pero después queda claro que se interesa sólo en sus negocios. Se hace la inocente, que no entiende, dice, que para ella los números son un misterio nebuloso, y el pobre Frank se siente importante, halagado, le cuenta todo con pelos y señales, va entrando en las fauces del león lo más contento. Cuando se da cuenta, es tarde: ella ya revisó los libros, descubrió a los deudores, decidió limpiar las cuentas, empezó a exigir los pagos, estableció un nuevo orden y se apoderó de la tienda. Frank descubre que la dulce Scarlett suma como una máquina de calcular. Y es más despiadada.

No se puede decir que Frank Kennedy no sea bueno. Bueno es. Pero lo que le pasa, en parte, es por vanidad porque cuando Scarlett lo conquista, está seguro de haberla conquistado él por sus propios méritos, ¿Qué méritos?, piensa Irene, ¿las patillas? Y en parte es porque él tiene ideas ya hechas sobre las mujeres. Cree que padecen un embobecimiento producto de su naturaleza. Nunca se le pasó por la cabeza que podía existir un ejemplar como Scarlett: lo toma totalmente desprevenido.

Después, aparece en la tienda Rhett Butler. Recién salido de la prisión, lo primero que hace es ir a ver a Scarlett. Le hace bromas, como siempre, y las bromas hacen reír a Scarlett a pesar de ella misma, a pesar del odio que le juró. Pero lo que de verdad él necesita saber es si consiguió la plata para salvar a Tara. Porque Rhett Butler la quiere aunque la idiota de Scarlett no se dé cuenta.

No sólo consiguió esa plata sino que está decidida a conseguir más. Primero, para mandar a Tara. Pero con eso no le alcanza. Scarlett se volvió ávida, voraz. *Mo-*

ney, money, money. Será porque pasó hambre, porque se quedó sin nada: puede ser. Pero se transformó en una mujer de corazón duro. Y ahora se le ocurre poner un aserradero: para la reconstrucción de Atlanta se necesita mucha madera y no hay mejor negocio que ése.

El que le presta la plata es Rhett Butler. Y ella contrata a un capataz que hace funcionar el aserradero con una cuadrilla de presos. El tipo es un monstruo: los hace trabajar de sol a sol, los mata de hambre, los golpea. Scarlett trata de hacerse la distraída pero lo sabe. Se pregunta qué diría su madre si supiera. Pero decide que no puede pensarlo en ese momento, que mejor lo deja para el día siguiente. *Lo pensaré mañana,* dice.

Una sola vez vuelve Scarlett a Tara: cuando su padre se rompe la crisma cruzando a caballo una cerca demasiado alta. Después del entierro, Scarlett hace dos cosas.

Primero, le regala a Pork el reloj de su papá. Porque cuando tenían hambre, en el peor momento de la miseria espantosa, Pork salía de noche a buscar comida. Robaba gallinas, conejos, maíz, cualquier cosa: lo que encontrara, con tal de que hubiera algo para comer en la mesa. Una vez le llenaron una pierna de perdigones. Scarlett sabía, y él sabía, y Mammy sabía. Y nadie nunca dijo una sola palabra. No hubo ni confesión ni reproche ni gratitud. El momento es ahora y es el reloj de Gerald O'Hara.

Después, le pide a Ashley que dirija el despacho de madera. Ashley se resiste, sabe que cerca de Scarlett se mete en problemas, pero ella le pide a Melania que intervenga, que la ayude. Y Melania le dice a Ashley que no pueden dejarla en la estacada después de todo lo que hizo por ellos. Ashley concede: que no puede con las dos, dice. Scarlett consigue lo que se proponía: los

Wilkes van otra vez a vivir a Atlanta. Y también va Mammy.

Scarlett es candidata ideal para las murmuraciones de las Arpías. Aprieta a los deudores sin piedad, tiene a los presos trabajando como literalmente condenados, maneja al marido como quiere, y va y viene al aserradero en un cochecito de morondanga que maneja ella misma. Que dios la va a castigar, dicen las voces autorizadas. Y hablan cada vez más alto.

Un día, yendo al aserradero, se le vienen encima unos convictos escapados. Uno consigue subirse al cochecito y se abalanza sobre ella, clarísimamente la quiere violar. Es justo en medio de un puente, sobre un riacho torrentoso. El puente es angosto, frágil, el sulky se tambalea y cae, el fugitivo tiene una expresión sanguinaria. Scarlett se desmaya. La salva un negro gigantesco que aparece entre la maleza y la rescata. Es Sam, un antiguo esclavo de Tara que da la casualidad que anda por ahí. Las casualidades de las películas son lo mejor que hay.

Esa noche, Scarlett está junto con Melania, Pittypat, la mujer del médico y también India Wilkes, la hermana de Ashley que, entre las Arpías, es una de las que odia a Scarlett con más desenfreno. Están bordando, cerca del fuego. Hay un ambiente silencioso y tenso. Scarlett no puede creer que, con lo que pasó, su marido haya ido a una reunión de trabajo como si nada. Está furiosa y se queja, pero esa noche parece que nadie le prestara atención.

Alguien golpea a la puerta con urgencia. Melania, pálida, se levanta a abrir. Es Rhett Butler que, por una vez, parece haber perdido la serenidad. Que Melania le diga dónde están, que corren peligro, *todo fue una trampa*, le dice, *estaban vigilados*: la apura, Rhett Butler, el apremio le suena en la voz. Las otras le dicen a Melania que no hable, que Rhett es amigo de los yanquis, que va a traicionarlos. Pero ella mira a los ojos al capitán Butler y se lo dice. Siempre confió en él. Y él respondió siempre a esa confianza.

Scarlett se da cuenta de que algo pasa pero nadie contesta sus preguntas. La ignoran por completo. Melania ordena que sigan bordando y, mientras tanto, lee en voz alta. Y la voz no le tiembla en lo más mínimo.

Llega una patrulla yanqui preguntando por Ashley, por Frank Kennedy, por el doctor. Que allí no hay nadie, dicen las mujeres. Que registren la casa si quieren. Los soldados se van pero dejan custodia en la puerta.

Un rato más tarde, en la calle, se escucha una canción de borrachos. En voz alta, con la lengua estropajosa, más de uno, más de dos hombres, se acercan a la casa cantando. Adentro, Melania parece un alambre en tensión. Que se callen, les dice a las otras, que borden. Ella sigue leyendo en voz alta. Golpean la puerta y Melania va a abrir. Rhett Butler, teniéndose apenas en pie, está en el umbral. Sostiene a Ashley que muestra señales de una borrachera descomunal. Detrás, el doctor canta sin darse cuenta de que su mujer lo mira con abominación. Sonríen, los tres, con sonrisas idiotas. Scarlett no puede creer lo que ve: ¿borrachos, ellos? La patrulla yanqui los vigila, lista para pasar a la acción. Rhett Butler pide disculpas, con una solemnidad llena de torpeza. Melania pálida, digna, ofendida, le dice a Rhett que por favor lleve a su marido a la cama. Pero el yanqui los quiere llevar a todos presos. Que hubo un tiroteo, dice, que hay muertos. Melania, firme, lo corta en seco: tendrá que esperar hasta la mañana siguiente, su marido está tan borracho que sólo puede irse a la cama. Que dónde han estado, averigua el yanqui. Rhett murmura algo, trata de que las mujeres no lo oigan. El capitán pide precisiones: tiene que saber. Y Rhett Butler finalmente lo dice en voz alta: pasaron la noche en el prostíbulo de Bella. Es una afirmación que sume a las mujeres en un desorden anímico. Y en el burdel han hecho estragos. Parece que al final los echaron por conducta escandalosa. ¿A ellos? A ellos, sí. Hay testigos, empezando por las putas mismas: Rhett Butler proporciona incluso algunos detalles. La sorpresa de las señoras no es disimulada. El yanqui se retira con vergüenza: no es bueno que un hombre ande por ahí destapando la olla.

Pero apenas se cierra la puerta, cambia la escena. No quedan rastros de borrachera en ninguno de ellos. La dignidad ofendida de Melania se transforma en gratitud, Rhett Butler lleva a Ashley a la cama, pide disculpas por la mentira que se vio obligado a inventar, *que tuvo que improvisar con lo que tenía a mano*, dice. Ahora terminó la farsa: Ashley está herido, el doctor lo cura, la herida ha sangrado mucho pero va a recuperarse sin problemas. Ashley está a salvo y Scarlett, recién entonces, se da cuenta de que Frank Kennedy no volvió.

Fue a una reunión del Ku-Klux-Klan para vengar a Scarlett y liquidar a los asaltantes del camino. *¿El Ku-Klux-Klan? ¿Ashley del Ku-Klux-Klan?*, le pregunta Irene a su amiga de al lado, en un murmullo inaudible, *¿pero no era que el Ku-Klux-Klan...?, shh, Irene, callate, que sigue.* Hubo tiros y ahora Frank Kennedy está muerto. Scarlett deberá cargar con esa muerte sobre su conciencia.

Los primeros días, su conciencia la aflige de verdad. Ella protestaba y él se estaba jugando la vida por su culpa. Así la perdió, la vida. Para apaciguar esa sensación de pecadora empedernida, Scarlett se encierra a tomar cognac. En ese momento, escucha la puerta. Es Rhett Butler que vino de visita. Scarlett se hace buches con agua colonia para que el olor del cognac no la delate y baja las escaleras componiendo una viuda desolada. Es como si nunca terminara de aprender que son jugarretas inútiles, que Rhett Butler le adivina las intenciones con sólo mirarla. Primero le dice que tomar a escondidas puede llevar a la ruina el buen nombre de cualquiera. Ella llora, entonces. Llora por Frank Kennedy, por las maldades cometidas, por la condenación eterna. Rhett Butler la consuela. Y después, casi enseguida, le dice que la ama. Scarlett se encocora: que cómo se atreve, en un momento así. Rhett le dice que no es lo que piensa, que lo que quiere es casarse con ella. Ya mismo. Sin duelo, sin luto. Que está cansado de esperarla. Scarlett primero se sorprende, se cae sentada por el asombro. Después se resiste: no entra en sus planes volver a casarse, le dice. Pero él la persuade. Su primer marido fue un imberbe; el segundo, un viejo. Nunca conoció la diversión verdadera de estar casada. Él va a hacérsela conocer. Y la besa, Rhett, de esa manera irresistible, como la besó en el puente aquella noche del incendio. Puede ser que Scarlett no esté enamorada de Rhett pero se nota que sus besos le gustan enormemente. El pulso le late con desorden. El corazón se le desmadra.

Qué más quieren las Arpías que materia para la murmuración. Un casamiento como ése pone a Scarlett en la picota. Porque no es sólo el apuro. Es, además, la dudosa celebridad de Rhett Butler, la suspicacia que rodea su riqueza, su cortesía inexpugnable, su probado coraje, su descaro, la historia sentimental con la meretriz más renombrada de Atlanta, ese concepto tan personal del honor y, sobre todo, la actitud tan evidente de no importarle casi nadie y mucho menos casi nada de lo que pueda decirse de él.

Sólo la opinión de dos personas preocupa a Scarlett. Una es la de Melania, que la aprueba a pesar de todo, sobre todo porque la quiere. Otra, la de Mammy, que monta un verdadero escándalo: que si la madre viviera, volvería a morirse de disgusto. Que por más adornos que se ponga, por más arneses, Scarlett será siempre una mula. Y lo mismo Rhett Butler: mulas los dos, aunque quieran hacerse pasar por caballos de raza. Scarlett quiere que vuelva a Tara cuanto antes. Pero Mammy le dice que ella ahora es libre, que no puede mandarla como paquete a donde quiera, que va a quedarse ahí a cuidarla, que así se lo prometió a la señora O'Hara y que nada de lo que Scarlett diga o haga va a hacer que ella se vaya a ninguna parte.

Cuando Rhett se entera de que Mammy explotó, se ríe. Y le dice a Scarlett que conquistar su respeto es una de las cosas que más le gustaría en la vida. Rhett Butler siempre termina sorprendiéndola.

La luna de miel es fulgurante. Rhett lleva a Scarlett a Nueva Orleáns y pasan los días como si fueran una fiesta corrida. Lugares iluminados, música, comidas espléndidas, diversión continuada. Scarlett come con desafuero, rebaña con el pan los platos: todavía no se le terminó de pasar el hambre. Él le dice que pueden pedir más y, en efecto, piden. Pero igual pasa el pan por el juguito. Rhett se ríe de ella como si fuera una nena, la consiente, le compra todo lo que quiere, la escucha y le cuenta anécdotas de su propia vida tan llena de aventuras. Se quedan hablando hasta la madrugada, se ríen. Se están haciendo amigos.

Hay una noche en la que Scarlett tiene una pesadilla: grita, llora todavía dentro del sueño. Después, le cuenta a Rhett que está en medio de una niebla aterradora, que cuando pueda salir va a encontrar lo que busca pero no hay camino, no hay señales, sólo esa niebla como un humo cerrado que la ahoga. Rhett la abraza, la calma, le va diciendo palabras suaves como si fueran una canción de cuna, y Scarlett, despacio, arrullada, puede volver a dormirse otra vez.

Es una pesadilla que la toma por asalto muchas veces, la llena de congoja, se repite, una vez y otra vez, idéntica. La misma niebla, el mismo miedo, la misma sensación de estar perdida. Y cuando se despierta, siempre está Rhett que la abraza hasta que Scarlett puede volver a dormirse otra vez.

Cuando vuelven, Rhett Butler lleva de regalo una seda de color rojo encendido para Mammy. Pero ella recibe el regalo como si nada. Sigue mirando a Rhett de costado, con una desconfianza que no admite lisonjas ni se deja sobornar.

Scarlett se queda embarazada.

El día del nacimiento, Rhett Butler espera afuera. Es Mammy finalmente la que sale a darle la noticia: nació una nena con los mismos ojos de azul irlandés, azul nome-olvides, que tenía Gerald O'Hara. Melania también está allí, cerca. La felicidad de Rhett es completa, total. Melania está contenta por él y por Scarlett pero la entristece saber que ella, en cambio, nunca podrá tener otro hijo. Los médicos se lo advirtieron: para ella, un nuevo hijo significa la muerte.

Mammy está radiante. Ya no lo llama Capitán Butler, ahora es el señorito Rhett. Y cuando él le propone brindar, escucha un crujido de seda y se da cuenta de que Mammy está estrenando enaguas nuevas: se las hizo con la seda de color rojo. *¿No más mula con arneses?*, le pregunta Rhett Butler. Y se hacen amigos para siempre.

A la nena la llaman Bonnie y Rhett Butler se vuelve loco de amor por ella. Scarlett no se vuelve loca de amor por nadie. Le preocupa que su cintura se haya deformado. Quiere volver cuanto antes a su vida. Y vuelve: ella es así. Va al aserradero y se encuentra otra vez con Ashley. Scarlett, que para todas las cosas es tan de tomarlas como vienen, cuando se trata de Ashley, es una tarada que no tiene nombre. Tenerlo cerca siempre la hace pensar estupideces. Ahora, por una mirada de él, una de esas miradas lánguidas que Ashley echa sobre el mundo, se convence otra vez de que la ama en silencio.

Scarlett está sentada frente al tocador, cepillándose el pelo. Lleva un salto de cama de satén color marfil y, escondido entre los potes de polvos y los frascos de perfume, guarda un retrato de Ashley. Lo saca de su escondite y lo mira. No suspira porque Scarlett no es de naturaleza suspirante pero tiene una mirada soñadora y ese sueño la lleva lejos de ahí. Entra Rhett, se le acerca, la abraza. Ella le dice que no quiere más hijos pero lo que le está diciendo es que no van a volver a dormir juntos. La agarra de un brazo, Rhett Butler: colérico, quiere que se pare y lo mire a los ojos; en el movimiento, el retrato de Ashley cae al piso. Queda junto al pie de Rhett, junto al zapato impecablemente pulido de Rhett. Él maldice a Scarlett. Y aplasta el relicario con el taco del zapato: en un primer plano, se ve el retrato de Ashley por debajo del vidrio astillado, con las rajaduras que el pisotón le clavó en la cara. Rhett Butler está furioso pero sobre todo está lleno de dolor. Se vuelve de piedra, se vuelve de hielo frente a Scarlett, la deja sola, se va. No parece un irse que tenga mucha vuelta, ése de Rhett Butler.

Desde ese momento, está muy poco en la casa. Vuelve muy tarde y muchas veces borracho. Las Arpías murmuran: que el lupanar se ha vuelto su refugio, especialmente los brazos de Bella Watling.

Ashley va a cumplir años y le preparan una fiesta sorpresa. Es Melania misma quien le pide a Scarlett que vaya al aserradero y lo entretenga para retrasarlo. Y ahí va Scarlett a cumplir con la misión que le encomiendan. Él sabe que están preparándole un festejo de cumpleaños, le confiesa a Scarlett, hace días que disimula. Ella lo mira y lo ve viejo, mustio, con canas. Es la primera vez que se da cuenta, Scarlett, de los efectos del tiempo sobre él y también sobre ella misma. Hablan como viejos amigos. Han pasado tantos años, el mundo está tan cambiado. Es una conversación apacible y se abrazan, por un momento, con un abrazo sólo afectuoso. Casi como un consuelo por las cosas que han perdido. Pero en ese momento, la hermana de Ashley y otro par de Arpías se asoman a la puerta del despacho y los descubren. Nadie podrá convencerlas, jamás, de que ése era un abrazo inocente.

La noticia corre como reguero de pólvora por toda la ciudad. Se enteran hasta los perros.

Cuando llega el momento de ir a la fiesta, Scarlett está a oscuras en su cuarto. Entra Rhett Butler y ella le dice que no va a ir, que tiene jaqueca. Él enciende las luces. Que está muy equivocada, le dice, que va a ir, que va a ir aunque tenga que llevarla a la rastra. Scarlett se da cuenta de que él también sabe. Trata de explicarle pero a Rhett no le interesa escucharla. Tiene una expresión de desdén e indiferencia. Parecería que nunca va a volver a importarle nada de lo que ella pueda decir. Que Melania también sabe, le avisa: la propia hermana de Ashley se encargó de decírselo. Pero como Melania la quiere, dice Rhett, nunca va a creer una sospecha tan monstruosa. A India Wilkes, la chismosa mayor, la expulsó de su casa, la sacó vendiendo almanaques. *El amor que te tiene Melania va a ser siempre tu cruz*, le dice Rhett. Mientras habla, él mismo busca entre los vestidos de Scarlett el que le parece mejor. Nada de lilas ni de malvas, ninguno de los apagados colores del decoro. Le elige uno colorado, rojo fuego, y la obliga a ponérselo, y también a peinarse y a darse un toque de colorete en las mejillas: tiene que estar soberbia, como si nada hubiera pasado. A pesar de las súplicas de Scarlett, la mano de Rhett Butler, como un hierro alrededor de la muñeca, como la zarpa de un oso, inamovible, la empuja hasta la casa de Melania. Cuando están a punto de abrirles la puerta, él la deja en el umbral para que se enfrente, sola, a los buitres.

Melania está allí cuando se abre la puerta. La recibe con una sonrisa en la que resplandece la bondad. *Qué alegría, querida Scarlett, que hayas llegado. India no pudo venir, así que serás tú la que me ayude a recibir a los invitados.* En la voz sólo se escucha la bienvenida y tal vez, apenas, detrás, un matiz de desafío. El que quiera oír, que oiga. El temple de Melania es como una espada que ella tiende para proteger a Scarlett del mundo.

Mucho más tarde esa noche, Scarlett vuelve a su casa. Ve luz en el saloncito y entra. En camisa, con la cara hinchada, Rhett Butler se está emborrachando como un cosaco. Obliga a Scarlett a contarle qué pasó en la fiesta. Rhett se vuelve ofensivo, Scarlett se levanta para irse, va hacia las grandes escaleras pero Rhett, como si lo llevara el viento, como si estuviera loco, como un salvaje, va detrás de ella, en dos zancadas la alcanza, la alza rápidamente con ímpetu y violencia pero sin esfuerzo, como si Scarlett fuera apenas una livianísima carga, la besa con una especie de furor y con ella en brazos sube esa larga escalinata, entra al dormitorio y la tira sobre la cama.

En la película, no se ve ninguna de las cosas que Rhett Butler le hace a Scarlett O'Hara.

La luz del sol en los ojos despierta a Scarlett a la mañana siguiente. Se ve que va recordando lo que pasó y, sin que ella lo sepa, a la cara le sube una expresión de gata que se relame. Se estira contra las almohadas, sonríe en secreto, mira la puerta esperando que entre Rhett. A Irene le parece que Scarlett, en esa única noche, descubrió más sensaciones que en el resto de toda su vida.

Cuando por fin entra Rhett Butler, en él no queda nada del amante desbocado de la noche anterior. Ahora está impecablemente vestido, tiene esos modales corteses que son una coraza impenetrable y sin hacer ninguna alusión a la noche pasada le anuncia a Scarlett su decisión de hacer un largo viaje. Que va a llevarse a Bonnie, dice. Que no tiene pensado cuándo volver; que está yéndose en ese mismo momento, sin más tardanza. Que ya esperó demasiado.

Es un viaje largo. Y Rhett Butler es un padre ejemplar. Pero las noches son sólo suyas. Una de esas noches, cuando vuelve, muy tarde, encuentra a Bonnie asustada, llorando. Igual que su madre, Bonnie tiene pesadillas y mucho miedo de la oscuridad. Cuando se despierta sobresaltada, la luz la tranquiliza. En Atlanta, todos saben que en su habitación tiene que haber siempre luces encendidas pero aquí, en este hotel donde viven, la mujer que Rhett dejó para cuidarla es una extraña. A pesar de sus recomendaciones, apagó las luces. Es esa clase de persona convencida de que los chicos no necesitan ser consolados cuando lloran, que así se forja el fortalecimiento del espíritu. Cuando llega su padre, Bonnie está llorando a oscuras. A la guardiana, falta poco para que Rhett la tire por el balcón. Pero se da cuenta de que ya es hora de que Bonnie vuelva a su casa.

Mientras tanto, en Atlanta, en esos tres meses, pasaron cosas. Scarlett, después de la noche que pasó con Rhett, se quedó embarazada. Y está contenta por eso: tararea sola por la casa cuando lo piensa.

Cuando llegan, Scarlett está arriba, en la escalera. No baja porque es más propio de ella refrenar sus arrebatos de amor que darles rienda suelta pero se nota que está contenta, que se muere de ganas de abrazar a Rhett. Él sube las escaleras con esa manera que tiene, parecida a la de un tigre. Pero también él se domina, hace una especie de reverencia irónica. Que está pálida, dice. Si le falta colorete, pregunta, ¿o acaso puede ser que lo haya extrañado?, pero ya en el tono mismo se burla no tanto de ella sino más bien de la posibilidad tan remota de que algo así pueda ser cierto. Scarlett se siente lastimada, esconde la alegría: le dice que es su culpa, que está embarazada. Sonríe, entonces, Rhett: se conmueve. Trata de abrazarla pero ya es tarde, Scarlett retrocede, se repliega. Y Rhett Butler le pregunta, entonces, quién es el feliz padre. Ella levanta el brazo para darle un sopapo, Rhett por instinto se aparta y Scarlett —con el impulso que tenía en el cuerpo— se cae por las escaleras y rueda hacia abajo, hasta el final mismo de esos escalones interminables.

En toda la casa, sólo hay murmullos amortiguados y

cortinas corridas. Scarlett se muere. La caída fue gravísima y el embarazo está perdido. Lo que no se sabe todavía es si conseguirán salvarla a ella. Rhett Butler se consume por el dolor y por la culpa. Fuma, en la habitación de al lado, como un condenado a muerte. Mammy anda por la casa como un fantasma. Melania está día y noche junto a la cama de Scarlett.

Pero hay un momento en que Scarlett se queda sola. Se despierta y llama a Rhett. Es una voz apenas audible pero quizás ella crea que se escucha, que él la escucha y a pesar de eso no viene. *Rhett*, vuelve a llamar una vez y otra vez con esa voz que casi no se oye, ese murmullo ínfimo, *Rhett*. Se acerca Mammy pero, cuando llega, Scarlett, exhausta, se ha callado. Le acaricia la frente, le pregunta qué quiere, qué necesita. *Nada*, dice Scarlett, *nada: es inútil*. Y da vuelta la cara sobre la almohada: abandona.

Melania dejó sola a Scarlett para ir a verlo a Rhett: él también necesita auxilio. En ese mismo momento, mientras ella lo llama, Melania está con él en el cuarto de al lado. El Capitán Butler, como lo llama Melania, está borracho perdido, desquiciado. La habitación es un desbarajuste: la cama deshecha, los ceniceros desbordados, un desparramo de botellas vacías. Ella fue a decirle que Scarlett está mejor, que ahora sí hay esperanzas. Rhett llora, por primera vez en su vida se confiesa: trastornado, le cuenta a Melania cuánto quiere a Scarlett, le dice que ella, en cambio, no lo quiso nunca, le habla de su propia locura por proponerse que lo quisiera, admite su culpa, sus celos, su completo dolor y está a punto de revelarle a Melania que Scarlett estuvo siempre enamorada de Ashley cuando un último resto de buen juicio lo detiene.

O sea: un malentendido insoportable.

Scarlett está recuperándose y ella y Rhett Butler ahora tienen una relación muy correcta. Qué relación tan educada, piensa Irene, parecen extraños. Un día Scarlett está en el jardín, sentada en una mecedora, todavía convaleciente, cubierta con un edredón. Mira a Bonnie que estrena un caballito nuevo: se pasea por los caminos del jardín para mostrarle a la mamá qué bien monta, cuántos progresos ha hecho. Pero de repente empieza a ir muy rápido, va a saltar una valla, Rhett Butler la mira embobado, Scarlett se asusta, se acuerda de su padre, le pide a Rhett que la detenga pero ya no hay tiempo, Bonnie no oye, está lejos, va rápido, corre, está frente a la valla, la salta, se cae, se desnuca.

Rhett Butler no va a permitir que entierren a Bonnie: ella tiene miedo de la oscuridad, dice, no puede dejarla sola en ese agujero negro.

Encerrado en su cuarto con Bonnie muerta, loco de pena, Rhett Butler no deja que entre nadie. Es Mammy la que va a buscar a Melania para que intervenga. Que Scarlett puede mejor con el dolor, le dice. Ella sabe cómo aguantarlo. Pero el señorito Rhett está derrumbándose, Mammy cree que Melania es la única persona en el mundo que puede hacer algo por él. Y Melania va a la casa y Rhett, a ella, le abre la puerta, la deja entrar. Mucho después, Melania pide café y le avisa a Mammy que el capitán Butler aceptó enterrar a su hija.

En esta película no hay respiro.

Ahora, se está muriendo Melania. A pesar de la prohibición de los médicos, se quedó embarazada y ese embarazo la mató. Cuando llega Scarlett, el médico le dice que tiene unos minutos apenas. Melania la está esperando, sólo a ella quiere verla: tiene que decirle algo. Scarlett tiembla, ¿sabrá la verdad, Melania? Pero se muere, sí, una mirada le alcanza a Scarlett para saber que no va a salvarse. Mientras se acerca a la cama, se da cuenta de que un mundo donde no esté Melania es un lugar vacío, que ella no va a poder soportarlo. Que la quiere, descubre, que la quiso siempre, que la vida de las dos es casi una sola vida. Pero Melania sabe que se está muriendo. Le pide que vele por su hijo. Y Scarlett jura que siempre, como si fuera suyo. Y que lo cuide a Ashley. Melania hace que Scarlett la mire a los ojos: que él no se dé cuenta, le dice, que su orgullo quede a salvo. Y Scarlett vuelve a jurar. Que no se muera, le dice, *por favor, Melania, no te mueras*. Pero Melania ya casi no puede hablar. Que sea buena con el capitán Butler, llega a decirle todavía, que él la quiere tanto.

Scarlett sale de la habitación. Está estupefacta por la tristeza y también por los descubrimientos. Scarlett sirve mucho para las cosas tangibles de la vida pero los sentimientos, para ella, son misterios insondables. Ahora que Melania se muere, que es tarde, que ya no puede ni siquiera decírselo, se da cuenta de cuánto la quiere; como su madre antes, Melania fue el coraje, el honor, la bondad; qué va a ser de ella ahora, se pregunta, sin Melania. Que si no fuera por la promesa que le hizo, piensa, le daría igual ver a Ashley o no verlo nunca más. Pero Melania también le dijo que Rhett la ama, *sé buena con él que te quiere tanto*, le dijo muriéndose. ¿Que Rhett la ama? Con todos los indicios que tuvo siempre, tenía que venir a decírselo Melania para que lo entendiera.

Llueve y hay niebla, una niebla gris, tupida como una red, y ella corre por la calle vacía cuando se da cuenta de que esa bruma es igual a la de los sueños, sólo que ahora sabe adónde va, ya no está perdida: va a su casa iluminada y caliente y va a buscarlo a Rhett, porque acaba de descubrir que ella también lo ama y eso quiere decirle: que lo quiere, que lo quiere desde hace mucho tiempo, no sabe cuánto, y que ese espejismo con Ashley fue la equivocación más estúpida de su vida.

Rhett está en el mismo saloncito donde se emborrachó aquella noche. Tiene en los ojos una expresión de estar lejos, como si mirara a través de Scarlett y no la viera. Le pregunta si Melania murió y Scarlett le dice que sí, *¿Por qué no viniste conmigo, Rhett? Porque no hubiera podido soportarlo*, dice él con una simplicidad que da un poco de miedo. Scarlett le cuenta lo que le pidió Melania. Qué bueno tener la aprobación de la mujer, dice Rhett Butler, cáustico. Pero no, dice Scarlett, Ashley no le importa en lo más mínimo, fue todo un error, ella descubrió que lo quiere a él. Rhett le sostiene el mentón, la acerca a la luz y la mira muy profundo adentro de los ojos: es verdad, se da cuenta, ella está enamorada de él, pero eso no cambia en nada esta distancia que él tiene ahora. Ella intenta seguir diciéndole que lo ama pero Rhett no la deja seguir: que se ahorre la humillación, le dice, que todo terminó, que el amor más infinito también puede acabarse. Eso es imposible, dice Scarlett, Melania le dijo que él la quería tanto, fueron sus últimas palabras antes de morirse. Que hasta donde Melania supo era cierto, dice Rhett. Pero que ahora dejó de quererla.

Cuánto la quiso sin embargo, le dice. Que fue a la guerra para ver si se olvidaba de ella, y volvió arriesgando la vida para encontrarla otra vez, que estaba loco de celos por Ashley, que después de aquella noche de amor tumultuoso entró al cuarto temblando, que un solo gesto de ella hubiera bastado para que todo volviera a empezar. Y después, cuando estuvo tan grave, si lo hubiera llamado, si aunque fuese una sola vez lo hubiera llamado.

Pero sí, dice ella, lo llamó. Él la escucha. Podría ser amabilidad si no fuera indiferencia. Esas palabras que Scarlett dice y que antes hubieran significado tanto ya no valen nada, son inútiles. Fue una larga serie de malos entendidos, un juego de equivocaciones que ahora terminó. Scarlett dice que lo lamenta, promete, proyecta, habla de otros hijos. *Querida mía, todo esto ya no tiene ninguna importancia*, dice él, o algo así: que no le importa nada de lo que ella pueda decir. Que se va, le dice, que si quiere el divorcio bien y que si no, él va a ir y volver para evitar rumores. Pero no hay una gota de ilusión, una sombra de promesa, no queda nada: tiene la voz muerta, los ojos apagados, sólo quiere irse.

Y se va, cierra la puerta detrás de él y deja sola a Scarlett. Ella empieza a subir las escaleras como si el cuerpo le pesara enormemente. Las piernas no la sostienen, un escalón y otro y otro más pero no puede, se deja caer, se aferra a la baranda para sostenerse. Llora pero vuelve a erguirse sobre sí misma. *Tara,* dice, *tengo que ir a Tara.* Como aquel cuento del enano que peleaba contra Hércules: cada vez que parecía derrotado, tocaba tierra y recuperaba su fuerza. Scarlett tiene que volver a Tara para recuperarse a ella misma. Y para encontrar la manera de hacer que Rhett vuelva. Pero ahora no puede pensar en nada: *mañana, lo pensaré mañana,* dice. Y más bien que va a tener que ser mañana porque lo que es ahora, no puede ni moverse.

Educación sentimental

Ese olor asqueroso es mi mamá achicharrando las plumas del pollo en la llama. No es que lo compre con las plumas puestas, el pollo ya viene pelado de la feria pero a las plumas de los lugares más difíciles como la axila por ejemplo el pollero les presta una atención distraída y hay que repasarlas. El puesto de la feria también tiene un olor inmundo, olor de gallinero que es un olor que no hay ningún otro que sea parecido, pasás a una cuadra y ya sabés que ahí no puede haber nada más que un gallinero, como en el fondo de la casa de tía Fina, con gallinas, pollos y otras aves, por ejemplo patos; algunos están metidos en jaulas de alambre, y otros andan por ahí picoteando maíz del suelo y si uno se queda parado capaz que te pican los pies porque no se dan mucha cuenta de nada, la inteligencia del pollo es escasa y el vuelo de la gallina, cortito y rasante, y también hay conejos que a mí me encantaban hasta el día que descubrí que se comen su propia caca. Casi me muero de asco, pensar que hasta ese momento me habían parecido tan lindos, blanquitos y suaves, y eran unos chanchos que se estaban comiendo la propia caca de ellos mismos.

El jardín de la casa de tía Fina es bastante raro, adelante hay gladiolos, calas y rosas, un caminito de piedra, pero atrás se vuelve un lugar selvático, con cañas altas, plantas de choclo y gallinero: orden y florecimiento en la parte de adelante y atrás, todo a la que te criaste y salvajismo.

Ellos creen que es una gran instrucción para una chica visitar el gallinero y siempre me llevan ahí para que observe los fenómenos del reino animal, seguro que piensan que me hacen un favor pero a mí no me gustan ni los pollos todo el día picoteando el suelo, ni las gallinas, ni los huevos cagados que encima hay que festejar el hallazgo de cada huevo como si fuera un tesoro, *los huevitos*, dice mi abuela con respeto, ella cree que del huevo depende la salvación de la humanidad: una vez cuando yo era muy chiquita, un médico le dijo que estaba raquítica y ésa fue la peor ofensa que se le podía hacer porque raquítica es por mal alimentada, ¿mal alimentada yo, bajo su responsabilidad?, imposible, así que al doctor lo mandó directo al carajo que debe haber sido el primer insulto que aprendió cuando vino aquí y eso que la jota para los italianos es difícil, ella dice caracco, *doctor: váyase al caracco*, le dijo, o también le pudo haber dicho *por qué no se va un poquito al caracco*, yo no me acuerdo, pero ella se levantó, se fue y me estuvo alimentando a huevo para rescatarme de la enfermedad.

Ahora tampoco me gustan más los conejos, prefiero leer un libro sobre animales y no verlos tan cerca, pero cuando puse cara de asco mi abuela se burló de mí, me hizo sentir que era una melindrosa, qué tanto aspaviento, dijo, tanto espamento dice ella, también dice *mariamedole*: basta que uno se queje de algún dolor para que ella se burle y te diga *mariamedole*, pero cuando tiene un arrebato de cariño dice *fiore di pepe* como si fuera tesoro mío, aunque quiere decir la flor de la pimienta.

Me preguntó si me creía la princesa de Kappurthala haciéndole ascos al pobre conejo, ella dice pobre conejo o pobre pollo pero no es un tono de condolencia, al minuto le puede estar cortando el cogote sin ningún inconveniente, la verdad que pobre de la gallina que cae en sus manos, ella es campesina así que se educó de esa manera, no va a ser matar una gallina lo que le dé miedo o impresión, lo hace con la misma naturalidad con que yo puedo matar a un mosquito en el verano.

No, con *más* naturalidad: yo prefiero que los mosquitos los mate otro, mi tío por ejemplo que va con la palmeta, tiene una puntería que no se le escapa ninguno y se le nota una gran satisfacción cuando manda uno al otro mundo.

La tía Fina es del mismo pueblo que mi abuela. Es la más divertida de la familia, la que más se ríe de todos; hasta se anima a reírse de mi abuelo que hace un culto de la severidad. Casi todos los demás le tienen miedo pero la tía Fina no: ella no le tiene miedo a nadie.

Una vez íbamos en el tren mi abuela, la tía Fina, yo y una hermana mía que era un bebé; el tren estaba lleno y a mi abuela, que la llevaba alzada, nadie le daba el asiento. Todavía era el tren antiguo de los ingleses, con asientos duros de un cuero marrón grueso y áspero igual al de las butacas del cine, no habían llegado esos vagones japoneses modernos que empieza a haber ahora. Había un señor sentado que se hacía el que leía el diario y mi tía Fina empezó a decir comentarios en voz alta sobre la gente que aparenta no darse cuenta de las cosas, yo era mucho más chica y en esa época todavía no me daba tanta vergüenza una actitud así, ahora me parece que me muero si alguien que yo conozco llega a hacer ese escándalo en público.

El vagón estaba lleno y la gente se reía de las cosas que estaba diciendo tía Fina, un poco cocoliche así como habla ella pero se le entendía perfecto, el hombre estaba cada vez más metido adentro del diario, casi lo usaba como una carpa: tenía cola de paja, mirá si no si se iba a aguantar todo eso, pero ella iba ganando más confianza, más atrevimiento, empezó a aprovechar las zarandeadas del vagón para tirarse encima del diario y abollárselo al señor que insistía en el esfuerzo de seguir leyendo como si no pasara nada, le clavó el codo en el hombro no una vez: dos, tres, muchas veces, y cada vez le pedía perdón con más amabilidad, le puso una bolsa de mandarinas en el apoyabrazos, se atravesó por encima de él para acomodar un bolsón en el portaequipajes con arabescos de hierro que tenían esos trenes, pero trastabilló, el bolsón se cayó arriba del diario, estaba mal cerrado y por el golpe se abrió del todo, un paquete de galletitas se desparramó entero sobre el hombre que tenía saco azul y quedó lleno de migas, solamente faltaba que la tía Fina se le sentara a upa pero ella como si nada, seguía hablando con mi abuela y mi abuela que tampoco nunca es de reírse tanto, así, perdiendo la chaveta, la festejaba como si fuera un número vivo, la gente todo alrededor también y a tía Fina le gustaba que se rieran, ya directamente era una actuación que estaba haciendo para el público. Al final, el hombre se bajó corriendo como rata por tirante. Y mi abuela se sentó como una reina. Faltaba nada más que las aplaudieran a las dos.

El justo medio

Con los domingos al mediodía nunca hay manera de saber. Pueden ser catástrofe o experiencia venturosa y hasta ahora nadie sabe de qué depende que sea una cosa o la otra y eso hace que el almuerzo sea una especie de viaje hacia lo desconocido, como si uno anduviera por una cornisa, de un lado el precipicio, del otro un paisaje plácido y nunca se puede adivinar para qué lado va a inclinarse el vehículo. Para empezar, que mi mamá se pase dos horas preparando la comida no es algo que justamente la predisponga a la felicidad. Ella preferiría estar estudiando los avances que Averroes hizo en la filosofía o la interrupción de la ruta de las especias en la época otomana antes que poniéndole orégano al pollo y hay un momento que indefectiblemente llega, cada domingo, que es cuando la diferencia entre lo que le gustaría hacer y lo que está haciendo se le hace patente, dice que pierde el tiempo de una manera imperdonable, que qué mísero destino, dice, que le dan ganas de tirarse por el balcón. Escucharla decir eso siempre da un poco de miedo: era mejor cuando vivíamos en planta baja.

Al principio, en el momento de poner las cosas sobre el mármol, la tabla de picar, las papas, los ajíes, las cebollas, puede ser que hasta tenga ganas de cantar. Ella preferentemente canta tangos, *caminito que el tiempo ha borrado, llora llora corazón*, también puede ser *volver* o *madreselvas en flor* que a mí es el que más me gusta. Pero al cabo de un rato, está la pila de cáscaras sucias, el desbarajuste va aumentando, la pileta se llenó de platos, fuentes y sartenes, no hay un solo cuchillo que corte bien en toda la casa, se le cayó aceite en el vestido, en una de ésas también se quemó un dedo, hay un vapor que empaña los vidrios, también hay olor rico porque el pollo empezó a cocinarse pero ella ya se cansó, todavía falta lavar la lechuga y después queda la peor parte que es limpiar y hacer orden. Ese momento de ilusión del principio duró poquito, fue efímero: mamá ya dejó de cantar hace rato, el barullo la exaspera, está pálida, ella dice siempre que en una casa esa rueda del desorden que hay que ordenar para que se vuelva a desordenar a los cinco minutos es como el tormento de Prometeo encadenado, otras veces también puede ser el de Sísifo que subía la roca, la roca se le venía encima, él volvía a empujarla, se le caía otra vez, vuelta a empezar y ése fue su castigo eterno para siempre. También dice que las cosas de la casa le obturan la despreocupación y la alegría, dos elementos constitutivos del buen humor necesario para criar hijos en forma adecuada.

Sólo se escuchan las cacerolas que hacen más bochinche que yo qué sé, nadie sabe si se le resbalan sin querer o las deja caer a propósito por el propio impulso de la bronca, se oye una puteada cada tanto, los preparativos de la comida siempre actúan en detrimento del buen humor que se va agriando completamente y para la hora en que hay que sentarse a la mesa, la alegría de toda la familia pende de un hilo porque la crispación de los nervios es lo más contagioso que hay.

Y seguro que apenas nos sentemos, en ese estado

producto de tantos trámites alimenticios, mamá me va a preguntar si me gustó la película, seguro: ni lo dudes, y ya sabés que las preguntas aunque vengan con apariencia tranquilina, nunca son inocentes, pueden ser el principio de la hecatombe.

Supongamos que ella me pregunte *¿Te gustó la película?* Yo ya sé por experiencia que la pregunta no es ni remotamente tan fácil como parece, lo que ella espera de mí no es una respuesta a secas, sencilla, ya sea afirmativa o negativa, tiene que ir acompañada por un párrafo que explique, no basta un *sí, es bárbara* porque la pobreza de lenguaje en mi casa está muy mal considerada. Sobre todo por mi mamá, a mi papá esas cosas le resultan más bien indiferentes, para él son detalles, *todo esto mañana será una anécdota*, dice. Mi mamá a esa actitud la llama olímpica, que él es olímpico dice, y yo puedo decir *el coso* en lugar de pan flauta que ni se inmuta.

Ella en cambio, no: por un lado espera la respuesta concreta a la pregunta pero también la respuesta debería mostrar los avances que voy teniendo en mi vocabulario y en mi razonamiento, yo estoy en una etapa de la vida en que cada día es un aprendizaje, ya sea por los libros que leo o por todo lo que tengo que estudiar para el ingreso al secundario, ya sea porque las cosas que pasan son instructivas en sí mismas: cómo Tony me guiña el ojo cuando saco la sortija, una discusión con mi compañera de banco que empieza por una témpera y puede terminar en un enjuiciamiento sobre el carácter de porquería que tengo yo o la manera de ser amarreta que tiene ella, una coca-cola en el Gran Visir con mis amigas, el sentimiento de injusticia que a veces siento en mi casa porque siempre me tocan obligaciones, a mis hermanos todo que sí y a mí *que a ver si te rompés un poco más con matemática que si seguís así, al colegio, entrariola.*

Cada cosa que pasa es una lección, y ése es un punto de vista un poco cansador porque hay una inclinación a creer que toda enseñanza debe terminar en examen para que, de paso, también se foguee el ánimo y cualquier momento y cualquier tema sirven para que una pregunta se convierta en una prueba oral que tenés que rendir te guste o no.

O sea que un simple *sí, me encantó* desencantaría enormemente a mi mamá, y cuando nos sentamos a la mesa tengo un poco de inquietud: tampoco llega a ser miedo, ella no me va a pegar si le produzco un desengaño ni me va a dar un mamporro, ni siquiera va a retarme, nada más le cambia la expresión, la sonrisa se vuelve un gesto amargo, mueca de tristeza, y aparece una impaciencia que anuncia las peores cosas, más del reino del decir que del hacer pero las palabras *no* son como si nada, mi papá tiene una teoría sobre eso, él cree que si las cosas se dicen suavecito son suavecitas. Error de mi papá: suavecito te pueden decir unas cosas horribles que te hacen doler como si te cortaran con una gillette, es un dolor que dura mucho más tiempo que si llegan a tirarte una zapatilla.

Una vez mi mamá, con esa expresión de martirologio de ella, me dijo que mi pobreza de lenguaje era lamentable y a mí esas palabras no se me borran nunca más, están ahí, y ahora, cada vez que me hace una pregunta, una pregunta verdadera, tampoco taradeces como dónde dejaste la leche o le ataste los cordones a tu hermano, digo preguntas de ésas donde tenés que expresar los matices de tu pensamiento, lo primero que pienso es que tengo que demostrar riqueza de vocabulario y siento un salto en el corazón que todavía me cuesta más encontrar las palabras, porque las ideas están pero son como plastilina, lo que les da forma a las ideas son las palabras así que sin palabras sos una especie de idiota. Idiota es una ofensa que, en mi casa, se dice mucho, yo para mi mamá oscilo entre ser muy inteligente o ser idiota, es difícil encontrar el punto medio.

Ella siempre nos cuenta historias de los griegos, las aventuras de los dioses y los héroes, el ojo de Polifemo, Odiseo y las sirenas, Níobe, pobre, que le mataron a todos los hijos porque cometió el pecado de la *hybris* que es una forma de soberbia que más vale no tenerla porque vienen los dioses y te aplican unos castigos espantosos. Debe ser por eso que mi mamá no dice nunca que está orgullosa de nosotros, le debe dar miedo de que nos pase algo, y nos cuenta sobre la vanidad de las diosas y la manzana de la discordia o los dolores de cabeza que tenía Zeus porque adentro la tenía a Palas Atenea ya hecha una persona grande completamente vestida de guerrera. Mi mamá es bárbara cuando nos cuenta esas historias. También dice que los griegos hablaban mucho del justo medio pero no es que ella lo cuente como si fuese Esopo y dijera una fábula con su moraleja.

Ella, la lección del justo medio, no la aprendió nunca ni tampoco quiere enseñarla, es como si dijera *allá los griegos con su justo medio*. En mi familia el justo medio es una pretensión inútil: somos exagerados, nos vamos de la alegría a la tristeza sin saber por qué y la receta para permanecer en el justo medio nos resulta un misterio tan grande que ni siquiera pensamos en esa posibilidad: nuestra manera de ser es el sube y baja permanente de las emociones.

Pero en mi casa queremos mucho a los griegos, mucho más que a los romanos, a los romanos los quiere más mi abuelo que es italiano. Él no hace diferencias entre italianos, si sos italiano está bien, no importa la clase de persona que seas, y si no sos italiano te toma una especie de examen, un interrogatorio antes de darte su confianza que igual no te la termina de dar nunca, así que por ejemplo lo quiere a Mussolini y a mi papá no lo quiere casi nada. Mi papá a él también le tiene bastante tirria pero no es porque mi abuelo no lo quiera que *eso francamente menefrega*, dice mi papá, o si no también dice *¡por suerte! ¡por suerte!* con mucho énfasis porque si mi abuelo lo quisiera, para él sería más bien una vergüenza: si lo quiere a Mussolini, mejor que a él no lo quiera en lo más mínimo, y cada vez que alguien habla de mi abuelo, mi papá dice *ése es un caballo* con una voz un poco tétrica.

Pero cuando mi mamá lo escucha decir eso salta enseguida a defenderlo, pobre mi mamá, lo defiende porque mi abuelo es el papá de ella, qué puede hacer, y nos explica que él a Mussolini lo quiere porque resucitó la dignidad de los italianos en el mundo, mi papá dice que era un fascista hijo de mil putas sin atenuantes que se juntó con Hitler. Él tiene una tendencia a hablar bien de los rusos, y eso a mi mamá la pone nerviosa, le dice que toda la vida va a ser un bolche de corazón que simplifica la realidad, *sin Stalin seríamos todos jabón*, dice mi papá con una voz que le sale del fondo de las tripas tratando de dar por terminada la conversación.

Eso a lo mejor en algunas familias es un recurso que sirve, las mujeres se callan cuando los maridos se ponen terminantes, pero mi mamá es una polemista nata así que basta que mi papá diga eso para que ella saque a relucir todos sus conocimientos históricos porque lo que más le gusta en la vida es una verdadera discusión intelectual. Cuando un almuerzo va por ese camino puede terminar mal o puede terminar bien, nunca se sabe de qué depende. A veces es cansador tener el corazón en vilo todo el tiempo.

Hoy seguro que me va a tocar a mí: a ver, Irene, cuestionario sobre *Lo que el Viento se Llevó,* y si digo algo que llega a estar en oposición con un pensamiento de mi mamá ella dice *callate* aunque a veces también puede decir *estás equivocada* como si se le soltara un resorte, tan rápido y tan fácil que después, la próxima vez que me pregunta una opinión sobre algo, tengo que sobreponerme a esa inquietud que me pone la cabeza en blanco, y ahora qué contesto, pienso, y entonces, atropellada, sin darme tiempo, voy y digo: *Scarlett O'Hara es bárbara.* Pero antes de terminar de decirlo ya sé que fue un error, a mi mamá la cara se le transforma, tiene la boca como si se le hubiera atrancado, *¿bárbara?*, dice desde lejos, con desinterés, *¿bárbara?, ¿eso es todo lo que se te ocurre?*, como si fuera la palabra menos apropiada, más estúpida o desafortunada del mundo, como si por pronunciar esa palabra, ninguna cosa que diga desde ahora en adelante va a servir nunca para nada. Me siento como David Copperfield cuando el padrastro le tomaba la lección y lo miraba con una fijeza que él no acertaba ni a sumar dos más dos y hay que esperar que pase todo el libro para que tenga su castigo.

Más vale que no piense que va a llegarme una ayuda de mi papá. Para él la hora de comer es sagrada, es la hora de comer y punto y aparte, esa necesidad de diálogo de mi mamá que parece que floreciera en su máximo esplendor cuando estamos alrededor de la mesa es algo que él no comparte ni remotamente. Para él hablar es algo que se choca con el masticamiento, le molesta que haya otras actividades al mismo tiempo, se queda callado, como máximo expresa su solidaridad hacia mi mamá con un gesto de la cabeza de arriba para abajo pero lo más posible es que esté pensando en otra cosa porque ¿qué le puede importar a él si a mí Scarlett O'Hara me pareció bárbara o me pareció una tarada?, con esa manera de pensar olímpica que tiene, cualquier cosa se transforma en una pequeñez bastante idiota y con más razón una cosa que no existe, como el personaje de una película del año del moño.

Aunque no: la verdad, en mi casa los personajes de las películas y de los libros existen casi como si vivieran, por un personaje se puede armar una discusión que ni te cuento. En eso tampoco hay justo medio. El justo medio no es lo mismo que el medio justo, ¿cuál sería el medio justo de la persona humana? El ombligo no es, el centro está más abajo, ¿dónde estaría, a ver? Para los hombres está en el pito y para las mujeres, en la cachu. Cuando digo esas cosas mi mamá se pone nerviosa y mi papá se ríe.

Pero medio también es el de los medios que se usan para alcanzar los fines, el de si cualquier medio sirve para alcanzar un fin determinado o si hay medios malos y medios buenos. Por ejemplo, si está bien lograr como fin un pollo bien cocinado el domingo al mediodía por medio del malhumor de mi mamá, o si no vale la pena y sería mejor comer galletitas con jamón y listo.

Hay veces que creo que mi mamá y mi papá tienen entre ellos señales secretas porque de golpe mi papá dice que a él Scarlett O'Hara le parece admirable, como si se hubiera quedado pensando y hubiera llegado a una conclusión para contármela a mí especialmente pero yo creo que mi mamá le hizo un signo para que dijera algo porque ella es muy impulsiva, primero dice cosas como si fueran una estampida pero después se da cuenta del efecto que tienen, seguro que ahora sabe cómo me siento y quiere que mi papá intervenga. Ella siempre le dice *Intervení*, o si no, *Mauricio, haceme el favor de intervenir* o también, *¿No te parece que llegó el momento de intervenir, Mauro?* Si fuera por él, prefiere no meterse y seguir leyendo el diario.

Tampoco es que sea la primera vez en la vida que escucho la palabra admirable, es una palabra que ya conozco, pero ahora que lo pienso a lo mejor sí es la primera vez que la *oigo*, me parece que hasta ahora sólo la vi escrita pero así, aplicada a una persona, no sé si la escuché y, aunque la haya escuchado, me parece que nunca hasta ahora la palabra admirable le quedaba tan bien a una persona como a Scarlett el *admirable* que mi papá le puso al lado. Tan buena me parece, y tan nueva, que cualquier otro adjetivo que le ponga sería insuficiente, una mala imitación, como si diciéndole admirable a Scarlett, mi papá me hubiera sacado de la boca la palabra que me hubiera gustado ponerle a mí, porque me puede parecer que es una tarada que sueña todo el tiempo con ese rubio lamido pero también me doy cuenta del coraje que tiene y de unas ganas de vivir que no se le apagan por nada del mundo y de esa voluntad que la empuja siempre para seguir adelante. Scarlett desde ahora para mí ya no es más bárbara, se volvió admirable.

Lo que me gustaría ahora es que mi papá también me diga si él piensa que Scarlett va a encontrar la manera de hacer volver a Rhett Butler, porque ella hasta ahora supo siempre cómo hacerlo, no es justo que se haya hecho tarde. Pero en el fondo de mi corazón yo ya sé lo que mi papá me va a decir: que es inútil, que Scarlett puede hacer lo que se le ocurra, disfrazarse de lo que más le guste: no va servir, esta vez Rhett Butler le dijo basta, nena, se me acabó la paciencia, ¿quién te creés que soy? Se terminó.

Geografía

Todos los días, el verdulero para el carro en la esquina, pegado al cordón de la vereda. El caballo usa antiparras y se queda quieto, con la cabeza gacha: tranquilo. Debe ser un caballo viejo porque tiene una paciencia de santo, no le quedan bríos ni para inmutarse por el ruido de los tranvías o por los bocinazos: él sigue ahí como si nada.

—Para mí, ese frutero es un turro. Estoy seguro de que es mal bicho —escucha Irene que Mauricio le dice a Ada.

A Irene le parece amable pero, de esas cosas, un padre sabe más así que si Mauricio dice turro, seguro que es turro. Se llama Torres, usa gorrito blanco, delantal, tiene una balanza manual con pesas que él va agregando para ajustar el kilo con los gramos. Los ojos son oscuros, ojos de vivanco: sí, puede ser que tenga razón el padre.

El librero se llama Guido pero libros, tiene pocos. Más que nada, algunos de la colección Robin Hood. La especialidad son los cuadernos y los repuestos, las lapiceras, las tintas y las témperas, los blocks de dibujo, los pinceles: lo que uno quiere, él lo tiene. Los primeros días de clase hay que hacer mucho tiempo de cola porque todo el mundo está comprando los útiles ahí. En la cuadra siguiente hay otra librería pero Guido le gana. Es bajo, gordo macizo, de ojos claros, bien azules. Un poco pelado. Usa camisas de manga corta. No es un amable oficioso, no quiere caer simpático. Es seco, preciso, está concentrado en lo suyo. Siempre tiene una respuesta: no habla de más y sabe lo que dice. Puede arreglar lapiceras que le llegan destrozadas y, a primera vista, sin remedio. Guido, serio, las mira, las pone en un sobre, te da el talón con el número y te dice que pases a buscarla en tres días. Una lapicera no es cualquier cosa, lo mismo que un reloj. Te la regaló tu papá o tu abuelo, si no para toda la vida casi casi. Así que si se rompe, el corazón pega un vuelco. Uno llega a lo de Guido medio pesaroso, rogando que la lapicera tenga arreglo. Y Guido la arregla. O sea que, en el barrio, él es el preferido.

En la misma cuadra de Guido está el almacén de los austríacos. Ella es chiquita y pelirroja, tiene el pelo crespo, corto y alborotado sobre las orejas. Se pinta las uñas con esmalte colorado, usa anillos con piedras grandes, cuadradas. El marido es enorme, tiene pelo blanco. La mamá de Irene dice que se escaparon de Europa por la guerra. Son locos por la ópera, tienen abono en el Colón.

Al lado del almacén, está la casa de pastas.

Y en la esquina, la confitería. Se llama Savona. Los dueños son unos gordos monumentales. Padre, dos hijas, un hijo menor. Son muy amables pero las hijas casi tienen bigote. Si se juntan dos atrás del mostrador, una tiene que retroceder para dejar el paso libre. Los merengues son extraordinarios, sobre todo los de dulce de leche. Y los sándwiches de miga, también.

La panadería está cruzando la calle. Si hay algo que Irene odia es ir a comprar pan y hacer la cola pero los domingos va sin chistar: una contribución a la armonía hogareña.

En el parque hay lago, puente, patos. El lago, en el medio, tiene una isla con una construcción: parece una casa de troncos pero es de piedra símil tronco. Troncos grises, feos, torcidos. Patos iban quedando cada vez menos hasta que un día desaparecieron todos. El agua también desapareció y ese foso vacío se volvió un lugar un poco amenazador. Ya nadie va a jugar al puente.

Hay calesita. Hay hamacas, sube y baja, pasamanos, tobogán chico y tobogán grande: en el rincón de los juegos, justo donde el parque termina.

Hay un monumento a Bolívar, de bronce negro. El caballo está puesto sobre un pedestal de mármol más bien blanco y hay mármol arriba, abajo, a los costados. Mármol por todas partes, y una intención de enormidad.

También hay un anfiteatro de madera verde. En verano, los elencos municipales hacen obras de teatro. Y los sábados a la tarde, los vecinos se reúnen allí y debaten temas. Política, problemas del barrio, cosas así.

Un sábado de finales de la primavera, Ada levanta la mano.

—La señora pide la palabra —dice el hombre que coordina el debate, un peladito de anteojos, y ella, entonces, pasa al frente y habla un rato largo.

Irene se está estrenando unos zapatos blancos chatitos que parecen zapatillas de baile y hasta hace cinco minutos, antes de que la mamá empezara a hablar, se sentía Audrey Hepburn en *La princesa que quería vivir*.

El discurso de la mamá le da vergüenza pero Ada parece encantada hablando en público; Irene mira alrededor para ver qué opina la gente, le late el corazón por los nervios y el placer de estrenarse zapatitos nuevos se le quedó perdido en medio del discurso. Pero al final, a Ada, la aplauden. A lo mejor aplauden a todos, es una costumbre civil propia de los debates, pero Irene respira, ya no tiene el corazón en vilo: los zapatitos blancos le gustan otra vez muchísimo.

Mañanas

12 DE OCTUBRE, 1960. Hacia el mediodía, Irene vuelve del colegio. Cruza el parque. Está todavía a unos pocos metros de Rivadavia: es un camino que podría hacer con los ojos cerrados. Tiene hambre. Hay sol. Se sacó cinco en una prueba de matemáticas: no sería nada raro que tuviera que dar examen en diciembre.

Un hombre viene por la senda en sentido contrario. Lleva un portafolios, un impermeable azul, pero ella no piensa en eso hasta después, no piensa hasta más tarde qué incongruente es ese impermeable azul en un mediodía de sol.

El hombre avanza hacia Irene, Irene avanza hacia el hombre y cuando falta apenas un par de metros para que se crucen, el tipo cambia el portafolios de mano, se abre el impermeable y, bragueta baja y pija en alto (¿ablativo absoluto? ¿absoluto porque habla por sí solo?), la deja paralizada por la sorpresa y el miedo.

¿Pero quién le mira la pija a un exhibicionista, si es que eso es realmente lo que quiere? Sólo queda una impresión. Y el susto.

El tipo —logrado que hubo el efecto— vuelve a cerrarse el impermeable, a taparse con el portafolios y a acechar a la próxima adolescente incauta que aparezca por el camino.

The Family of Man

En casa de Irene, los cielos de tarjeta postal no son muy apreciados. Las preferencias de inclinan más bien por *The Family of Man*, un libro de fotografías en blanco y negro que sobre todo se trata de la desdicha del género humano. El libro está sobre la mesita ratona de mármol, en el living, para que, cuando no hay nada que hacer, Irene y sus hermanos o las visitas que llegan se pongan a hojearlo.

Lo de las visitas es más peligroso porque no están advertidas de la clase de libro que es y si empiezan a mirarlo pensando que van a ver lindos paisajes, después de pasar algunas páginas levantan la vista con una expresión alelada, y parece que si hablaran dirían *¡socorro, sáquenme de aquí!*, porque hay algunas fotos de felicidad pero son muy pocas: más que nada hay fotos tristes. Personas y personas y más personas en situaciones de desgracia.

Hay una mujer sentada en el estribo de un auto muy viejo, es una foto de los años de la Depresión en Estados Unidos. Tiene los hombros marcados, la clavícula hundida, los codos filosos. Es linda y es joven pero parece vieja por la pena o por la pobreza o por el hambre, el pelo le cuelga a los costados de la cara y los ojos están perdidos muy lejos, como si mirara el horizonte y no viera nada aunque no es afuera adonde mira: está volcada hacia adentro y es pura desesperación. Es verano, Irene está segura de que hacía mucho calor cuando sacaron la foto porque hay un cielo sin una sola nube y la mujer entrecierra los ojos, cegada por el sol, todo parece seco alrededor y los pies desnudos, en el polvo del camino, están sucios y machucados.

También hay una foto de un hombre que está sentado frente al volante de su camioneta, solo, con una gorra en la cabeza. El volante es enorme, casi se le incrusta en el pecho y a él ni siquiera le quedan fuerzas para sostenerlo. Tiene ojos claros, grandes, despavoridos: pareciera que nunca va a poder recuperarse de ese susto que lo tiene varado en medio de la carretera. Algo espantoso le debe haber pasado hace un momento, justo antes de que le sacaran la foto. Nadie puede hacer nada por él y se nota que lo sabe, que no espera nada, que toda su vida es así.

Fotos de hambre hay muchas.

Hay una de un negro viejo, sentado, que se apoya en un bastón más viejo que él, igual que él doblado por el tiempo. Los ojos parecen ciegos, con esa aureola nublada que a veces trae la vejez. Pero lo que más duele es ver las manos del hombre, agarrándose del bastón como si fuera lo único que tiene en el mundo.

Hay otra foto de un bebé desnudo sobre una cama, con el culito para arriba. La mamá está al lado, con la cabeza también apoyada sobre la cama, y es una foto linda porque los dos, mirándose, sonríen. Y sin embargo la tristeza los amenaza. Irene no sabe bien dónde está, por qué la siente, pero está segura: las paredes son grises y están vacías, el vestido de la madre da lástima, la ventanita es como esas claraboyas sucias que hay en los peores momentos de Oliver Twist.

Es posible que los padres de Irene hayan tenido un propósito didáctico para dejar ese libro sobre la mesita ratona: que los chicos sepan desde el principio que la felicidad es provisoria, que si llega a existir está asediada por grandes peligros, que el mundo es un lugar injusto, verdades de esa naturaleza que también les dan un topetazo a las visitas cuando, distraídamente, con un gesto más maquinal que curioso, abren el libro y se encuentran cara a cara con esas fotos.

Ninguna tiene título. Las palabras no les hacen falta. Una visita, un día, abrió el libro, miró un poquito y con un tono de lugar común entronizado dijo: *Ah, sí, una imagen vale más que mil palabras.*

Lo que más le gusta a Ada es un buen debate y las frases que ya vienen hechas le irritan notablemente los nervios. Además, no está en su carácter dejar pasar afirmaciones como ésa: ahí mismo, se puso a discutir con la visita. Que no es cierto, que las palabras son importantes, que puestas junto a una imagen pueden cambiarle el sentido, darle otro alcance. La visita se dio rápido por vencida y se fue enseguida, molesta, con el culo parado.

—Mami —le dijo Irene después que se fue—, en el caso de *este* libro la verdad es que las palabras un poco sobran.

Pero para ganarle una discusión a la madre, a Irene todavía le falta mucho tiempo.

—¿Te parece? ¿A vos te parece que *The Family of Man* sobra? Si se llamara *Fotos* nada más, ¿vos creés que sería lo mismo?

Irene, bajo los ojos interrogadores de la madre, se tiene que poner a pensar rapidito.

—No, no. Son unas fotos que las mirás y te ponen

tan cerca de la persona del retrato que el dolor no es sólo de ése que está ahí fotografiado, también es tuyo, te hace sentir como si fueras un pariente.

Cuando Irene sale más o menos bien del paso, Ada pone una cara de satisfacción tan grande que es todavía peor porque después, si llega a equivocarse, el contraste es inmenso y lo que le queda es un sentimiento de taradez superlativa durante varios días seguidos.

Papá dice

Que Séneca decía: ante la ira, dilación. Que Einstein dijo: es más fácil destruir un átomo que un prejuicio. Que decía Oscar Wilde: la única cosa seria es la pasión, no la inteligencia. Que la argolla no se gasta, frase de su propia autoría que, en el clima de instrucción general imperante en esta etapa inicial de sus vidas, ejerce un efecto de desconcierto un poco consternado sobre sus hijos sobre todo a medida que la argolla va revelando su verdadero significado (una revelación progresiva, matizada por la incredulidad: ¿papá *realmente* dijo eso?). Que hacerse el boludo le ha dado siempre grandes satisfacciones, que vayan practicando desde ahora. Que éste es un mundo muy hijo de puta. Más todavía: que no hay nada peor que el bicho humano. Y les inculca así, desde la infancia, que el motor del optimismo, que él también tiene en una proporción considerable, puede convivir con un escepticismo que la vida se va a encargar de confirmar todos los días: difícil cornisa. Que dijo Nietzsche: lo que no mata fortalece. Fortalecerá pero cómo endurece, costrifica, tuerce, retruca Ada que siente una antipatía férrea por las frases hechas y completa por su cuenta un aforismo propio: que a veces más valdría muerto que bien templado pero deforme. Papá retoma la palabra: que en la vida todo puede ser más fácil si uno se saca la corona de espinas, frase que provoca nervios en la madre, afecta a distintos martirios cotidianos y pone de relieve, una vez más, la rara clase de amor que los junta. Que el escorpión no puede con su genio. Que por favor le agreguen humor a las cosas. Andando: no queda otra, contesta en los días malos cuando le preguntan cómo está. Adelante con los faroles, dice también. Y decir ánimo, ánimo, así, por duplicado, es una de sus despedidas favoritas. También, pero sólo de vez en cuando porque le gusta mucho más pensar en la vida, dice que cuando llega el momento de morirse habría que hacer como los elefantes: una retirada silenciosa y, sobre todo, solitaria. Nada de alharaca.

Recomendaciones

Una chica a una fiesta debe ir ya comida, inaceptable tirarse sobre la fuente de chips, la voracidad es puertas adentro, el hambre misma, cualquier deseo si vamos al caso, no mostrar, no mostrarse, y ya que llegamos al punto, para que él caiga rendido a tus pies no hay mejor estrategia que la indiferencia, no mirar, no exponerse, no mostrar tus pensamientos, hacer como si nada, como si él no estuviera, en lo posible llegar tarde, hacer creer que no vas a ir, que tu ausencia marque un vacío y que entonces tu llegada sea un advenimiento, si te dijeron a las nueve y media por ejemplo, si se supone que a las dos termina todo, las once, once y media serían buena hora, venir de otra fiesta: un argumento extraordinario (¿quién va a saberlo a ciencia cierta?), disculpas (sonrisas) disculpas, no pude llegar antes, se me hizo imposible, crear una incertidumbre, una ansiedad en la espera, que el otro se pregunte lo que te preguntás vos y si, cansado de esperarte, hubiera ya partido cuando llegues, no mostrar ni por un minuto la decepción, esconderla hasta en sus mínimos detalles, que no haya un gesto que te delate, ningún ademán que pueda traicionarte y cuando entres, aunque él sea el primero al que estés viendo, hacer como que no, que no lo viste, asombrarte cuando venga a saludarte, aplomo, más aplomo, que no descubra nunca que estuviste contando los minutos para llegar a destiempo, que la tardanza sólo fue una triquiñuela para demorar el momento de encontrarlo pero si él está, si vos llegaste, si te saca a bailar, no bailes lento y si lo hicieras, poné el codo, pero no te dejes, nunca te dejes.

Verdad y consecuencia

No es lo mismo un silencio a oscuras que un silencio con sol. En el living, la luz del mediodía entra por la ventana y puede mirarse el cielo entero, afuera. A pesar de la ausencia de sonidos que llena el espacio junto con el sol, no es un silencio deshabitado. Hay cierta textura en el aire, una respiración si se quiere, y gravita sobre él una condición tormentosa.

—Por favor, mamá, no llames, te lo pido por favor, no llames que me muero de vergüenza.

El acento de Irene todavía es casi infantil, un poco vacilante, y ese miedo que la aflige no tuvo tiempo de convertirse en ninguna otra cosa (ni humor, ni coraza, ni coraje, ni máscara): es puro miedo solamente y la aprieta como una tenaza.

—¿Vos, vergüenza? ¿Vergüenza de qué, si se puede saber? —la voz de Ada tiene una vibración peligrosa e incluye, por si algo le faltaba, una nota despectiva que debe asustar todavía un poco más a Irene: es la voz de alguien que aprendió a no dejarse acobardar por sus temores y a atravesar las muy diversas trampas que puede tenderle el miedo. Quiere que su hija también lo aprenda, y hay urgencia en cada palabra, y rigor, como si pensara que toda ocasión es buena para llevar a cabo esa enseñanza y que no hay tiempo que perder. No es, desde luego, la voz de una persona que parezca dispuesta a comprender ni mucho menos a dar consuelo si esto remotamente significara cerrar los ojos, decidirse a *no ver* algo. Es una pelea despareja: Ada esgrime razones como piedras y la chica tiene su desazón como único argumento.

El living es grande y luminoso, hay macetas con plantas, muebles de madera clara. Todo parece diáfano excepto la mirada empañada de Irene y el gesto severo de la madre que no consigue entender sus razones.

Ada tiene los ojos oscurecidos por la preocupación. Le imprime a cada palabra una energía que sólo confunde más a la chica, de modo que la pretendida lección que quiere enseñarle a partir de eso que pasó —eso que Irene no quiere que se sepa— queda disuelta en el sentimiento que visiblemente la vapulea.

Y ahí está Irene, en medio de este sol.

Se balancea un poco sobre los pies, tiene el pelo rojo, cuadrado a la altura del mentón, el flequillo disparejo, la mirada absorta. Con un gesto maquinal se estira las mangas del sweater hasta que las manos le quedan escondidas, mira una mancha que el sol dibuja en la alfombra azul: una adolescente encorvada por su propio peso, mal parada, que acaba de pegar el estirón y trata de explicarle a su madre por qué no tiene que hacer esa llamada *—se van a burlar de mí en el colegio, mamá—*, pero no es un motivo que Ada pueda considerar justo o suficiente para desistir de su propósito.

Mauricio, que está en el dormitorio dispuesto a no intervenir, se va enterando poco a poco de que hubo una fiesta de cumpleaños, una de esas primeras fiestas adonde los chicos no dejarían de ir ni por sarampión, alta fiebre o pulmonía, y que a esa fiesta un compañero fue con una banda de amigos desconocidos. Hicieron rancho aparte, con un estilo de meter miedo, medio provocador. Y al final de la fiesta faltaron cosas, adornos de la casa, plata de las carteras. Irene cuenta esto a los tropezones, con medias palabras, atreviéndose apenas, casi como si la culpable fuera ella. La madre tiene una actitud justiciera que no admite réplica.

—Por favor no llames, mamá, dejá todo así —suplica Irene.

—Dame el número, Irene. Terminemos de una vez.

—No te doy nada.

—No me hagas reír. Lo voy a conseguir igual: va a ser peor.

Ada tiene el entrecejo cerrado, los ojos sombríos.

—Pusilánime —le dice—, eso es lo que sos.

Irene no sabe qué quiere decir esa palabra, debe ser la primera vez que la escucha y seguramente es la primera vez que la culpan de *eso* pero sabe que, viniendo de Ada, significa un rechazo que la pone en medio de un tembladeral. Si ella es pusilánime, su madre no la quiere, no le gusta esa chica asustadiza que le dice *no llames, mamá, te lo pido por favor*, y también eso es triste y la asusta.

—Hay que enseñarle a ese chico —dice Ada—, y también a vos —concluye, y no parece posible que Irene sea capaz de encontrar alguna razón en el mundo que sirva para disuadirla.

Después, serenamente, Ada se acerca al teléfono, se sienta y disca el número.

Mauricio se asoma por un momento, mira a Irene, le gustaría (si fuera posible) apaciguarla, explicarle que mañana nada de esto será importante pero ve que la chica, que hace un momento ni siquiera podía levantar los ojos, ahora, despacito, casi incrédulamente, vuelve a mirar a la madre que habla por teléfono.

Ada tiene una voz diferente, liviana, podría decirse encantadora, le cuenta al padre del chico lo que pasó, y no parece la misma, la severidad ha desaparecido, ahora sonríe, explica, es persuasiva, ella y el hombre se ponen de acuerdo, *que por supuesto estén los chicos adelante*, dice Ada. Irene, casi sin darse cuenta, va acercándose a ella, se le sienta al lado, parece que a pesar de todo buscara en la proximidad una protección, y Ada (que no la está mirando, que mientras habla recorre con los ojos los libros de la biblioteca que tiene delante) a tientas busca con su mano la mano de Irene y la encuentra y la aferra y la sostiene mientras se despide del padre del chico, cuelga el teléfono y ahora sí, teniéndole la mano todavía, mira a Irene a los ojos y le dice *van a venir mañana a la mañana.* Después la acerca a ella, le da un beso brusco en la mejilla y sin mirarla otra vez, se levanta y sale del living. Irene se queda sola, entonces, quieta, y como si se despertara de golpe, se da cuenta de cuánto se estiraron las mangas del pulóver, mueve los brazos como un espantapájaros, sonríe apenas y aplicadamente empieza a enrollárselas alrededor de las muñecas.

Manos de hada

No es que Ada tenga como línea de conducta dejarse abatir por la preocupación.

Es una mujer joven, de pelo oscuro y liso que apenas le cubre las orejas. El flequillo desparejo le queda como un casquete. Irene tiene un libro con ilustraciones donde aparece Juana de Arco antes de la hoguera, antes de la Inquisición todavía, y en una lámina donde está empuñando la espada frente a sus ejércitos la encuentra muy parecida a Ada. Pero Juana de Arco mira hacia arriba con una mirada impregnada de religiosidad. Ada, no. Ella mira fijo a los ojos y no le importa mucho tener un diálogo directo con dios: lo que quiere es que Irene le cuente, por ejemplo, ya mismo, sin perder ni un minuto, por qué se sacó un cinco en matemáticas: no está dispuesta a admitir ninguna clase de pretextos. Y cada pregunta que hace son como alfileres.

Las cejas de Ada son fuertes, pobladas, podrían parecer casi masculinas. El pelo está mal cortado, se lo corta ella misma y casi siempre apurada. Cada mes, mes y medio, por lo general un domingo a la noche después del baño, Ada se sienta en el borde de la bañadera, junta a los chicos en fila frente a ella y les va cortando el pelo a uno por uno. No porque sepa hacerlo: los flequillos torcidos son otra señal más de parentesco entre ellos, como los ojos grandes o el aire de la sonrisa. Ninguno se queja, todavía no les prestan demasiada atención a esas cosas. La única que empezó a protestar, desde hace un tiempo, es Irene.

—¿No te parece que con este pelo ya tengo bastante, mami? ¿Encima flequillo en escalera?

—Si seguís protestando va a ser peor. Te callás, por favor, que tengo la tijera en la mano y me ponés nerviosa.

—Todas mis fotos, con el flequillo torcido.

Ada se ríe. Pero el flequillo parece cortado casi en diagonal. Y ahora quedó demasiado corto.

—Fue a propósito —Irene que llora.

—No, te juro. Quise emparejártelo. Perdoname, por favor, perdoname —pero Ada, a pesar de sí misma, se ríe otra vez.

Después de acostarlos, vuelve al baño y parada frente al espejo, primero recorta su propio flequillo y después empareja los bordes del pelo a los costados de la cara. A ella también el flequillo le queda torcido: que lo haga siempre no quiere decir que tenga más práctica.

Ahora, con el flequillo más corto, puede verse que Ada tiene en el ceño la marca de una arruga única y profunda. Pero hasta eso se vuelve poco importante, igual que la nariz huesuda o el pliegue de la boca, cuando uno se detiene en los ojos negros, vivos, inquietos. Tiene poco más de treinta años y ya está perdiendo el hábito de sonreír. Lo sabe el marido y lo sabe Irene, lo saben Álvaro y Luchi y hasta Silvita, que tiene poco más de un año, está empezando a saberlo. Por eso, cuando Ada sonríe, todos se sorprenden, tan poco acostumbrados están. Pero cuando sucede, la suya es una clase de sonrisa que se extiende y crea un efecto de alegría, como si encendiera algo alrededor de ella.

La casa parece otra cuando está de buen humor.

—Tengo ganas de hacer bizcochitos —dice por ejemplo una tarde de lluvia.

Para Irene, para Luchi, incluso para Silvita, ése es uno de los mejores programas que puede haber.

En cuanto Álvaro escucha, se encierra en su cuarto. Está leyendo *El Conde de Montecristo* así que por favor que a él no lo distraigan con estupideces de tortas o cosas así. Si lo dejan tranquilo, tranquilo de verdad, sin nada de *movete, a ver si atendés ese teléfono de una vez* o cualquier otra idiotez por el estilo, después les cuenta cómo hizo el Abate Faría para descubrirle a Edmundo la identidad de los traidores, con esa inteligencia que tiene que parece que las cosas en lugar de ser un misterio fueran de vidrio transparente.

Por la ventana de la cocina, se ve la lluvia y (sobre todo) se escucha cómo cae y repica contra los vidrios. Llueve desde la mañana, es posible que siga lloviendo todo el día. Nadie diría que es primavera: hace un frío crudo de julio.

—¿Todo el mundo tiene el saquito puesto? —pregunta Ada mientras se anuda en la cintura el delantal celeste y mira a sus hijas, esa mirada inquisitiva y oscura que ellas van a recordar siempre: Silvita agarrada de su pollera, Luchi tan seria, Irene con su aire de bambi— y Ada siente una oleada de amor en el cuerpo que la desarma.

—Manos a la obra, entonces —dice.

Hace una rueda de harina sobre el mármol, mide con una taza el azúcar que va a usar, la mezcla con la harina, corta medio pan de manteca.

—Irene, sacame a la chica de entre las piernas que voy a terminar cayéndome encima de ella; por favor, pasame los huevos, Luchi, con cuidado, eso, otro más: dejalos ahí.

Ada suma la manteca al menjunje, agarra un huevo.

—¿Quién rompe el primero?

Ése es el momento que más les gusta a las chicas: hay una maestría que se necesita para romper la cáscara y, en el mismo movimiento, dejar caer el huevo dentro de la harina. Puede fallar, patinarse, perderse entre las baldosas, irse por la pileta: con esa cualidad resbaladiza del huevo puede pasar cualquier cosa.

—¿Querés vos, Irene?

Pero Irene, que hace un momento se divertía junto con ellas, está en babia: se sentó en el banquito-escalera amarillo que hay en el rincón y más que sentarse se apoyó en el borde, con el cuerpo medio estirado en diagonal y la espalda contra los azulejos, en una actitud laxa, como si la afligiera una indolencia mayúscula. Los brazos le cuelgan a los costados y los ojos, que son grandes, del color de la almendra, tienen un aire de ensueño, parecen perdidos.

Cuánto creció, piensa Ada mientras guía la mano de Luchi para que el huevo caiga dentro de la taza y vaya después a parar a la masa, ya es una adolescente hecha y derecha, esa mirada, *dios mío, lo que me espera*, parece que no tuviera una gota de energía, y los brazos, la largura de esos brazos, *¿cuándo fue? ¿dónde estaba yo mientras tanto*?, muchas veces le pasa esto, mirar a los chicos y ver de golpe una transformación asombrosa y repentina que sucedió ante sus ojos y que, sin embargo, la toma completamente por sorpresa. *Está flaca*, piensa Ada, deja caer el tercer huevo dentro del cerco de harina y empieza a juntar los ingredientes, le da a Silvita un mazacote para que juegue en el piso, y ella va trabajando con las manos, aprieta, junta, aglutina, consigue que la masa se vuelva un bollo suave, *tampoco es que esté piel y huesos pero con la última gripe pegó ese estirón y quedó flaca, tiene los codos y las rodillas huesudos.*

—Y ahora...el gran secreto de la preparación —dice Ada abriendo los brazos como haría un mago en el escenario—. A ver, ¿Irene?...

Irene levanta los ojos con desgano, Ada ve, como si lo palpara, el desinterés profundo que le inspira este capítulo eterno de los bizcochitos, querría estar en otra parte, *pobre ángel*, sola y no rodeada de hermanos como siempre, pero nota a la vez la expresión de Luchi, iluminada porque conoce el secreto y por fin, ahora que su hermana bosteza de aburrimiento en el banquito, va a ser ella la que va a poder nombrarlo.

—¿Me lo podrás decir vos, Luchi?

—Un chorrito de aceite en la masa —dice Luchi triunfante y Ada abre la puerta del aparador y saca la botella de aceite, la sostiene fuerte entre las manos y echa el chorrito que va a hacer que los bizcochos se vuelvan crocantes, livianos y tiernos.

—Mucha atención ahora —dice Ada—, mucha atención que estamos llegando a la mejor parte.

Estira la masa y prepara bastones largos que Luchi, trepada en una silla, va cortando despacio, aplicadamente. Ada ve la cabeza inclinada, la canasta de rulos y las manos con hoyuelos que sostienen el cuchillito.

—Hay que poner manteca en el fondo de la fuente —dice Ada y le echa una mirada a Irene—, y voy a tener que hacerlo yo porque a tu hermana me parece que la perdimos por el camino, ¿no es cierto, Irene?

Irene no se toma la molestia de contestar, está tratando de encender la radio pero el sonido llega empastado de chirridos, es inútil, con la tormenta es peor, la apaga. Ada sigue enmantecando la asadera y después le echa un puñado de harina.

—¿Los bizcochitos también querés ponerlos vos, Luchi? Al final hoy, con esta hermana tuya que nos dejó plantadas, casi todo el trabajo tuviste que hacerlo vos.

—Ma —dice Irene despegándose de la bruma en la que estaba sumergida—, ¿te acordás de aquella macetita de barro?

—¿Qué macetita?

—Aquélla, con las gordas que bailaban.

—No sé de qué hablás —Ada se impacienta.

—Te encantaba, mami, ¿no te acordás?

—Para nada.

—Era petisa, color terracota. Una vez le habías puesto plantitas.

—Se habrá roto. En esta casa se rompe todo.

—La maceta no se rompía nunca.

—Con una vez, alcanza.

—*Yo* me acordaría.

—La verdad que no sé, Irene —Ada, *más* impaciente.

—Hacé memoria, mamá.

—¿Memoria? Como si no supieras que tengo un colador en la cabeza. No me acuerdo de cosas mucho más importantes. Y ahora, en lugar de seguir papando moscas, ¿me podrás ayudar a poner las tazas en la mesa así tomamos un té como la gente o eso también voy a tener que hacerlo yo?

La rajadura

Pero la maceta no está perdida ni está rota, nadie lo sabe mejor que Ada. Y la verdad es que duró más tiempo del que cualquiera se hubiese atrevido a suponer.

Cuando apareció por primera vez en la casa, Ada no habría dado dos centavos por su supervivencia: conocía bien su propio desapego por los objetos, la desaprensión o el descuido que le eran habituales y esa manera casi sistemática de romperse que parecía aquejar a las cosas cuando estaban cerca de ella.

Se la había regalado una ceramista amiga suya cuando estaba terminando su primer embarazo, un par de semanas antes de que naciera Irene, y la macetita quedó anotada, en la memoria familiar, como un regalo *por* su nacimiento.

Era de barro cocido, maciza y baja, y tenía una ronda de mujeres gordas en relieve que bailaban alrededor de todo el contorno. Sin particulares cuidados, sin que nadie nunca le hubiera prestado demasiada atención, había estado allí, sana y salva, mientras jarras, potes, pocillos, tazones, ceniceros y un número indefinido de cacharros desaparecían en el maremágnum de todos los días.

Había habido otros embarazos, más nacimientos, cambios de distinta suerte, mudanzas a casas diferentes y la maceta, intacta, los siguió acompañando con su textura rústica y ese color de lacre viejo que a Ada le gustaba tanto.

Hubo una época en la que estuvo vacía, puesta como adorno en la biblioteca; después, Ada decidió llenarla de tierra y plantó un helecho que tenía las hojas como una delicada puntilla verde claro. Cuando el helecho se agotó, Ada primero sembró alegrías del hogar, después albahaca y, al final, un rayito de sol que debería haber dado, y no dio, flores violetas muy chiquitas.

Las plantas terminaban secándose y Ada, al fin, en un arrebato exasperado, había decidido que no iba a sembrar nada más en la macetita: de una vez por todas iba a tirar esa tierra inútil y no pensaba hacer ningún otro intento idiota con ninguna otra planta, nunca. *Renuncio*, dijo Ada un día, y los hijos (que en ese momento todavía eran tres), sentados alrededor de la mesa plegable de la cocina, por un momento tuvieron miedo de que la macetita terminara estrellada contra el piso.

Pero después de respirar hondo, Ada le había encontrado un rincón en el alféizar de la ventana, junto al frasco del azúcar y el de la yerba, el mismo lugar donde siguió estando hasta dos días antes de la última mudanza, y de a poco se fue llenando de lápices, esmeriles, bolígrafos, tickets de cuentas pagadas, boletas de la tintorería o de la casa de arreglos eléctricos.

La humedad de la tierra le había dejado una huella más oscura en la base, una especie de moho compenetrado con la arcilla que ningún cepillado ni ningún puloil consiguieron sacarle pero ése era el único cambio que podía advertirse porque, en todo lo demás, seguía siendo la misma maceta sin rajaduras, sin quiebres, sin ningún daño visible, que había llegado a la casa, como un regalo, diez-once años atrás, cuando estaba a punto de nacer Irene.

La mezcla de precipitación e inquietud que Ada siempre había tenido se hizo más marcada a medida que fueron naciendo los otros chicos. La impaciencia y cierta brusquedad suya en la voz, en los gestos, en la manera de moverse y sobre todo de reaccionar, estaban metidas en el ritmo de la casa como una segunda naturaleza.

Por eso era particularísimamente asombroso que la macetita siguiera resistiendo cambios de función, posiciones distintas, raíces o plantas, tierra mojada, golpes de aire, tironeos e incluso algunas caídas y que, a pesar de todo, estuviera casi indemne, con esa única huella oscura de humedad y de barro en la base como señal del tiempo.

Fue en la última mudanza cuando Ada verdaderamente volvió *a ver* la maceta.

Estaba haciendo orden en la mezcolanza de cables, arandelas, lamparitas, tornillos, clavos, enchufes, chinches, broches de ropa, galochas, restos de juguetes y tantos otros elementos inclasificables traídos por las dudas, porque en cualquier momento quién sabe, y allí, envuelta todavía con varias hojas superpuestas de papel de diario, apareció la maceta.

Ada tuvo un encogimiento del corazón, miedo de que algún golpe en la mudanza la hubiese lastimado. Pero las gordas seguían bailando como si nada alrededor de la panza de la vasija: estaba otra vez a salvo.

Era extraordinario, pensó mirándola por primera vez en mucho tiempo, a ella, nada menos, que todo se le rompía tan fácil: la fuente de vidrio violeta que le gustaba tanto a los quince días ya tenía el borde mellado, las pírex se le rompían como si fueran de cristal checoslovaco, la Marmicoc no tenía ningún secreto para nadie pero, a la suya, el silbido dejó de funcionarle cuando no había cumplido una semana. Hasta el anillo de casada se le había caído del dedo sin que se diera cuenta y nunca supo dónde ni supo cuándo; ni siquiera conseguía que el termómetro marcara la fiebre, *¿Cómo puede, cómo podría no funcionar bien un termómetro?*

Ada hizo girar la maceta, revisó con la punta de los dedos el borde en relieve de las bailarinas gordas, era un verdadero portento que siguiera incólume, que donde la pusiera aguantara y que aguantara lo que le pusiera, tierra y plantas y agua y peso y anteojos rotos y papeles perdidos; cuántas veces estuvo al borde de un estante, del alféizar, del desequilibrio y aún así, ahí estaba, diez, once años más tarde, entera, completita, *Duró más que muchas otras cosas mucho más durables, arcilla, te das cuenta*, arcilla que se quiebra de nada, que de nada se rompe, y la macetita intacta, con las gordas bailando tan campantes. *Señal de buena suerte*, pensó Ada sonriendo sola, medio tapada por los canastos.

El miedo llegó de golpe, a traición: se le derramó como un agua infecciosa entre los huesos, *y si tuviera propiedades mágicas*, pensó, *si fuese como el tizón para Meleagro*, si la vida de Irene dependía de que la maceta no se rompiera y la ceramista a la que había dejado de ver hacía tanto tiempo —y dejó de verla porque descubrió que era envidiosa, que le molestaban los chicos, le sorprendió miradas de soslayo amargas, venenosas— en realidad era un hada malvada o una bruja que sin decirle agua va, sin advertirle el riesgo ni exhortarla a esconder la macetita en el rincón más recóndito, más inaccesible, le regaló junto con ella el peligro oculto de que, rompiéndose, se quebrara también la vida de Irene.

Era una mañana de sol, fría y radiante. En la planta baja donde habían vivido hasta dos días atrás, la luz nunca alcanzaba esta claridad que tenía aquí, en el piso alto y desahogado, con el cielo al frente, donde iban a vivir desde ahora.

De esa cualidad de la luz se había enamorado Ada cuando vino a ver el departamento por primera vez: todavía estaba en construcción, eran cuatro palotes pelados de hormigón pero la luz y el cielo entraban por todas partes. Ninguna pared iba a poder cambiar eso. Fue un amor a primera vista. La luz, y también, por fin, el espacio. Una cocina grande, habitaciones para todos, un cuarto para Álvaro solo que si no, dentro de poco, iba a empezar a mirar a sus hermanas como si fueran enemigas irreconciliables. Ahora, ésta iba a ser su casa, la casa de todos ellos. Había olor a pintura nueva, a madera recién cortada, a vidrio y a frío. Estaban cumplidas todas las condiciones para la alegría.

Ada, flanqueada por los canastos, con la macetita entre las manos, tuvo que sentarse en el suelo. Fue como si le hubieran llevado la sangre.

Cómo no voy a volverme loca con estos pensamientos, tengo que esconder la maceta en alguna parte. Sosteniéndola con un cuidado extraordinario, como en cámara lenta, despacio, muy despacio, miró a su alrededor, *dónde podría guardarla*, pensó, una casa nueva es un territorio desconocido, lugar vacío por completo, lamparitas colgando de los cables, desoladas, nadie sabe todavía cuáles serán los espacios quietos y cuáles los rincones que va a preferir la vida para ponerse caliente, activa, bien despierta.

Ada, despacio, fue al dormitorio, abrió el placard de puertas corredizas, eligió el último cajón, buscó una toalla grande y mullida y envolvió con ella la maceta una vez y otra vez y otra vez más para almohadillar cualquier golpe. Volvió a guardarla. Cerró el cajón y cerró la puerta del placard y dejó cerrado el dormitorio cuando salió.

Pero a la vuelta del colegio, los chicos se habían asustado muchísimo: Ada tenía una expresión atormentada y exhausta, la mirada caída y una fijeza mecánica en los gestos que hizo que la excitación, la alegría y el ímpetu que traían desde la calle hasta a ellos mismos les parecieran insoportables.

Mañanas

15 DE JUNIO, 1961. Es el recreo largo, son las diez de la mañana. Popy Merton se acerca a Irene con aire compungido. Irene ya la conoce, no es una persona como para cerrar los ojos y dejarse llevar por una confianza ciega. Todo lo contrario: hoy puede parecer una amiga íntima que te cuenta sus secretos, incluso las penas que tiene pero también, si se da, te tira de la lengua y no porque le importe mucho: es sólo conversación. Nadie sabe qué puede llegar a hacer con eso mañana. Es la clase de persona que si gusta de un chico puede traicionar cualquier confidencia que le hayan hecho y contarla en público nada más que para hacerse la graciosa.

—¿Sos capaz de guardar un secreto? —le dice a Irene.

—¿Qué te pensás que soy, nena?

—¿Sabés cómo te llaman?

—No, decime —pide Irene. Hay una ilusión momentánea, la posibilidad de que el apodo revele alguna clase de gracia.

—A veces laColo, a veces Zanahoria —dice Popy Merton con una expresión muy adecuada de pesar solidario y cancela así, de un plumazo, cualquier conjetura benévola que a Irene se le pudiera haber ocurrido. Y después, Merton (como describen que, a veces, les pasa a los delatores) parece presa de una pasión inmoderada por seguir contando—. También Salsa de Tomate —agrega.

—¿Zanahoria? —pregunta Irene todavía, flaqueando. Y ve un fulgor de alegría en los ojos de Merton que, refugiada en su pelo marrón sin estridencias, en su tranquilizador metro cincuenta (siempre habrá un brazo que le cubra las espaldas sin el chirrido pelirrojo), ha asestado el golpe y puede permitirse ahora la piadosa bondad del vencedor.

—No te preocupes —le dice a Irene—, ya se van a olvidar.

Pero Irene no le va a dar el gusto.

—¿LaColo? —dice enderezando la espalda—. Es simpático dentro de todo. ¿Y a vos cómo te llaman? ¿Directamente Sorete o te encontraron algún nombre mejor?

Frente a frente

Es de mañana. Es sábado. Es primavera. El sol entra por la ventana del baño.

¿*Voy o no voy*?, se pregunta Irene mirándose al espejo como si creyera de verdad que el espejo va a contestarle.

El flequillo está muy largo, mejor me lo corto un poco.

Estira el brazo sin apartarse del espejo, abre el aparador de mimbre donde están guardadas las toallas, saca la tijera.

Espero no hacerme un desastre justo hoy que a lo mejor...

La última vez que fue a una fiesta se juró que nunca más, que ésa era la última, no iba a pasarle de nuevo, toda la noche sentada con Laura Selim que mide dos metros y tiene pelo mota, con Enriqueta que cuando te mira de costado parece que te va a dar el picotazo, con Coluscio que tiene las piernas como un par de macetas. No porque sea pelirroja se va a aguantar cualquier cosa, ni va a estar en la misma fila con todas ésas.

Irene se mira al espejo con una determinación que vale por mil preguntas.

¿Soy linda, yo? ¿alguien me va a mirar alguna vez? ¿quién se va a enamorar de mí? Cualquiera menos Rot-

tenberg, por favor, que me da vergüenza, que usa saco con martingala, y encima corto: saquito de cagar parado, ¿quién va a ser el que me quiera? ¿qué me depara el amor? ¿qué me guarda la suerte? ¿encontraré al hombre de mis sueños? ¿al amor de mi vida? ¿será como Rhett Butler, me mirará así, como la mira él a Scarlett? ¿por qué camino vendrá? ¿por cuáles va a llevarme? ¿será como un rayo el amor? ¿como una explosión, será? ¿temblará la tierra? ¿me daré cuenta o estaré, justo en ese momento, distraída? ¿pasará de largo?, el sol me pone los ojos amarillos ¿por qué no puedo tener el pelo lacio, castaño? ¿un pelo normal? ¿por qué mi papá no tiene pelo marrón, o pelo negro o aunque sea pelo gris? ¿por qué este bermellón subido? ¿por qué nadie me dice que es como el fuego, como el sol? ¿quién va a sacarme a bailar?: hacen así, así las planchadoras: se quedan toda la noche en la misma silla, tratando de mantener la compostura, mejor que ni te vean en esa compañía, borrate, que te trague la tierra, ¿por qué no habrá otro baño en esta casa así me dejan mirarme tranquila en el espejo?

—Pará, papi, que me estoy cortando el flequillo.

Como si a Mauricio pudiera importarle en lo más mínimo: si quiere entrar, mejor que Irene salga, y rapidito: tendría que ir buscándose otro espejo antes de que él empiece con la retahíla:

—Se ve que tenés tiempo que perder, por qué no ayudás a tu pobre madre en lugar de.

Pero el flequillo está más torcido que antes.

—Ya voy, papá.

Cuando Irene abre la puerta, el pelo le quedó como copete de pupilo.

También, nena, con un peinado así, ¿cómo se puede pretender que alguien te saque a bailar? ¿Y vos que-

rías ser como Scarlett O'Hara?, podés darte por contenta si le seguís gustando a Rottenberg.

Y encima Mauricio, con ojos compasivos, que la mira fijo.

—¡Pobre hija mía! ¿Se puede saber qué te hiciste en la cabeza?

Mañanas

6 DE AGOSTO, 1962. José María Moreno, dirección Primera Junta. A Primera Junta de ida para viajar todas las mañanas hasta Perú. Así vas sentada, dice Ada. ¿Quiere ir sentada laColo? Quién sabe. No es una pregunta. Los otros toman el subte directamente hacia Plaza de Mayo, no los acompaña la madre, viajan parados. Ésa también es una diferencia. Los otros, en el andén de enfrente, arman grupos, se ríen, hablan en voz alta, estrechan filas.

De este lado, la estación vacía está débilmente iluminada, lamparitas de apenas veinticinco para ese espacio enorme. Pero aquí y enfrente, andenes de cemento gris, mugriento, grandes relojes de esfera amarilla en el extremo de las dos plataformas: la aguja, a cada minuto, cae como si su propio peso la llevara, marca la cadencia del tiempo. Quioscos: la mujer que arregla medias, el hombre que compone encendedores, el bar (un mozo con acné) para comerse una medialuna al paso. Letreros enlozados con grandes mayúsculas negras, vagones que avanzan con un ruido de metal y de viento, asientos de varillas de madera barnizada: dos de un lado, uno de frente: solo.

Sentada, Irene come sugus de frutilla, uno atrás de otro, repasa sus apuntes, se distrae, se mira en el espejo, se acomoda el flequillo colorado, desvía los ojos. Un hombre sentado al lado suyo lee el diario. Hay un titular inusualmente largo. En el tercer renglón, tiene un punto seguido. Después del punto, con mayúscula: Murió Marilyn Monroe. Punto. El asombro es un golpe en la boca del estómago, lectura atónita: es imposible que Marilyn se muera, que una sobredosis de pastillas la haya liquidado, que esté así, desnuda en una cama deshecha. Algo tenía Marilyn que de sólo mirarla daba pena, no sólo era hermosa y dorada como si tuviera el sol iluminándola desde atrás: era imposible sonreír de esa manera a menos que algo estuviera doliéndole en el alma.

Contra el recuerdo

En el mismo momento en que Ada escondió la maceta de barro, decidió que iba a mantener una actitud de olvido monolítico. Desde luego, esperaba que Irene no se diera cuenta de que había desaparecido. Ella tampoco había mostrado ningún interés especial por la maceta así que Ada nunca pensó que iba a empezar a preocuparse.

—Mami, la macetita, ¿no te la había regalado aquella amiga tuya cuando nací yo?

—¿Otra vez?

—¿Tampoco de tu amiga te acordás?

—Vagamente.

—Morocha, antipática.

—¿Fumaba?

—Sí, cigarrillos negros. Apestaba.

—¿Ves?, *de eso* me acuerdo.

—Y de la macetita, no.

—Para nada.

La primera vez, Ada tuvo miedo.

La segunda, la tercera vez, Irene volvió a tomarla por sorpresa. Supuso que sería una curiosidad momentánea: *ya se le va a pasar*, pensó.

Tenía que terminar olvidándose.

Pero, mientras tanto, cada vez que Irene volvía sobre el tema, la estrategia de Ada (rudimentariamente) era negar hasta donde pudiera, dar rodeos, ofrecer un recuerdo a cambio de otro, tratar de cambiar la dirección de la memoria, empujar a Irene en sentido contrario, distraerla en la medida de lo posible y, sobre todo, seguir acentuando un olvido que más que despiste profundo habría podido tomarse por estupidez o agujero negro.

Irene era chica, la astucia le resultaba un concepto incomprensible y su experiencia en estratagemas era casi nula.

—Te falta picardía —le dijo Mauricio alguna vez.

—¿Por qué no me enseñás vos, papi, que sabés tanto? —le contestó Irene encocorada.

—Dejá, no me hagas caso —dijo el padre—. Se aprende con el tiempo.

Se lo dijo para consolarla pero no está muy seguro de que la picardía pueda aprenderse. La calle enseña, es cierto, hay mucho canalla suelto que te hace aprender a la fuerza. Pero con picardía se nace, piensa Mauricio. Es como saber pararse bien en una cancha de fútbol. Hay chicos de cinco años que juegan por primera vez y ya lo saben. A lo mejor *un poco*, con el tiempo, puede aprenderse. Muy poco. Quizá sea algo más propio de varones. Pero justo a él vinieron a tocarle tres chancletas. Y Álvaro: haría bien en ocuparse de Álvaro, pasar más tiempo con él. Ahora que está creciendo tendría que resultarle menos complicado. Y le toca *a él* ayudarlo a zafar un poco del templo de la verdad.

Porque hay una marcada inclinación familiar a enaltecer la verdad sobre todas las cosas, *¿Pero vos le dijiste la verdad?*, *¿Me estás diciendo la verdad?*, *Cuando uno dice la verdad todo es más fácil*, *Ir con la verdad en la mano ayuda mucho.* Irene cree que no pasa un día sin escuchar frases por el estilo.

Es una cosa que no te deja respirar, piensa. Debe ser por eso que algunas mentiras ínfimas, a ella, se le transforman en pecados capitales: como si la verdad fuera un instrumento de encuentro y de trabajo, un estandarte capaz de resolver los peores conflictos, las dudas más difíciles. *Vos decís la verdad y asunto arreglado.*

Irene está casi segura de que la autora del precepto de una verdad a ultranza es Ada. Mauricio la respalda frente a sus hijos pero Irene apostaría que, afuera, en su vida, él es diferente.

A veces, cuando los chicos todavía eran bebés, aprovechando por ejemplo que Ada había ido a buscar algo a la cocina, Mauricio le apoyaba el mate caliente en la mejilla a Luchi, o a Silvita (a lo mejor también a Álvaro pero eso Irene no se acuerda de haberlo visto), apenas un instante, menos quizás, el tiempo suficiente como para que se pusieran a llorar. Ada volvía corriendo, asustada, la cara se le desencajaba enseguida por el miedo, desde la cocina hasta el cuarto había pensado por lo menos seis cosas horribles.

—¿Qué pasó?

—Qué sé yo. Estaba lo más bien... —decía Mauricio—, se puso a llorar de repente.

La beba daba berridos en el cambiador, Ada la alzaba para calmarla y Mauricio por atrás le guiñaba un ojo a Irene: un secreto entre ella y él que dejaba a todos los otros fuera del círculo de la maldad.

A Irene ni se le ocurre que Ada sea capaz de hacer nada parecido.

Tiene de su madre una visión tan puesta en el pináculo que prefiere incluso pensar que es ella la que se acuerda equivocado: es posible que la macetita se haya roto, ¿por qué no iba a romperse en una casa donde *to-*

do se rompe?, que haya ido a parar a la basura sin que nadie se diera cuenta o sin pensar que fuese necesario mencionarlo.

Pero aun sabiendo que Ada tiene tan mala memoria, son demasiadas las cosas que se olvida. Apenas Irene nombra la maceta, Ada echa el ancla en un lugar donde no se acuerda absolutamente de *ninguna* de las cosas que ella va trayendo.

Por ahora, a la chica sólo le parece raro.

Pero, de vez en cuando, vuelve a preguntar por la maceta.

Puede pasar en las situaciones más imprevistas. Amasando bizcochos, una noche a punto de dormirse, en medio de la propiedad distributiva, mientras trata de entender el espíritu del Renacimiento, aprendiendo las peculiaridades de la industria del vidrio o la reproducción de los invertebrados.

Mami, la macetita, ¿te acordás?

Ada tiene miedo, solamente. Un miedo cerval. Cuando trata de desentrañar ese matete y apelar a la razón, que es algo que ella siempre *dice* que hay que hacer, queda varada en el mismo punto.

Sin embargo, ninguna pregunta, ningún recurso que pueda inventar su hija para tratar de despertar el recuerdo va a conseguir una respuesta de Ada. Sólo silencio, el pretexto bastante verosímil de su distracción inveterada —subrayar hasta el exceso, hasta el ridículo, esa característica tan propia de ella de ir olvidándose de cumpleaños, personas, recetas, objetos, citas, teléfonos, con cuanta más razón de una macetita de arcilla a la que nunca le había prestado particular atención, una vasija que por la importancia que le daba bien podía haberla comprado en el bazar de la esquina.

La decisión de Ada ha sido olvidarse *de verdad* de la maceta. Para que no haya ni siquiera un pestañeo que delate el recuerdo, ni una pizca de miedo que Irene pueda atisbar, ni un resto de memoria que la lleve a traicionarse.

Pero Irene vuelve a la carga. Y Ada tiembla.

Sin embargo, pensándolo bien, por lo menos en el último año y medio no cree que Irene haya vuelto a tocar el tema.

—Mami, ¿la macetita de barro...?

—Te pido por favor que no me jodas otra vez con eso. ¿Se puede saber qué te pasa con ese cacharro de mierda?

—Quiero saber.

—Pero ¿qué importancia tiene? ¿Cómo voy a saberlo? No está: se perdió, se rompió. Terminala de una vez con esta historia, ¡por favor!

Ésa había sido la última vez, Ada se acuerda porque fue cuando estaban los pintores. Tenían toda la casa revuelta y había un polvo blanco que se iba metiendo en los rincones, entre los libros, por todas partes. Era una batalla perdida: ese polvo impalpable, volátil, era capaz de acabar con el buen humor de gente mucho más equilibrada que Ada. Fueron veinte días de estar totalmente fuera de las casillas. Y en medio del desbarajuste, Irene no había tenido mejor idea que preguntar por la macetita.

Ada no termina de saber si el silencio de Irene desde entonces es un gesto de obediencia o si está cumpliéndose su propio pronóstico: la chica está en medio del tumulto adolescente, el colegio y la multitud de cosas delicadas que suceden a esa edad. Tiene temas mucho más importantes de qué ocuparse.

Ada por fin cree que puede respirar tranquila.

Nomeolvides

Si bien los viajes en colectivo suelen depararle al hombre la ocasión de mirar a su alrededor y descubrir motivos de interés diverso en situaciones, personas y palabras que le es dado ver o escuchar, tampoco puede decirse que se trate de una predilección como para cultivar a ultranza. Hoy, por ejemplo, hace calor y hay gente apiñada en el pasillo de modo que esta predisposición en principio favorable se diluye, a causa de la estrechez y los apretujones forzosos, en medio de una contrariedad creciente. El hombre (llamémoslo H.) trata de encontrar su lugar y se abre paso con dificultad. Allí está ahora, con el diario que no podrá leer plegado debajo del brazo, sujetándose del pasamanos alto. Es de mañana y el sol pega contra las ventanillas. Aun arremangada, la camisa blanca de algodón que lleva hoy le parece calurosa. Sigue subiendo gente. Una embarazada, un viejo. Una adolescente. La embarazada consigue que le den el asiento. El viejo, no. Difícil que se levanten dos al mismo tiempo para ceder sus lugares. La chica se para junto a él: es larga y huesuda, tiene el pelo de un rojo herrumbrado y una expresión pensativa. Trae un libro en la mano. Ni siquiera es una franca adolescente todavía, advierte H., debe pisar apenas los catorce años. Lleva un solero claro, con mínimas flores azules, y es posible (piensa) que haya vuelto recién de sus vacaciones: tiene la piel bronceada y el pelo, todavía húmedo por el baño, parece desteñido por el sol, con mechones más claros, casi amarillos. Tiene un aire de garza. No, piensa H. casi compasivamente, no es linda. Tal vez dentro de unos años, se dice, porque a veces la belleza puede ser sorpresiva, despertarse tarde. La chica, en contra del zarandeo del colectivo, abre su libro y lee, con la cabeza inclinada. Hay una frenada intempestiva en la esquina y ahora H. queda detrás de la chica que, por un momento, trastabilla apenas. El brazo desnudo de él, sujeto del pasamanos, le roza a ella la cara y rápido, demasiado rápido tal vez, H. lo aparta.

No ha sido ni siquiera un contacto, piensa, pero ese roce ligerísimo tuvo una vibración perturbadora y el movimiento que hizo para evitarlo incluyó, en su celeridad, un punto de exceso. No puede evitar una sensación de alerta en el cuerpo que la obligada proximidad de la chica mantiene en vilo. Ella sigue leyendo, sin embargo, como si nada pasara, ajena por completo a la turbación que ese ínfimo contacto ha despertado.

El colectivo arranca otra vez. H. puede ver delante de él la nuca cobriza de la adolescente, inclinada sobre el libro. Por encima del hombro de ella, trata de ver qué está leyendo.

Es *Anna Karenina*, descubre, es Wronsky en el tren, casi al principio, según puede leer desde atrás y a hurtadillas, como se decía en un tiempo, Wronsky deslumbrado por esa desconocida, y la chica absorta no parece darse cuenta de las sacudidas del colectivo, ni del calor o de la gente, tal vez la escena de esa pasión que empieza (cuyas señales apenas se vislumbran) la mantenga suspendida, lejos de este mundo pringoso que la rodea, ella no transpira, observa el llamado H., tiene la piel seca y suave (una pelusa dorada), olor a jabón y a menta de dentífrico y una curva entre los omóplatos que trae todavía desde la infancia y, lejana así como está, prendida del libro, mueve ahora la cabeza, sólo un pequeño movimiento brusco, hacia atrás, para quitarse el pelo que le cae sobre los ojos y es entonces ese pelo fino, descolorido por el sol, el que roza el brazo de H. con un cosquilleo minúsculo pero sutil que afecta, digámoslo así, su equilibrio. Intenta retroceder, H., digámoslo también, pero la chica se instala más cómoda en ese breve espacio que él le ha cedido de modo que otra vez están los dos ahora cuerpo a cuerpo, Wronsky avanza mientras tanto (los hábitos de un conquistador consumado facilitan siempre esta clase de introducciones), la chica no da señal alguna de advertir la proximidad de H. detrás de ella y reclina ahora la cabeza hacia un costado como si estuviera cansada de repente y su mejilla toca entonces el brazo de él. Pero esta vez se queda quieto, no quita el brazo, lo deja a propósito en el mismo punto y advierte entonces, sin lugar a equívocos, que tampoco ella se retira. Viendo la escena desde afuera nadie podría advertir allí nada fuera del orden de las cosas y, sin embargo, la mejilla de la adolescente toca apenas el brazo de H., tenue pero terca. Ella *deja* allí la mejilla. No es nada como estar apoyada contra él, es apenas un contacto por intención, por cercanía e intimidad, invisible, casi inexistente, es mucho menos que tocarse, pero H. no puede creer ya a esta altura que ella no advierta eso que sucede (que es nada y es tanto) y, cuando hace apenas un momento, decidió no retirar el brazo lo hizo justamente para saber si ella está de verdad distraída o, por el contrario, quiere provocar ese roce levísimo y sin embargo incandescente.

Wronsky, galante, mundano, encantador, ha logrado trasponer la experimentada cortesía de Karenina y, aunque él todavía no lo sepa, ya ha conseguido tocar el corazón de esa mujer prisionera de un mundo apretado y seco. H. observa los breteles cruzados en la espalda, el efecto marítimo de las pequeñas flores azules como una cascada contra el fondo blanco, el pelo partido en la nuca, los hombros inclinados, la chica tan pendiente del libro, de esa mujer magnífica y del cortejo ardiente de Wronsky —y ella no sabe nada todavía de lo que va a pasar, ignora aún cuánta vida viene detrás de ese esplendor inicial, esa sangre encendida del comienzo—, él no se ha movido o se ha movido apenas, es (digamos) inocente o eso al menos es lo que se dice a sí mismo, de todas formas intranquilo, un poco perplejo por este avance de la criatura que aplicadamente sigue leyendo, insospechable, casi inmóvil, dejando que el brazo de él le toque la mejilla (no, no es así, se dice H., *buscando* que la toque) y el contacto persiste y su misma levedad, su delicadeza, crean en él un apremio que contiene, ella no puede estar haciendo esto, se dice, sólo está leyendo, abstraída, lejos de todo lo que no sea esa escena, el rumor febril de la estación —ese apeadero a mitad de camino—, la tormenta de nieve alrededor de ellos dos, el sombrero de Anna, el efecto que ejerce sobre Wronsky su sonrisa, su impecable distancia, su belleza, pero sin embargo en cada movimiento, cada sacudida, zarandeo, curva, avance o freno del colectivo la mejilla de la chica acaricia, por decirlo así, el brazo de H., insiste en esa rozadura grácil, pequeñísima, contra el brazo que él deja (sigue dejando) inmóvil donde está. Y pensar que estas flores se llaman nomeolvides, recuerda H. con gratuita incongruencia, con erudición perfectamente inútil.

Pero de pronto la chica levanta la cabeza como si se despertara, mira la calle, cierra el libro y va hacia la puerta y pulsa el botón, espera que el colectivo se detenga y se baja, y recién entonces, desde la vereda, mira hacia donde está H. dentro del colectivo que volverá a arrancar en un segundo, lo busca y lo mira ahora, con ojos que él ve en este momento por primera vez, ojos grandes, separados, del color de las almendras, lo sigue mirando todavía cuando el colectivo empieza a irse, y le sonríe con una sonrisa luminosa, clara y cándida, se da vuelta y también ella se va.

Mañanas

18 DE JULIO, 1963. El café se llama Puerto Rico y, aunque parezca contravenir la gramática, es *la* Puerto Rico: está en Alsina, entre Bolívar y Defensa. En el techo hay vitrales de opalina, con un esmerilado de palmeras, una insinuación de paisajes del Caribe. Para hacerle honor al nombre. Las mesas son redondas, de mármol gastado gris oscuro con un fleje de acero alrededor y las sillas de madera, al cabo de un rato, se vuelven incómodas. Debe ser un efecto buscado: así la gente se va más pronto, la mesa queda libre, se ocupa otra vez (¡clin caja!): *Si no, éstos se eternizarían aquí toda la mañana con el mismo cafecito,* dicen los mozos. El pensamiento posiblemente es adecuado, pero el público ni se entera: *éstos* son ellos, los que van al colegio de la vuelta, y vienen a la Puerto Rico a hacerse la rata. En efecto, se pasan toda la mañana. Con el mismo cafecito, sí. Son las nueve y diez, están bien al fondo, clandestinos, para que desde la calle nadie pueda verlos. Hay veces en que hacerse la rata es un programa extraordinario. Los viernes, por ejemplo: Literatura Francesa-Latín-Historia-Física todo de corrido: demasiado para un solo día. *¿Jugamos a las películas?* Popy Merton, Ansaldi, Hundlen y laColo en un mismo equipo. Le toca a laColo representar. Ahora, a ella, el título que le pasan es *El valle de la abnegación*: los adver-

sarios son muy del estilo *les vamos a ganar a toda costa*, tienen el triunfo entre ceja y ceja. Estaba segura de que iban a querer vengarse: antes ellos los habían puesto contra las cuerdas con *Francachela corrida* (película inexistente, nombre inventado).Valle es fácil: un gesto hacia arriba con las manos: *montaña*, profiere Ansaldi; el mismo gesto otra vez, y las montañas ahora son dos. Entre las dos, un gesto de corte: *en el medio*, dicen, *a mitad de*, ¡*Valle*! aúllan por fin los del equipo: un valle se identifica fácil: para algo son alumnos de Difrieri. Artículos y preposiciones son pan comido: ya están. El, la, de: listo. Ahora viene *abnegación*: figurita difícil. Las abstracciones son siempre un poco peliagudas: laColo avisa que va a partir la palabra: truco permitido, lo incluye el reglamento: hace el ademán: una mano serrucha sobre la palma de la otra. *¡Va a cortarla!*, interpreta acertadamente el equipo. *¡Y va a representar la segunda parte!*, adivina la barra. Muy bien. LaColo representa: empieza a negar con la cabeza. Van arrimando: negativo, negativa, no, nada, niega, negación, laColo asiente, eso, eso: quiere decir pero no puede (ojo: esto es oficio mudo), señala con énfasis a Merton que embocó la palabra: eso, eso, ¡*negación*!, dicen todos, pero laColo hace con las manos otro gesto: que esperen, por favor, todavía falta. Ab, ¿cómo se hace ab?, preposición latina: desde: nuevos gestos para mostrar procedencia, origen, camino de un lugar a otro, hasta que alguien, Ansaldi, grita: ab-negación y queda completado el título improbable de aquella película donde Gregory Peck, enamorado, besa a Greer Garson en la cubierta de un barco (la luna sobre el mar riela) pero todavía tienen que pasar más de mil años, muchos más, para que el amor pueda triunfar sobre tanta adversidad.

Mamita querida

¿Qué hiciste?, volvé a decírmelo, que hiciste *¿qué?*,
dios mío, ¿y me lo decís así?,
a ver, ¿qué suponés que tengo que hacer?
¿que lo acepte plácidamente y me dé por enterada?
¿me lo contás para que te absuelva? ¿para que te perdone?
te aviso que ni pienso, y ahora mismo te callás: la que va a hablar soy yo, arreglátelas como puedas, como siempre te las arreglaste para hacer lo que te pareció, ¿o acaso me consultaste? esto es peor que cualquier cosa que hubiera podido imaginarme,
¿acaso no sabés lo que representás para tus hermanos?
yo quiero ya mismo una reunión de familia, ahora, mañana a más tardar, quiero hablar de esto con todos, que lo sepan todos, ¿cómo pudiste hacernos una cosa así?, y yo, imbécil de mí, que creí que eras dócil, la más dócil, la mayor, la más comprensiva, nunca hubiera podido esperarlo de vos, esto se llama de una sola manera: *traición*.
No puedo explicarte el dolor que me ocasionás, necesito hablar con tu padre para saber qué medidas tomar:
esto no puede quedar así, de ninguna manera.
Insolente, sos una insolente,

le voy a contar todo a tu padre,
tantas expectativas depositadas en vos para que termines en el bar de la esquina, con esa manga de vagos, de inútiles, de pajeros, hablando de ¿qué?, a ver, explicame así trato de entender, ¿de la revolución? ¿del tercer movimiento histórico?, no sé ni me importa,
lo que es imperdonable es tu falta de rigor, tu autocomplacencia,
así que decidís no dar la cara, cobarde,
por este camino no vas a llegar a ninguna parte, no vas a ser nada en la vida, lo que hace falta es firmeza, trabajo, ¿qué podemos esperar de vos?
nada, no vas a hacer nada, no vas a *ser* nada,
dejame hablar a mí, no me interrumpas, me tomaste por idiota, nos tomaste por idiotas a todos: una burla, la peor de todas, estoy hablando *yo*, vos ya hiciste lo que creías que tenías que hacer, ahora me toca a mí, vos vas a escuchar todo lo que tengo que decirte bien calladita, que esto pasó por no haberte hecho callar a tiempo.
Te dije que te callaras, no me importa lo que digas, nada puede salvarme de esta sensación de derrota horrible, de haber fracasado como madre, de haber creído que las palabras servirían para algo,
¿sabés qué? sos profundamente inmoral, salí de adelante antes de que me vuelva loca, andate, ¿no te estoy diciendo que te vayas? ahora no quiero escucharte, salí de acá antes de que te tire lo primero que tenga a mano,
andate de mi vista que si no te vas,
aydiosmío,
¿no te dije que salieras de adelante?

un día en esta casa va a pasar una desgracia, a ver, dejame ver qué te hice, me provocás, me provocás hasta el límite, te dije que te fueras, me ponés fuera de mí, ¿dónde te pegó?, dejame que te ponga alcohol, una curita, qué desgracia, justo un rompenueces tenía que ser, mirá lo que me hacés hacer: perdoname, perdoname por favor, me sacás de las casillas, me volvés loca, ¿ahora quién va a parar esta sangre? culpa tuya, mirá hasta dónde me hacés llegar, a qué extremos, yo que siempre creí en el poder de la palabra, en hablar para entender, persuadir, mirá dónde termino,
monstruos, somos monstruos, tu padre que no se hace cargo, vos que sos capaz de cualquier cosa, yo que te tiro el rompenueces, te pude haber sacado un ojo, dios mío, y esta puta sangre que no para, mejor vayamos a la guardia antes de que sea peor.

Nombre sobre nombre

Decirle *Duque* al Duque fue un gran invento.

Quién sabe si no habrá sido él mismo el que consiguió filtrarlo, a lo mejor mandó a algún cándido para que lo sugiriera: es un apodo demasiado favorable, le falta la dosis de maldad que en general tiene un sobrenombre. Con una sola palabra quedó convertido en caballero. Y aunque en el transcurso de la historia hubo mucho duque auténticamente miserable, si a alguien lo llaman *Duque* lo ennoblecen, le dan en el mundo una posición enaltecida y el que escucha no tiene más remedio que mirarlo con respeto.

Justo a él, que en la casa sólo le dicen Cacho. Tampoco tiene nada de malo: Cacho de aquí, Cacho de allá, la madre que le pide: *Hacele un dictado a tu hermano, Cacho, a ver si mejora la ortografía*, el padre que se enoja: *¿Qué significa este cuatro en geografía, Cacho?*, la hermana menor que está llorando, *Mirá lo que me hizo Cacho*, y muestra la rodilla raspada porque la empujó por la escalera. Un nombre tan doméstico, Cacho.

Los apodos solamente descriptivos son flojitos. Reflejan con toda claridad la imaginación discreta del equipo a cargo del bautismo. A Abbott, por ejemplo, le pusieron solamente *Gordo*: con él tampoco se esforzaron demasiado. Lo mismo que decirle *Negra* a Julia, *Petisa* a

Merton o *Enano* a Zabala: dos más dos da cuatro. O ponerle *Tano* de nombre a Vinciguerra: tampoco puede decirse que haya sido producto de una fantasía desbordante.

En el rubro descriptivo, sin embargo, hay algunos mejores que otros. A Rudi, por buen mozo, lo llaman *Langa* y a Teresita Campos (que es el arquetipo consumado de la chupacirios) le pusieron *Diosmebreli.* A Crapella que se la pasa jodiendo con el neorrealismo italiano le dicen *Terratrema.*

A otro le inventaron uno paradójico: le dicen *Relámpago* porque se da cuenta tarde de las cosas. Es inteligente pero tiene reacciones retardadas, cualquier saber le llega con ritmo atortugado. Pero es bien conocida la fábula: al final vence la tortuga. Y el Relámpago es así, un poco tipo Einstein que aprendió a hablar a los nueve años pero igual era un genio indiscutible. A otro que habla hasta por los codos, le dicen *Mudo* pero ése como mérito no cuenta porque se lo copiaron de Gardel.

Después están los apodos de animales: a uno que tiene movimientos sigilosos, le pusieron *Culebra.* Y a Clara Moreto que es altísima le dicen *Clarisa la Jirafa.*

Hay algunos patronímicos como el de Schroeder que, siendo alemán por los cuatro costados, resultó en un *Teutón* bastante previsible pero un paso más allá del Alemán que se caía de maduro. Igual que el *Flandes* que le tocó a Vanhüdden.

Pero las consecuencias que trae un sobrenombre no son tan fáciles. Porque el apodo transforma a la persona en esa característica que nombra y todo lo demás que también es, pasa a un plano tan secundario que queda lejos y nublado, como si el nuevo nombre fuera un gran foco luminoso y alrededor sólo hubiese sombra. Irene, por ejemplo, desde que le dicen laColo, es casi *solamente* pelirroja. Y no es justo, no es justo, se dice Irene que ya ni sabe cómo se llama: se mira al espejo y llora a cántaros.

La niña bonita

La única que se anima a celebrar el cumpleaños de quince con una fiesta verdadera es Martita Pronzi. Pronzi es una persona de convicciones firmes y ella, los quince, va a festejarlos contra viento y marea. No le importa hacer el ridículo y a lo mejor ésa es la valentía más verídica que puede existir: se ve que acaricia la ilusión de esta fiesta desde hace mucho tiempo: se mandó hacer un vestido de plumetí rosa, estrena zapatos de taco finito y estuvo toda la tarde en la peluquería para hacerse un peinado batido con rodete banana.

En los recreos, Pronzi, en lugar de juntarse con las otras, se sienta en un rincón, mordisquea el capuchón de la lapicera, adopta una mirada afligida y escribe poemas descriptivos del estado de ánimo de las personas, sobre todo los de ella misma que son los que le resultan más familiares.

Ahora redactó uno especialmente para leerlo en la fiesta. Cuando están todos reunidos en el living, antes del vals, como una manera de recibir a los invitados, Pronzi, en medio de la rueda, sin ponerse colorada, sin que le tiemble la voz, sin que le dé vergüenza, lee el poema. Es una poesía larga y cada vez que llega a un punto, hace una pausa, levanta los ojos y mira al auditorio. Pronzi es muy madura para su edad, tiene nariz afilada y larga y una expresión espiritual que acompaña con un aleteo de las manos. Se pinta las uñas con esmalte color nácar. El poema está manuscrito sobre un papel decorado como pergamino. Habla de las nubes que se ciernen en el cielo, del sol que las ruboriza, de un frágil velero entre las altas olas del mar: Pronzi tiene una gran facilidad para las metáforas. La lectura también significa un agradecimiento personal a sus invitados por haber venido. Todos aplauden con entusiasmo y mesura. Los más entusiasmados son los padres de Pronzi, los abuelos y también un grupo de tías que tienen el pelo de un color blanco rosado, duro de spray. Después, ponen el vals y el papá de Pronzi la saca a bailar. Bailan un rato largo porque ningún compañero se atreve a decirle al padre *señor, permiso, ¿no me deja bailar con su hija?*

Es una casa de estilo antiguo, el piso de parquet está muy encerado, hay una araña de caireles y un bargueño donde se ven las copas alineadas detrás de la vitrina. Hay cuadros de paisajes con cipreses oscuros y una estatua de bronce de la Venus de Milo mediana.

El papá es un hombre un poco viejo, ya tiene el pelo blanco. Lleva un traje azul y cuando se abrocha el saco, en la parte de la barriga se le hacen frunces. Pero baila como un experto, hace girar a Pronzi por todo el living y ella se deja llevar con la levedad de una pluma.

Al final, sale a bailar Feldman que es más bueno que el quaker y un poco tartamudo. Después viene Magnasco y después, Pereyra que es más petiso que Pronzi: cada uno de ellos da unas vueltas tiesas y la deposita en manos del siguiente que está ahí esperando con los brazos que le cuelgan a los costados.

Ella sonríe con beatitud, se le nota en la expresión que está cumpliendo un sueño dorado.

¿Y ella? ¿Querría laColo una fiesta de quince? No lo sabe, ni lo piensa.

El vals es el primer impedimento. Sin entrar en detalles, por una especie de saber de antemano, Irene está segura de que Mauricio jamás sería candidato al vals, ni al de la fiesta de quince ni a ningún otro, negado como es para el baile y para las por él así llamadas boludeces anexas, un pensamiento que puede llegar a englobar todas las acepciones del entretenimiento propio de la edad de Irene en un único ademán displicente.

Pero aun cuando Mauricio supiera bailar, aun cuando no le causara risa la sola idea, aun cuando decidiera ahorrarle a Irene el sarcasmo, resulta difícil que ella misma se imagine con vestido de organza y tacos altos porque el coloradismo, en esta escena, se vuelve más difícil que nunca, más inoportuno y estentóreo.

Irene alias laColo tironeada entre (primero) un padre tan remotamente ajeno a la posibilidad de prestarse a hacer lo que otros padres harían sin mosquearse y (segundo) el remilgamiento que por definición amenaza una fiesta de quince con vals y vestido más su propia incompetencia para el baile, decide que no quiere fiesta y piensa de qué manera, en cambio, puede celebrar porque al fin de cuentas, con vals o sin él, adornados o desprovistos de todo ornamento, los quince no son un cumpleaños como cualquier otro.

Ada le regala un vestido a cuadros grises y negros, muy práctico, que Irene va a poder usar a troche y moche. Es de teubalene, un género cuya reputación deriva, sobre todo, de que no necesita plancha. Así como se lava, queda: lisa su alma. Los dueños de la fábrica descubrieron el filón escocés y mantienen la lejana inspiración de los cuadros pero después, sobre los genuinos motivos originales, hacen improvisaciones un poco tristes: Irene está segura de que no hay ningún clan McNothing que haya elegido cuadros grises y negros para pasar a la historia. Es un vestidito cuya razón de ser es la practicidad a ultranza, su incólume resistencia a los lavados, esos colores sufridos que van a soportar tan bien el uso intenso y una hechura como de túnica franciscana o, por qué no, de bolsa de papas para que el cuerpo quepa adentro sin molestia, sin señales, sin gracia que lo revele.

Y entonces Irene invita a Popy Merton, a Ansaldi y a Magnasco, para que vengan el sábado a la tarde a tomar una cocacola con sándwiches de miga y papas fritas.

—¿Querés que te haga una torta? —pregunta Ada.

—¿Torta? No, mami, por favor, torta no: ni se te ocurra.

Lo único que podía faltarle a Irene en este cumpleaños es soplar quince velitas.

Primer plano

Para Irene es una pregunta crucial.

Y Ada le contesta que por supuesto, que aunque sea pelirroja igual es linda.

A Irene, ese *aunque* ahí incrustado le hace un efecto de desastre nacional.

—¿*Aunque*, mamá?, ¿qué quiere decir *aunque*?

—Que nunca vas a ser una belleza de tipo convencional.

A veces, Ada cree que con sus opiniones ayuda e incluso orienta a la persona pero sólo consigue demolerla. Lo único que habría querido Irene en la vida es ser *completamente* convencional.

Julia dice que es muy terminante, que así se vuelve atrabiliaria. Que es demasiado entusiasta, dice el padre, que un día de éstos se puede quemar. Que le falta rigor, dice su madre. Popy Merton dice que es agresiva. Que si no le gustás, perdiste: se puede volver un asco de persona. Que es inteligente, dice Ansaldi: palabra sancta. Que está buena, empiezan a opinar algunos varones. Que sabe contar cuentos, películas, novelas, historias: eso lo reconoce hasta su hermano Álvaro que es un amarrete para los elogios. Que ella siempre se siente obligada a ser auténtica, dice el Tano. Que desde el costado mira pasar las cosas: vocación de testigo, bufa la madre (de paso asigna, condena). Que pide disculpas demasiado seguido, piensa ella. Que mete la pata, que termina diciendo lo que debería callarse, piensa Julia. Que lo suyo no es exactamente buen cuerpo pero sí buena figura, dice la madre de Julia fijando las reglas del canon. Que baila mal pero va a bailar bien aunque sea lo último que haga en la vida, piensa ella. Que es una insolente irrespetuosa incapaz de reconocer la autoridad, dice el profesor de Latín: la manda a marzo. Qué vergüenza. Que parece una walkiria, dice el de Castellano. Que se lleva el mundo por delante, piensan algunos (para bien o para mal). Que un tropezón no es caída, piensa la propia Colo. Que nunca nadie vuelva a decirle Zanahoria, sueña. Que quiere tener el mundo a sus pies, sigue soñando. Que le pongan una suspensión, grita el celador: que se quede libre de una vez a ver si aprende, se desgañita. Qué voy a hacer de mi vida, piensa ella. Que no hay recreo ni hora libre. Que desde que vio a Rhett Butler por primera vez, lo busca en el mundo: sólo ella y su corazón lo saben. Que tiene ojos de cierva, dijo un enamorado. Que quiere ser feliz, dice ella, sin saber todavía que sólo de vez en cuando la vida.

Hora de Gramática

Fatigado, jadeante, se detiene al fin a la entrada del desierto de Acribén y reconoce, tarde, su internación en las llanuras. Resuelto a adoptar otro plan menos aventurado, repasa el Arauca y acosado por la tenacidad de nuestros lanceros, se guarece en Achagüa. Con la aurora, el ejército español se pone en movimiento y como león herido se aleja del sitio. Llegaría pronto. El cielo al poniente se abría ahora en pantallas de oro y el río se había coloreado también. Desde la costa paraguaya, entenebrecida, el monte dejaba caer sobre el río su frescura crepuscular, en penetrantes efluvios de azahar y miel silvestre. Lejos sobre el río de oro la canoa derivaba velozmente, girando sobre sí misma ante el borbollón de un remolino. La noche le reserva horas de angustia y escenas desastrosas. Otros salvajes cruzan en la oscuridad el campamento, furiosos como ráfaga infernal. Cunde el espanto, prevalece la confusión, regimientos enteros se agrupan sin concierto y disparan sobre sus compañeros.

La voz engolada, muy a tono con la prosa, es la de un profesor que dicta despaciosamente a sus alumnos el antedicho fragmento para que puedan ir escribiéndolo en sus cuadernos, carpetas u hojas sueltas. Un grupo numeroso de adolescentes escribe en silencio, con la nuca inclinada sobre el papel, en el aula gélida. Tres ventanas angostas dejan ver un cielo brumoso de invierno. El profesor —pelo gris muy corto, anteojos de armazón metálico, corbata con mínimas pero no por eso menos incongruentes mariposas amarillas alineadas—, de pie detrás del escritorio, apoya el libro, mira fijamente a sus alumnos y se frota las manos despacio. Se toma su tiempo: ¿tan frías tendrá las manos?, se pregunta inquieto alguno que otro estudiante. Se sienta detrás del escritorio, abre su libreta de tapas de tela roja engomada y en un silencio de suspenso va dando vuelta una por una cada página.

A ver, Pérez, dice finalmente, y Pérez —rubio, prolijito— se para, para hacer el análisis. *Predicado verbal compuesto, núcleos detiene y reconoce, Fatigado, predicativo subjetivo, Jadeante*, dice Pérez respirando normalmente a pesar del ímpetu que lleva, *también es predicativo subjetivo, al fin complemento de preposición, podría ser un circunstancial de tiempo, a la entrada del desierto de Acribén, complemento de lugar, el núcleo es entrada,* cuánto sabe Pérez, habla de corrido, no duda, debe ser el alumno dilecto del profesor, seguro que lo llama cuando necesita levantarse el ánimo, sentir que no cae en tierra baldía lo que enseña, que alguien incluso llega a entusiasmarse con sus clases. Aunque también puede ser que lo llame para poder distraerse en cuanto Pérez se interna en las llanuras, pensar mientras tanto en algo diferente que quede muy lejos de Acribén y de Achagüa, a lo mejor en las piernas de la chica que está en el primer pupitre, en la trifulca que tuvo con su mujer a la mañana, o en las pequeñas riñas académicas que pretende timonear, pero acaso pensará él por ventura dejarle sólo a Pérez toda la tarea, los otros escriben afanosamente, marcan sobre el texto escrito lo que Pérez va diciendo con tanta fluidez, ¿será chupamedias, Pérez?

Más que chupamedias, topadora, sigue adelante, *resuelto a adoptar otro plan menos aventurado, complemento de modo, pero resuelto es verboide*, y resuelto es Pérez que se aventura como el mejor, *tiene régimen verbal, a adoptar otro plan menos aventurado es complemento de fin y otro plan menos aventurado es el objeto directo de adoptar que también es verboide*, a Pérez no lo para nadie, se lo ve tan satisfecho de sí mismo, tan confiado que no le vendría mal un tropiezo aunque fuera menor (comete una coma, Pérez) tanto como para bajarle el copete, pobre Pérez, tan impecable, la mamá debe plancharle la raya de los pantalones todas las noches, pero en ese momento ya *repasa el Arauca*, y en ese predicado *Arauca es el objeto directo* sigue diciendo, hay que ver cómo le va ahora, cuando sea acosado por la tenacidad de los lanceros, pero el imberbe Pérez ni se inmuta, no hay acoso que valga ni tenacidad que no se doblegue ante la sapiencia de Pérez que sigue destripando a los lanceros, puestos ahora a la cola de un complemento agente, ¿cuánta ferocidad sería necesaria para resistírsele?, pero cuando llega el momento de guarecerse hasta el mismo profesor parece considerar que tanta precisión ya es casi alarde y le dice que *está bien, Pérez*, que siga Malcioni, quien por su parte verá nacer el nuevo día porque *con la aurora* sin duda es un complemento de tiempo y aurora, de bello cielo rosado por el amanecer, deviene sin más trámite término a secas. Pero *el ejército español ya se pone en movimiento y como león herido* se aleja, dos complementos de modo al hilo que Malcioni también reconoce rápidamente para vergüenza del majestuoso rey de la selva que queda así convertido en simple accidente gramatical, él que con sus rugidos hacía estremecer la planicie entera. *Llegaría pronto* es fácil, cualquiera se atreve. Pero a Malcioni le cuesta identificar qué clase de circunstancial sería *en pantallas de oro* y el profesor, tan amable con Pérez que se las sabía todas, se irrita por el aire un poco dormido de Malcioni que parece pertenecer a esa desdichada categoría de personas que con la amabilidad ajena se afianza pero, ante la menor muestra de antipatía, resbala y se cae, *de modo, Malcioni, de modo,* casi grita el profesor al borde del desborde.

Siéntese Malcioni, a ver usted, Marengo, y Marengo, primero de la fila por petiso, arranca desde la costa paraguaya, reconoce sin problemas el sujeto puesto en el mismo medio para confundir al distraído, no permite que la entenebrecida lo empequeñezca, atraviesa la frescura crepuscular del río que, quién lo diría, es ni más ni menos que un objeto directo y se deja alcanzar por los penetrantes efluvios del azahar y la miel sin que lo distraigan de su meta que es descifrar, entre el perfume, la traidora arquitectura de otro circunstancial de modo lo cual, finalmente, guarda su lógica porque dada la multitud inabarcable de formas, maneras, estilos, modas o matices ¿cómo podrían ser uniformes los circunstanciales que describieran tanta diversidad?

Malcioni levanta la mano para seguir, quiere recuperar puntos, mostrarle al profesor que él también sabe, que lo suyo no fue error sino vacilación momentánea pero el catedrático se muestra inconmovible ante esa mano trémula que se agita en el aire y dice *continúe usted, Miller,* viniendo a ser Miller la chica del primer asiento cuyas piernas tal vez interesaron al profesor más de la cuenta (porque esas mariposas amarillas de su corbata por más alineadas que estén darían mucho que pensar), y Miller arremete con el río de oro y no le importa que la canoa derive velozmente porque igual se da cuenta de que es el sujeto de la oración y girando sobre sí misma ante el borbollón de un remolino, la chica mantiene firme el timón porque, por raro que parezca, es otro insidioso circunstancial de modo que Miller, quizás advertida por el traspié de Malcioni, reconoce al punto para beneplácito del profesor quien le suma a la chica un mérito más aparte de sus pantorrillas. Pero dadas las dificultades que implica su análisis minucioso, una vez que Miller da pruebas de su destreza para desmenuzarlas, el profesor le pide a Calvo que a ver si sigue el edificante ejemplo de su compañera y *aunque la noche le reserva horas de angustia*, el chico se las arregla lo más bien para salir del paso y ponerle a ese objeto indirecto los puntos sobre las íes pero cuando *los salvajes cruzan en la oscuridad* y se ponen *furiosos como ráfaga infernal*, se ve que Calvo se quiere hacer el vivo: piensa que todo lo que es raro termina siempre siendo circunstancial de modo y ahí nomás se manda, pero el profesor lo para en seco, *piense un poco, Calvo, me extraña*, porque es un predicativo subjetivo, con complicaciones, sí, pero predicativo al fin de cuentas y el profesor lo dice como si fuera transparente, ofendido casi por la confusión del pobre Calvo que le deja el turno a Pereyra.

Pereyra es gordo, culón, frente angostita, transpira Pereyra, seguro que a él el álgebra se le da más fácil, y *cunde el espanto, prevalece la confusión*, pero así y todo se las rebusca, oración compleja, dice, pero no tanto como para no advertir que son muchas oraciones adentro de una grande, cortitas, fáciles, una vez que le encuentra la vuelta a la estructura, a Pereyra no hay quien le ponga freno, *regimientos enteros se agrupan sin concierto y disparan sobre sus compañeros* y Pereyra sonríe como si fuera él mismo el que dirige la partida y los lleva a todos hasta la victoria final. Pero la ilusión es breve: el profesor es malo y se ensaña, *¿qué es sobre sus compañeros?*, *circunstancial de compañía* desbarra Pereyra sin vacilación, con entusiasmo inclusive, orgulloso de su hallazgo, *usted, a quien va a hacerle compañía es a la legión de analfabetos*, escucha que le dicen desde el frente, y el profesor, mariposas inmóviles en la corbata, temible libreta en mano, anota la nota, *es de lugar, Pereyra, de lugar*, ¿compañeros, un lugar?, se pregunta Pereyra, un lugar es una orilla, un puerto, una bahía, sin ir más lejos un banco donde caerse sentado, pero: ¿compañeros? ¿qué clase de lugar sería? *Figurado, Pereyra*, amplía el profesor con una sonrisa más bien amenazadora, *complemento de lugar figurado* y el pobre Pereyra que había avizorado el triunfo un momento atrás se derriba en retirada sobre el pupitre, siente que de nuevo cunde el espanto, que otra vez prevalece la confusión, que las horas que vienen le reservan escenas desastrosas, exámenes, bolilleros, que no tiene sitio alguno donde guarecerse, reconoce, tarde, que para su internación en los meandros de la gramática le falta mucho todavía y fatigado y jadeante, se da por vencido mientras el profesor cierra la libreta, se levanta y anuncia que ha sido todo por hoy.

Mañanas

11 DE JUNIO, 1964. Siete de la mañana. Frío, frío, frío: el rocío es hielo escarchando el pasto del parque: noche cerrada todavía, cielo oscuro, neblina. El frío tiene un olor acre, encierra el humo de hojas caídas ardiendo en el fuego, el pedregullo del camino cruje, también helado, murmullo o crepitación bajo los pasos rápidos. Existe una ilusión: caminando rápido, el frío se atenúa. El frío se ríe de las ilusiones: no se deja atenuar así nomás, por una mera rapidez: insiste, no hay paso decidido que valga en su contra, frío hace y seguirá haciendo: si querés, corré.

El portafolios es de cuero duro: a la mano le duele, le pesa llevarlo. El camino se bifurca. Irene cambia el portafolios de mano para que le duela menos, y recién empieza el día, ¿para qué tantos libros?, *diritte le spalle* pero mejor encorvada, más caliente, el aire dentro del echarpe es tibio: es más abrigado respirar así. Una urraca baja en picada desde la copa de un árbol (siempre el mismo árbol: una araucaria en la encrucijada), chilla de repente contra el oído de Irene y cada mañana Irene se asusta como si nunca antes hubiera sucedido lo mismo. La urraca remonta vuelo otra vez, grazna burlándose de ese susto que es sin duda su juego preferido, pájaro gris de pico largo y humor maligno que, a esta altura ya es lícito pensarlo, debe tenerla de punto, saber que no se acuerda a la mañana siguiente de la del día anterior, que a esa hora, casi el alba, tan próxima al sueño todavía, el vuelo de la urraca, su súbito graznido, se borran de la misma manera que el olvido cancela los sueños cuando uno abre los ojos, y así Irene, todos los días, borra después del susto el episodio y vuelve a la mañana siguiente a pasar debajo del mismo árbol, en el mismo cruce de caminos, sin recordar el peligro de ese pájaro burlón que, viéndola distraída, ensimismada dentro del frío, dentro de pensamientos o de ensueños, baja en picada y le grazna una vez más en el oído.

Música de fondo

Adamo canta *elle marche par les rues de la ville*, Irene también camina, vuelve a su casa, cruza el parque tarde a la noche, la estatua está oscura y erguida, vigila, *mes mains sur tes hanches* canta Adamo con esa voz quebradiza que se va metiendo en el corazón: quién va a rodear la cintura de Irene con las manos, a mirarla a los ojos enamorado, quién va a pedirle un mechón de pelo para guardar entre sus recuerdos, quién le dirá *michelle ma belle* (como los Beatles en el departamento de la calle Tagle) pero sobre todo *twist and shout*, sobre todo *a little help from my friends* aunque lo de Irene, la verdad sea dicha, es más el club del clan los viernes a la noche, el Doctor Cándido Pérez, Ruta 66 y pizzas con coca-cola, reuniones estrictamente familiares, *shame and scandal* si esto se supiera, Palito Ortega con saco de lamé fucsia: extraordinario debut en sábados circulares y entonces, justamente, te extraño tanto mi amor por qué será, dieciséis años, yo nunca estuve así enamorada, nunca te lo juro, *ho capito che ti amo*, primeros cigarrillos: furtivamente, lágrimas porque *les feuilles mortes se ramassent à la pelle et les amours et les regrets aussi* pero el gorrión de París no se arrepiente de nada, barre con todos sus recuerdos para volver a empezar, y tú ¿por qué camino andarás?, la perfidia tiene nombre, tiene nombre el amor por primera vez, *e se domani io non potessi rivederti piú, lontano dagli occhi, lontano dal cuore*, bailar en un único ladrillo tiene sus riesgos: codo como escudo como quien no quiere la cosa, Venecia será siempre sin ti: no puede ser de otra manera: es lo que no podrá ser nunca: hay lugares así, que son la promesa y su final al mismo tiempo, la belleza tiene un último mordisco de pena y de pérdida, no te vayas de mi lado todavía: te has convertido en parte de mi alma: es la historia de un amor como no hay otro igual, ansiedad de tenerte en mis brazos: bésame mucho, como si fuera esta noche la última vez (la última noche que pasé contigo): reloj no marques las horas, detén el tiempo en tus manos: dicen que la distancia es el olvido pero yo no concibo esa razón: te vas porque yo quiero que te vayas, cuando vuelva a tu lado y esté a solas contigo, arráncame la vida: *dis lui tout ça, dis-le lui pour moi*: que me voy cuesta abajo en mi rodada, que las ilusiones pasadas no me las puedo arrancar, son golondrinas de un solo verano: querer detenerlas es una quimera (quimera es sueño, algo imposible: la golondrina siempre va a seguir vuelo, no hagas nada, ni un gesto: es todo inútil), se irán como los trenes que parten desde andenes grises, desde estaciones sin nombre, de este arrabal o de cualquier otro, bajo la tenue luz de un farol (luz pálida, amarilla, inútil): siempre se están yendo, solamente una vez amé en la vida *et j'entends siffler le train*: escucharé toda mi vida el silbato de ese tren que se va (estuve a punto de correrlo, a punto de alcanzarlo), en las canciones la vida siempre es toda entera y *yesterday* fue un tiempo precioso que se perdió, *all my troubles seemed so far away, maintenant que vais-je faire*, así: como se tira de costado un papel viejo, así, ahora que te fuiste por la vereda tropical (¿en el tren de la canción anterior?), ¿estás perdiendo el tiempo? ¿pensando?: la luna dice que estás enamorado del mar y tú, tú me respondes: quizás, quizás, quizás, lo peor son las noches de ronda, lo peor es el camino verde que va a la ermita que juntos un día (lloran de pena las margaritas), el tiempo lo ha borrado, ¿dónde estás, caminito que todas las tardes?: *no more* caminito: nostalgias de sentir tu risa loca o como un fuego tu respiración: mi vida se apaga y va dejando en su visión cenizas en mi corazón pero no hay nadie: la puerta se cerró detrás de ti (dejaste abandonada la ilusión): pasarán más de mil años, muchos más, en el alma sólo tengo soledad pero allá tal como aquí en la boca llevarás sabor a mí.

Escalera real

Todo pasó en el rellano de la escalera. Entre el sexto piso y el quinto, a lo mejor entre el cuarto y el tercero: Irene vive en el séptimo, iban bajando. Y a los diecisiete años, por más Duque que uno sea, tiene que tomar coraje.

El vestido que llevaba Irene era verde esmeralda, de jersey, era como son las fundas para las almohadas —imposible que queden bien. Pero ésa es una época en la que ningún vestido le queda bien: la ropa, por las dudas, se la elige la madre.

Cuáles son esas dudas es algo que Irene no sabría contestar. Puede decir, solamente, que abarcan un espacio amplio y muy fértil que ni siquiera Ada consigue dominar del todo: son acechanzas, sombras, temores, zancadillas más del pensamiento que del mundo mismo y cuando aparece la embestida de las preocupaciones es como si le dieran un zarpazo: Ada queda distraída, parece que una agitación misteriosa se apropia de ella y la arrastra hacia el fondo. Y más vale que a Irene ni se le ocurra preguntarle *mami, qué te pasa* porque, cuando entra en pánico, Ada dice lo primero que se le cruza por la cabeza por más impresionante o más extemporáneo que pueda ser para los chicos enterarse de algunas cosas. En ella el miedo es más fuerte: las leyes de la genética que pueden resucitar el rasgo más oscuro de algún pariente prehistórico, las emboscadas posibles —en la calle, en los zaguanes, en un tranvía, en el cruce de dos avenidas—, los bombones con somnífero que ofrece algún viejito amable en el cine o en el colectivo (sale en los diarios), las consecuencias perniciosas de la paja (nombrada con todas las letras), el pecado de la indolencia, la falta de apetito, la flacura o sus antípodas, cualquier clase de accidente —una tijera que se cae de punta, un resbalón que te desnuca, un secador de pelo enchufado que se hunde en la bañera llena, un porrazo en la vereda, algún cohete perdido la noche de Navidad, un lápiz en un ojo que te deja ciego— los humores tenebrosos, la inacción, el ocio, el desinterés por la lectura o bien el interés excesivo que puede convertir los libros en un escape peligroso, la alegría sin explicaciones, que podría derivar desde o hacia la estupidez, la ausencia de rigor en el pensamiento, la autoconmiseración (una falla gravísima), la falta de aspiraciones en el horizonte, los objetivos difusos en la vida, el cuello que todavía no aprendieron a lavarse, *no sé hasta cuándo habrá que esperar*, o la negativa a tomar una sopa de verduras que ella recién preparó, asuntos que, todos sumados, le graban en el semblante un gesto un poco consternado y, en la voz, un diapasón que a los chicos, más de una vez, les hace pegarse un susto.

Sobre el tema específico de la ropa, Ada prefiere ahorrarse las explicaciones.

—Como se ve que no sos vos la que tiene que salir con esto a la calle —dice Irene, mortificada.

—Si no te gusta, paciencia. En esta casa todavía mando yo.

Cuando el Duque tocó el timbre, tuvo que esperar

un minuto antes de abrir la puerta. Y no era solamente porque él estaba ahí.

Eso primero y principal, pero también porque Álvaro había entrado de lleno en ese momento, idiota de hacerse el gracioso. Ahora se le había dado por contar chistes, unos chistes incomprensibles que tenía que explicarlos para que se entendieran. Con una voz que de repente era ronca y de repente, finita y destemplada. Además Álvaro bien podía querer vengarse de algunas maldades antiguas de Irene, que tampoco puede decirse que ella sea ninguna santita. No iba a encontrar otra oportunidad mejor que ésta, con el Duque ahí, en su propia casa. Porque Álvaro seguro que sabía que ella gustaba del Duque.

En esa casa la intimidad no existe, es un concepto que no tiene ninguna cabida entre ellos. Por algo no hay llave en ninguna puerta.

Y Álvaro podía aprovecharse y hacerle sentir a Irene que las cosas habían cambiado, *¿te creías que me ibas a mandar para siempre, que te iba a durar* forever*? No, se acabó. Finish, nena,* diría poniéndose los pulgares adentro del cinturón como los gángsters de *Los Intocables.* Es la serie preferida de Álvaro, va especialmente a casa de un amigo para ver cada capítulo. *Finish* dice, así, mirándola a los ojos: es una de sus últimas adquisiciones.

—¿Quién te creés que sos, tarado? ¿Al Capone? —Irene tiene unas ganas fulminantes de matarlo.

En casa, no hay televisión dicen los padres con sobrio orgullo y ni se les ocurre la idea de comprar una. Una de las teorías que tienen considera el efecto de imbecilización que puede ejercer sobre sus chicos pero nunca, ni remotamente, pensaron que los lunes, en el colegio, cuando *todos* comentaban lo que había pasado el sábado en *El Fantasma de la Ópera*, Irene tenía que escuchar con cara de opa sin saber de qué estaban hablando.

Al Duque, *El Fantasma de la Ópera* le gustaba mucho. Seguía cada capítulo religiosamente. Eso era en tercer año: todavía estaban en la misma división y el Duque se sentaba detrás de Irene. Ella no podía explicarse de qué forma había pasado pero el primer día de clases, cuando terminaron de acomodarse en sus bancos, el Duque estaba sentado ahí, justo en el asiento de atrás.

Fue ese mismo año cuando, un día, el profesor de francés le dijo a Irene que leyera un poema de Prévert. Ella se paró y leyó: *il a mis le café dans la tasse et moi j'ai pris ma tête dans ma main et j'ai pleuré*. Y el profesor, mirándola con más atención que de costumbre, viéndola por primera vez en cierto sentido, había dicho algo así como qué manera de crecer tienen los chicos, una apreciación más intencionada de la cuenta, tan masculina patente que la hizo poner colorada. Se habían reído todos. También ella se había reído porque no sabía qué hacer, parada en medio de la división, sola, con ese pelo rojo vivo cayéndole sobre la cara, demasiado evidente para la edad que tenía, para cualquier edad.

Sí, su hermano era la preocupación principal. Por supuesto que no podía ni mencionarlo, bastaba con decirle a Álvaro *por favor te lo pido portate bien* para que él se diera cuenta y se le ocurriera alguna idea maligna. Y tampoco iba a incurrir en la abyección de ofrecerle cosas a cambio del silencio, no estaba dispuesta a caer tan bajo. Luchi no, Irene no creía que Luchi fuese capaz de hacerle ningún daño, a menos que Álvaro, claro, la instruyera especialmente. Mejor no pensar, era mejor no pensar las cosas horribles que podían pasar. También estaba la abuela pero ahí Irene sentía más confianza, la abuela tenía dignidad, no iba a hacer papelones. Y por suerte, Ada no estaba porque si no Irene nunca hubiera aceptado que el Duque fuera a su casa.

Habían estado estudiando toda la tarde. Irene, al Duque, le explicaba psicología y el Duque, a ella, le explicaba química.

Irene, para las ciencias exactas, es una negada. Sólo la palabra *matemática* alcanza para que se asuste y deje de entender. Y con la química es todavía peor: para Irene una valencia será siempre una entidad indescifrable.

Una hora después (los hermanos, por suerte, seguían sin dar señales de vida), Irene sabía que era inútil que el Duque intentara explicarle. Primero, porque la química era un enigma pero además, más que nada, sobre todo, porque era *él* quien le explicaba, el Duque allí, tan cerca, a menos de un metro de distancia, mirándola a los ojos. ¿Valencia? Sí, justamente: en la luna de Valencia era donde estaba Irene.

El Duque, por su parte, cuando llegaron a la bolilla de psicoanálisis le dijo que él pensaba que todo eso era un invento, una superchería total. *Mirá si yo voy a tener un inconsciente*, dijo. Parecía muy seguro de sí mismo, igual que el papá de Irene cuando decía que esas cosas eran muletas para gente sin recursos interiores.

Se habían pasado todo el secundario mirándose. A veces, cuando volvían del colegio, compartían algún viaje en subte. El Duque tenía teorías de otra época, parecía recién salido de algún suburbio obsoleto. Que las mujeres a lavar los platos. Cosas así, que él decía porque las pensaba pero también para sacarla de las casillas. Y ella entraba *like a horse*, como diría la señorita Luna. Los argumentos no tenían ningún valor, lo único importante era que las discusiones encendían entre ellos una especie de entusiasmo. Por un carril aparte iban las miradas, sin palabras. Era de esa manera: cuando estaban cerca, se peleaban; cuando estaban lejos, se miraban. Eso venía pasando desde hacía casi cinco años y después, un día, sin previo aviso, sin ningún motivo, el Duque le propuso que estudiaran juntos.

Irene nunca está muy segura de llevar a nadie a su casa. Le parece que su familia es rara, como si entre ellos y el mundo hubiera un puente roto que no dejara que las cosas los alcancen. Ella misma se considera bastante irregular. Muchas veces, cuando llega del colegio al mediodía, pone el long play de Gardel. Sus compañeros escuchan a los Beatles pero ella, hasta ahora, sólo los oyó de lejos. Todavía no le dicen nada. En el long play, Gardel habla un poco antes de cantar. Irene pone el disco siempre del mismo lado: apenas él canta *eran cinco hermanos ella era una santa*, se pone a llorar: la viejita de canas muy blancas ejerce sobre ella un reflejo pavlov de lágrimas.

Pero era ahora o nunca: Irene le dijo que sí.

Pasaron por la cocina, la abuela levantó la vista de la masa que estaba haciendo sobre el mármol.

—Es un compañero, abuela. Viene a estudiar.

—La puerta la dejan abierta, ¿eh?, no quiero líos con tu mamá.

A ella lo único que le importaba era eso. Pasaba a controlar a cada rato pero no veía nada que la inquietara. Irene estaba sentada en la cabecera de la cama y el Duque, en la otra punta. Una buena distancia. En el medio había papeles, libros, la colcha lanosa. Ningún peligro.

Y en eso el Duque se quedó sin cigarrillos.

—Bajamos a comprar cigarrillos —informó Irene.

—¿No puede ir él solo? —preguntó la abuela y después, más bajito, llamándola aparte—, ¿qué clase de hombre es que tenés que acompañarlo?

A ella no había ninguno que le viniera bien. Decía que los únicos hombres buenos son los que tienen pelo en la palma de la mano ¿Hay? No, no hay. ¿Entonces? Como si dijera: ¿viste?, tengo razón yo.

El ascensor no andaba así que tuvieron que bajar por escaleras. Irene iba adelante y el Duque, atrás. Se apagó la luz. A oscuras, tantearon la pared buscando el interruptor. El interruptor no apareció pero la mano del Duque encontró la mano de Irene. En el rellano, entre el quinto y el cuarto, o entre el cuarto y el tercero, él la agarró del brazo y la apretó contra la pared. La pared era áspera, estaba pintada de color clarito. Le dio un beso en la boca.

En la escalera estuvieron diez minutos.

Después compraron los cigarrillos y volvieron.

—¡Cuánto tardaron! —dijo la abuela—. ¿Qué pasó?

Pero el Duque tenía novia, una morocha medio retacona de pelo lacio y cara ancha, con flequillo. Irene la conocía porque una vez él la había llevado a una fiesta. Se pasó toda la noche sentada en una silla de respaldo duro mirándolo bailar con la morocha. Bailaban dos y uno, dando saltitos. Y no había ningún codo de ella puesto para guardar ninguna distancia. O sea que *ya* no era necesario.

El vestido de terciopelo gris que llevaba Irene tenía la pollera cortada de una manera que a cada momento se le subía por encima de las rodillas. Estuvo todo el tiempo tratando de bajarse la pollera. Un tironeo inútil: medio segundo después de haberla estirado, la pollera ya había vuelto a treparse. Las rodillas, esa noche, eran una maldición gitana. Casi fue peor eso que ver al Duque bailando con la novia. Todavía faltaba un par de años para la minifalda. Todavía faltaba un par de años para casi todo.

Pero en obcecación, a Irene, no la ganaba nadie: lo de la novia no alcanzó para descorazonarla. Total la chica ésa, al colegio, no iba: era de otro colegio, uno de monjas que quedaba a la vuelta de la casa del Duque. Adoratrices, se llamaba.

En esa época, Irene y el Duque ya no estaban en la misma aula. Se veían en los recreos: algunos cruces, sobre todo en el patio con la fuente, sobre todo en primavera. Sobre todo por las miradas. El Duque tenía ojos negros. Y tenía esas pestañas. No muchas pestañas. Sólo eso: pestañas. Un color no alcanza para explicar nada. Una intensidad, cuando mucho. Los ojos negros son más fuertes que los azules, por ejemplo. Miran más hondo, se supone. Las pestañas le dan una textura a la mirada, una suavidad a la intención. El Duque tenía pestañas. Tenía los ojos de Rhett Butler.

Las puertas de las aulas eran de madera y vidrio. Madera abajo, arriba vidrio. Cuando el Duque tenía hora libre, Irene podía verlo parado en el marco de la puerta, del otro lado del vidrio, mirándola a ella sentada en su banco —el segundo en la hilera del medio, frente al escritorio del profesor.

Era eso, solamente: el Duque la miraba. Trataba de que ella dejara de prestar atención, que se distrajera de todo lo que no fuesen los ojos de él.

Siguió siendo así, exactamente: como si los besos nunca hubieran existido.

La madre se enojaba.

—Así no vas a llegar a ninguna parte. ¿Cuál es el propósito de tu vida? ¿Sufrir por ese infeliz que no te merece? No entiendo qué le habrás visto.

Ada tenía debilidad por las grandes palabras. Un vicio como cualquier otro, quizás un poco peor que cualquier otro.

Después, llegó el último año.

Fue el mejor de todos.

El mundo de golpe se había poblado de personas y de cosas. En la casa de Irene el teléfono sonaba tanto que hasta el padre se ponía nervioso: él sólo quería dormir la siesta en paz, estar tranquilo ese rato que volvía a la casa.

—¿Justo a esta hora tienen que llamar?

Había reuniones, muchos amigos, iban al cine todos juntos, se hacían la rata en el café de la vuelta, jugaban a la batalla naval, al oficio mudo o a las películas. Había conversaciones apasionantes, interminables.

El padre de Irene la esperaba colérico.

—Dijiste que volvías a las doce. Son las dos de la mañana. ¿Éstas son horas? —la voz era sombría, amenazante—. Te aviso que te estás pasando de la raya... tené cuidado con lo que hacés...

—No me di cuenta, papi, perdoname.

—Yo así no puedo dormir. Me la paso dando vueltas, pienso cosas horribles hasta que no escucho la llave en la cerradura. Basta. Que sea la última vez, ¿me entendiste? Es de tu conveniencia, Irene —decía con una voz lúgubre que a ella le daba miedo.

El Duque no formaba parte de esos programas.

Él estaba en otro grupo. Otros amigos, otro barrio. Otra novia. Colegio de monjas, retacona, cara cuadrada: lo que fuese.

Pero la que él quería era ésa.

Fallaste, corazón

Que me pida perdón —sueña laColo—, que llore con lágrimas verdaderas (no simplemente ojos húmedos, un atisbo de llanto, que sean lágrimas), que no me inmute, que mi corazón se quede en calma cuando lo vea (que no sólo parezca, que así sea: quieto, distante, verdaderamente lejos), que pueda dar media vuelta y dejarlo ahí como quien dijera de rodillas, que con esa imagen en los ojos me vaya para siempre, lo deje atrás, dé vuelta la página pero que él, antes, me diga: no te vayas ahora, y yo mirarlo desde arriba, sobre el hombro, y decirle: precisamente ahora es cuando me voy, ya es tarde (un bolero suena, atrás, en el fondo). Que sienta un vacío, una horrible pesadumbre, que mi recuerdo lo asedie día y noche como una añoranza a perpetuidad, como una astilla encendida, como un dolor persistente. Que me sueñe, me imagine, me busque. Que no me encuentre nunca. Que yo sea su primer pensamiento cuando abra los ojos y el último, antes de dormirse. Que imagine verme, en cualquier esquina, en cualquier ventana, en cualquier momento y que no sea yo, que nunca sea yo. Pero que todo lo haga recordarme, que me vuelva un sueño imposible, que lo vuelva insomne, que lo vaya volviendo loco poco a poco.

Primer plano

Julia tiene piernas largas, caderas angostas. Un aire de india un poco melancólica. Pelo lacio cuando hay que tener pelo lacio. El mejor culo de la división, dicen los varones. Baila dos y uno mirando a lo lejos: efecto de distancia, cuando la distancia es un buen efecto. Y un codo magistral, marcando el territorio. Lleva un vestido de algodón estampado: gatos alineados en hilera, uno marrón, uno castaño y uno negro, uno marrón, uno castaño y uno negro, esa clase de estampado que se repite al infinito, gatos inmóviles alineados con ese equilibrio un poco amenazante tan propio de los gatos que parece contener en la quietud el impulso del movimiento intempestivo, y los gatos del vestido se mueven al unísono cuando Julia baila *guarda come dondolo la domenica mi lasci sempre sola*, sobre el piso de madera encerada de la casa de Popy Merton. Los gatos también siguen el ritmo, sonríen de costado.

Que la chica es de color verde, dice su madre. Que va a ser abogada, dice el padre. Que con ella nunca se sabe, dice el Tano: que vendría bien un manual de instrucciones. Que en la vida le gustaría tener muchas aventuras, dice la propia Julia. Que para eso tiene que sacar el pie del freno, acota laColo. Qué voy a hacer de mi vida, se pregunta ella. Dale que éramos piratas, le contesta

Ansaldi. Negra, le dicen. También abrevian: la llaman Juli, Yuli. Un novio la conquista en la biblioteca. Quiere ser director de orquesta, parece que ya tuviera los gestos ensayados. Jopo rubio, ojos verdes, modales ceremoniosos: la solemnidad lo arruina. Que pase el que sigue: éste es burrero. Simpático, sonrisa ladeada, bien reo. Eso que se llama un tipo *entrador.* Arrastra los pies, parece que no se le moviera un pelo (es mentira, se muere por ella). Sabe: *yo, con vos, sólo caliento la pava,* le dice. *El premio se lo va a llevar el próximo.*

Monólogo interior

Acerca del coloradismo en las personas se pueden decir muchas cosas, piensa Irene mirándose al espejo: Rita Hayworth es pelirroja y es la más linda de todas pero cuando decís de una mujer que es blanca leche, uno se imagina una vaca, ojos saltones y pelambre color zanahoria en las antípodas mismas de la seda. También es pelirrojo Uriah Heep, esa cucaracha inmunda, uno de los Ocho Primos y Katharine Hepburn de joven, pero ella no es vampiresa, más bien chica picante y atropellada, arremetedora, con un pelo rojo que le agrega pimienta por si quedaba alguna duda.

Entonces la coloradez no es un punto que pueda ser resuelto de un plumazo (sigue pensando Irene a escondidas en el baño del colegio: rata en hora de química: faltan todavía veinte minutos para el timbre y está obligada a un silencio absoluto que si la pescan, zas), imposible decir pelirrojo como quien dice oro puro o agua limpia, inútil intentar resumir en una sola palabra insuficiente todas las variantes singulares que caben en la pelirrojosidad a secas, que resulta al final una cuestión llena de matices, de múltiples acepciones porque por ejemplo, tomando como muestra la propia división sin ir más lejos, aparte de ella misma atormentada por su pelo, está Rosenfeld que es casi anaranjado, Smitty que es de un colorado inglés, oscuro y decoroso, Manzur que es turco y debería ser morocho pero en cambio es escarlata y Adler que a su flamígero pelo le tiene que poner encima anteojos gruesos porque la miopía suele ser un dato que por desgracia acompaña al pelirrojo en su versión más clara. Digamos, entonces (piensa Irene) que en Rita Hayworth es seducción de fuego, en Katharine Hepburn pizpiretismo y en la vecina de al lado de su casa una desvaída cara de tarada, desteñido el pelo, los ojos desteñidos (pestañas transparentes) y la expresión más desteñida todavía y lo que en Smitty es un decente borgoña en Rosenfeld es llamarada sin atenuantes. Todo puede suceder en la gama pelirroja que es posible que incluya también otras desdichas como una piel muy blanca en ocasiones que otras veces se vuelve rosa intenso (un estado de rubor permanente) o viene con una agregada galaxia de pecas de azafrán, maldiciones de las que ella por suerte puede considerarse exenta, siendo su caso de una gravedad menor aunque tenga el pelo inconfundiblemente rojo y no pueda nunca pasar inadvertida, condenada a sentir siempre que en cualquier lugar primero entra su pelo y detrás, debajo, después, llega lo que de ella queda (Irene se acerca mucho al espejo, le dirige a su propia imagen que la mira una implacable mirada escrutadora): pero (se pregunta) si fueras como Rita Hayworth, si las estrellas te hubieran bendecido ¿podrías ser acaso igual a ella? ¿moverte como ella? ¿sacarte un guante así, como si? ¿mirar a los hombres como los mira ella? ¿serías capaz de envolverlos en una mirada semejante? ¿de atreverte a prometer lo que promete ella cuando mira? ¿qué importa que sea pelirroja? Ser pelirroja en su caso es ser irresistible como un sol, pura sangre, ser como las sirenas que le cantaron a Odiseo, ¿viste cómo se mueve, cómo baila? andá vos a bailar así en una fiesta, no durás ni dos minutos ¿qué digo dos minutos? ni medio segundo durarías, hay que poder hacerlo, hay que tener con qué sostener esa mirada, porque si de Rita Hayworth dicen que es divina, ¿sabés qué dirían de vos? que sos medio puta, solamente, y eso es mucho peor que ser pelirroja, ¿por qué? ¿qué sabés si de Rita Hayworth no decían lo mismo? Dirían, sí, pero ¿te imaginás qué puede haberle importado a ella que la gente hablara?, en cambio a vos te dicen Zanahoria y ya estás llorando, temple hay que tener: eso, y no ser mantequita, decir pelo rojo, sí, y a mucha honra pero no sólo de la boca para afuera, temple y orgullo, que es mejor eso que ¡zas!: yo sabía: tenía que pasar (Irene contiene la respiración, escucha voces, alguien fue con el cuento y están entrando a buscarla), y entonces, pasándose la mano por el pelo, echándoselo hacia atrás en un impulso, enderezando los hombros, Irene le da la espalda al espejo y mira de frente al soplón que la delató y a la suspensión que se le viene encima: a ver ese carácter, Colo, esa templanza. Vos tranquila, no dejes que se te mueva un pelo.

Cultura general

Eneas con su padre a cuestas, Dido a la espera, guerras aprendidas y olvidadas: la de las dos rosas, la de los treinta años, hubo una incluso que duró cien años, Miguel Cané se roba las sandías, un único fideo flota en la sopa, solitario, la Inquisición hace lo suyo: esa mujer, a la hoguera por bruja: tiene un gato negro (tiempos difíciles para los aficionados a los animales domésticos), Napoleón en Elba, María Walewska es Greta Garbo; Charles Boyer, Bonaparte. Contra la chimenea, sin mirarla, él recapitula: *that was a defeat* y *that* también *was a defeat*, muchas pequeñas derrotas lo han marcado, derrotas que sólo existieron para que él pudiera contárselas y así conquistarla, Edmundo Dantés hila su venganza, ¿quién se acuerda del nombre de sus enemigos?, Sarmiento estudia al pie de la higuera, Doña Paula teje que te teje, San Martín le habla a la mosca (si la cultura es lo que queda, queda Sanmar hablando con el insecto, sin saber todavía si dijo que el mundo era demasiado chico o demasiado grande), Aquiles es hijo de Tetis que para salvarlo sólo le dejó un talón vulnerable, Carlos Gardel habla y canta en sus películas, él para salvarla sólo supo hacerse odiar (distintas maneras de la salvación), la Gran Misión en la iglesia de al lado, *attenti* con las palomas en la escalera, el Padre Mujica en el mismo momento, en el mismo lugar, a Roosevelt no llegamos: nunca lo estudiamos por ende (¿por ende?) nunca lo sabremos, César cruzó las Galias y tuvo a Vercingétorix a sus plantas rendido: un león, *alea iacta est.* Tiró la moneda a orillas del Rubicón, los augurios de los pájaros el día que lo acuchillaron recomendaban quedarse en casa: puñales por desobediencia, Marlon Brando era un Marco Antonio un poco alcahuete, contando sus segundas intenciones a la cámara pero fue, en cambio, un Kowalski extraordinario, *in hoc signo vinces* leyó Constantino en el cielo, Ben Hur en el cine Metropolitan, última fila último asiento arriba, mediados de primer año, Charlton Heston tiene pata de catre aunque Orson Welles diga que temperamento épico, D'Artagnan era un poco tosco visto desde ahora y mejor no hablar de Porthos: una verdadera bestia, el Abate Faría les rompe el culito a todos, Heráclito el oscuro y Herodoto el histórico, ¿la capital de Canadá es Ottawa o Montreal?, la geografía será paisaje o no será nada, sólo materia para el olvido: ríos, cifras, ciudades: ¿a quién le importan si no son una escena?, cuando nació David Copperfield las cornejas podían escucharse en la noche, en el mar había tormenta y los marinos morían, Anna Karenina se tira abajo de un tren: se habrá cansado, ¿de la vida o de ella misma? Lewin y Wronsky: ¿qué es el buen amor?, oh Archipreste (vocativo), acude en nuestra ayuda, guíanos en su búsqueda, en la casa de la Troya que te cojo de aquí, que te cojo de allá, en la guerra de Troya también pero sólo lo daban a entender, había hijos al cabo de nueve meses que acreditaban el hecho, al profesor de castellano le falta un diente, al de matemáticas lo llaman *el teta* porque es rosado, el cuadrado de la hipotenusa es igual a la suma del cuadrado de los catetos, los capetos eran dinastía en Francia, la doncella de Orleáns también terminó en la hoguera, Artaud fue monje de la Inquisición (qué hermoso había sido ese tipo), los reinos de España se unen por casamientos: el agujero mueve al mundo dice el profesor: Isabel la Católica también tenía uno, el Chancho hizo que Don Quijote fuera inolvidable, chiste forzoso de principiantes: *ego puto in orto meo*, Pío Baroja rastrillaba el jardín y un vecino le preguntó: ¿trabajando, Don Pío? Descansando, contestó. Y al día siguiente, mismo vecino, Baroja sentado en su silla, mirando pasar el tiempo: ¿Descansando, Don Pío? Trabajando, le dijo, anécdota muy usada por indolentes anónimos para justificar el mero ocio, ¿sería pillado Baroja, Don Pío?, Ramón del Valle Inclán nunca en la vida, baches también son los que quedan, más dama de las camelias que Shakespeare, si vamos al caso: sólo de ojito, nunca lo que se dice una lectura en profundidad, los que lo son, los que lo fueron antes, se me vació la tintenkuli en el blazer, Sobremonte se escapó como una rata, toda la revolución de mayo apoyada en una argucia jurídica, Fernando Séptimo en Aranjuez, los almendros de El Escorial se florecen de blanco en mayo, prosa florida fue la de Bernal Díaz, Vértiz era un genio, ¿y los jesuitas, al final de cuentas? ¿fueron buenos o malos?, Jesús era judío, los tacuaras cantan el himno a la salida, usan chalina de vicuña, mocasines, de frente march, ¡arrastre esos pies, carajo!, ¿isobaras o isohietas?, el último día de primer año se murió el profesor de geografía, era gordo y resoplaba: no le daban los fuelles, Perazzo enseña física como los dioses, Cuco Sánchez canta canciones mejicanas, una valencia será siempre un misterio irreductible, los pícnicos la pasan mejor que los ciclotímicos, el sonido y la furia llegarán más tarde, Julito de Vedia silba la marcha fúnebre cuando toma prueba escrita, es flaco y pálido como un cadáver, el de botánica es un animal que, en el pizarrón, escribe familla (peor hubiera sido famiya), las leyes de Mandel son una condena que llega con perfume a rosas, las tizas contra el encerado: un chirrido que hace doler los dientes, ¿y el frío?, el invierno ya no es lo que era: cualquiera puede decirlo. *In the garden of Eden*. Construya una oración con la palabra pacotilla. ¿Ujier va con hache? El de anatomía contó: que tenía un amigo que de tanto revolear el pelo para atrás, de una cabezada se sacó una cervical de lugar y se murió; contó: que a una mujer que comía arvejas, una se le fue por el conducto equivocado y se murió; contó: que no hay gastronómico que no sea callorda o rengolari por pura deformación profesional y por eso el andar de pato indefectible pero que de pie plano no se muere nadie: sólo duele; contó: que en el oído hay trompas de Eustaquio, y Popy Merton, en la prueba, puso las Trompetas de San Eustaquio como si tuviera ángeles en la cabeza, ¿no te dije guarda con las palomas? mirate la solapa: qué asco, ¿qué significan las ruinas circulares?, uno es soñado, ¿por quién, por qué?, tarea para el hogar: escribir un cuento a la manera de, mejor el jardín de los senderos que se bifurcan: es bueno saber desde el principio que las encrucijadas se cruzan a cada paso y por el camino equivocado te vas a parar al carajo, ¿es ésa la peregrina conclusión que usted extrae del cuento de Borges?, el análisis sintáctico es lo mejor de todo, *danaos* objeto directo, *ferentes* en acusativo, atributo de *danaos*, Alumno, de pie: decline *opus nigrum*, ¿viste la última de Bergman? Es prohibida para dieciocho, ¿vos entendiste los símbolos?, el caballero juega al ajedrez con la muerte encapotada, Núñez del Pierro que tiene nombre de adelantado juega al ajedrez con García que tiene acné, la que tenés que ver es *Los Compañeros*, ¿con Mastroianni? *Guarda come dondolo.* ¿Sándwich o alfajor en el recreo largo?, cumbres borrascosas a los trece, demasiado temprano para lágrimas, ya va a llegar heathcliff, no tengas miedo ni tengas apuro, echeverría no, lugones no, mallea tampoco, sarmiento sí: Facundo: extra-or-di-nario. ¿Conseguirá Scarlett O'Hara que vuelva Rhett Butler?, qué va a conseguir, esa tarada: esta vez se jodió por tirar demasiado del piolín, ¿qué le pasa a la gente que deja pasar el amor verdadero?, ¿cuál es el castigo? A ver, usted, Recoder: cuéntenos qué hace con las manos debajo del pupitre: nadie como el Chancho para dosificar exactamente Fuenteovejuna con paja, ¡hora libre!: faltó el de trigonometría, ¿puerto rico o costanera sur?, ratas en la glorieta, lola mora y después, parece que lo de fidel es la revolución, aquí sanmartínrozasperón: se empieza a armar la rosca, ¿me prestás el diario que leo Mafalda?, palito de abollar ideologías, explicame la plusvalía a ver si entiendo, ¿viste que a la de física le inflaron un forro?: se dio cuenta en el acto de que era un forro, ni se le ocurrió que fuera un globo o una bombita de Carnaval, mirá vos, la Dóminis: a los forros, se los conoce de memoria, quién hubiera dicho con esa cara de chupacirios, bien que se debe chupar otra cosa, ¿otra cosa? ¿qué cosa? ¿Qué te pasa, nena? ¿Vos todavía no estás avivada?, frutas de Matisse en la ventana con palmera, *yeah yeah yeah*, a mí dejame con el segundo sexo: ¿qué querés ser cuando seas grande?, ¿yo?: hetaira, ¿por qué a Belgrano lo harán quedar siempre como un maricón que sólo plantó bandera?, Saavedra, un sorete. Decir el sorete de Saavedra no es igual: las ambigüedades de la lengua,

Castelli se murió de cáncer de lengua, ¿fumaría Castelli? ¿cuánto fumaría? A ver, usted, recíteme Andromaque: ¡Pobre Racine si hubiera sabido!, en París pueden llegar a reírsele en la cara, vamos a evitarle esa humillación: *zéro, monsieur, un beau et rond zéro tout à vous,* sarcasmo en curso acelerado: vamos a procurar que no se duerma en los laureles, curiosidad de la primera hora: ¿vos sos virgen?: cachetada por toda respuesta, ni se te ocurra decir que sábato no (mucho lavalle, mucho ciego y al final, lección: que no es bueno enamorarse del padre): mejor no te metas con los próceres: *sous les huées des enfants prodiges le cancre dessine le visage du bonheur,* caballos de fuego avanzan hacia el mar, apunten huevos contra el maldito celador, ¿qué?, ¿otra suspensión me vas a poner?, tomá, comete este huevazo, andá a suspender a tu abuela pelotudo, el conde Arnaldos con cien cañones por banda y *l'albatros,* torpe y solo, en cubierta y sin poder remontar vuelo: el aire es lo suyo, no la tierra, pobre pajarraco, pobres todos, Empédocles decidió entrar al Etna *motu proprio* (es ablativo y no necesita preposición aunque yo perezca), dejó su sandalia como único testimonio, enigma para la historia, en el renacimiento el hombre está en el centro, Galileo y Copérnico dan vuelta el mundo, divina era la serpiente para los mayas, Pizarro: mala gente, ¿cuánto te dio la segunda ecuación?, no: había que usar propiedad conmutativa, ¿no te dije? te descuidás un minuto y, al final, estas palomas de mierda.

Los indios no estaban cabreros

La foto es del último día, del último año. En la puerta del colegio, en la escalinata de piedra, están todos disfrazados de indios. Está el Gordo Abbott en cuclillas, Graciela con vincha emplumada, el Duque sin gomina, Schroeder en primera fila, Tincho sonriendo detrás de él, está Berenbaum abriendo los brazos más atrás, el Capitanejo todavía sin galones, están Ramírez y Rossi, juntos, en primera fila, Schiariti con todo aquel pelo que tenía, está el Tano con su cara de galán antiguo, y Rudi haciendo honor a su fama de buen mozo, Popy Merton bien adelante (chupándose el dedo), está Procopio, está alias el Relámpago, está Magnasco que se ríe y laColo al lado, mirando hacia adelante. Están todos, en esa foto en blanco y negro, y es la risa de todos la que manda.

Es un gran día: algo está terminando, y que se termine es un deseo cumplido, y ante todos ellos, indios alborozados, la vida se abre como una promesa incalculable.

II

Pretérito perfecto

—Me encontré con el Duque —le cuenta Popy Merton
a Irene, por teléfono.
Hace años que no se hablan, Popy tuvo que conseguir
especialmente
el número para poder llamarla pero ella es de las que
piensan que
un buen chisme siempre hace que el esfuerzo valga la
pena.
—Pura casualidad —le dice— caminando por Florida:
fuimos a tomar un café y al final, estuvimos hablando
más de una hora,
pero habló sobre todo él, de vos y de cuánto te quiso.
Es unos meses antes de la fiesta por los treinta años,
el recuerdo del colegio está en silencio,
Irene vive por completo ajena al Duque,
indiferente a lo que él pueda decirle a Popy, a ella
misma o a nadie.
—¿Cómo está? —le pregunta—. Nunca volví a verlo
(hay gente a la que uno nunca vuelve a ver, piensa).
Alguna vez incluso creí que podía haberle pasado
algo —dice.
—Está bien —Popy insiste—, pero si supieras cuánto
habló de vos,

empezó contándome un asunto de trabajo y al final,
nada:
sólo que vos, que vos y que vos,
que fuiste el amor de su vida, dijo, y ni siquiera sé —le
dice Popy a Irene—
si me hablaba a mí o no le hablaba a nadie,
si no daba lo mismo quién estuviera ahí
escuchándolo.
Con ella nunca me animé —cuenta Popy que ese día le
había dicho el Duque.
—Pero no es cierto —dice Irene—, el Duque es
mentiroso o se inventa un pasado.
—Hubieras tenido que escucharlo, no sabés cómo
hablaba —dice Popy—,
parecía otra vez de dieciocho años.
Y entonces Irene, que hasta ese momento escuchó un
poco displicente,
con la memoria entumecida
(faltan unos meses para el aniversario de los treinta,
pasaron tres décadas enteras,
seis veces han transcurrido cinco años:
todo fue hace mucho tiempo atrás, enormemente
mucho),
recién entonces, siente un chispazo de interés, una
curiosidad,
y también una especie de oxidada ternura,
sesgado sentimiento hacia el Duque que
casi como un aparecido viene a su encuentro mientras
Popy habla.
Pero no es nadie todavía, es menos que nadie,
no es ni aquel que fue (a quien Irene quiso)
ni éste que es, de quien ni siquiera conoce el aspecto.
Aunque ¿quién necesita exactitud para un recuerdo?

Treinta años después

En la noche del aniversario, treinta años después, el Duque abraza a laColo.

—¿Dónde estabas? —le pregunta—. Te estoy buscando desde que llegué.

Y le dice:

—Vine nada más que para verte.

—Ni que pudieras esconderte atrás de una maceta —le sopla Julia, en voz muy baja, apenas el Duque se da vuelta.

El lugar no parece el mismo, hay marcas de decaimiento o de desorden, mensajes escritos con aerosol en las paredes, papeles pegados: como si un viento anárquico hubiera entrado en el claustro. O los chicos ahora se atreven a más, si alguien les dijera *no quiero que vuele una mosca* estarían riéndose un día entero.

—Es como si quisiera superponer dos fotos pero una está falseada —dice laColo—. O fuera de foco.

—Fuera de *tiempo* —dice Julia.

Abbott se acerca con su cámara de fotos. Vino desde París especialmente pero laColo lo saluda distraída, como si se hubieran visto hace un minuto.

—Soy yo —recrimina Abbott—, ¿qué te pasa?

LaColo reacciona a tiempo, se da vuelta, lo abraza.

—Es que hay tanta gente —le dice—, y aquí: en este mismo patio: perdoname.

Es ese momento del principio.

Media hora más tarde, laColo, Julia y Popy Merton hablan con el Duque y con Berenbaum, parados en la puerta de un aula. Miran los bancos, los dos escalones del estrado de madera, el doble pizarrón, las tres ventanas altas alineadas.

—¿Y si nos sentamos ahí? —propone Berenbaum.

—¿Cómo hacíamos para caber en estos bancos diminutos? —pregunta laColo.

—No cabían —dice Rossi, que entra riéndose—. Era una de las alegrías que teníamos los varones.

Tratan de ponerse al día: cada uno recapitula el tiempo que pasó pero son sólo generalidades, números, la vida encerrada en un cuadro sinóptico. Lo que importa es que están ahí, sentados en los lugares donde se sentaban. Magnasco y el Tano se asoman a la puerta, también ellos entran y se sientan, se incorporan a la conversación de manera instantánea. Los sobreentendidos siguen trabajando a favor.

Antes de sentarse, Magnasco ya está preguntando:

—Y vos, Duque, ¿te casaste cuántas veces?

—Tres.

—Hasta ahora —dice Magnasco riéndose.

En lugar de contestar, el Duque mira a laColo fuerte a los ojos.

Julia le clava el codo:

—¿Viste cómo te miró? —le apunta al oído.

Un fotógrafo se acerca, propone una foto: todos se paran y se agrupan. LaColo y el Duque están uno al lado del otro, en medio de los demás.

—Vos y yo no tenemos ninguna foto juntos —dice el Duque.

—¿Otra vez, ustedes dos? —es Abbott que se fue acercando y se divierte—. Déjenme que yo también les saco una para mi álbum.

—Mandame copia —pide Berenbaum.

La noche recién empieza y Julia juraría que el Duque está tratando de engatusar a laColo. Nada nuevo, lo mismo que hace treinta años. Pero el Duque está contento. Más que eso: Julia podría asegurar que está conmovido. Tiene esa clase de brillo en los ojos. Como si el mundo se hubiera encendido. ¿Y laColo? Ella también parece radiante. Los otros, alrededor, están pendientes.

—¿No te acordás? —le dice el Duque—, en la Angostura tampoco nos dejaban en paz.

No, laColo no se acuerda de eso.

—¿Vos, Julia, te acordás? —pregunta laColo.

—Como si no supieras la memoria que tengo —niega Julia.

—¿Vos estabas en la Angostura? —laColo recurre a Berenbaum. También Berenbaum estaba: ¿quién *no* estuvo en aquel viaje de egresados? Pero los recuerdos, como las huellas digitales, como los sueños, son siempre materia singular.

Cuando traen la comida, empiezan a sentarse: hay una escenografía de mesas redondas que ocupa casi todo el claustro. Cada uno tiene que elegir la suya. Es un momento decisivo: el resto de la noche depende de eso.

—Vayamos a ésa, vení —laColo le dice a Julia en voz baja, llevándola desde el codo hacia una mesa en la que todavía no se sentó nadie.

Atrás de ella, siguiéndola de cerca, viene el Duque. Ansaldi va hacia la misma silla pero el Duque, como si Ansaldi no existiera, rápido, con un ademán casi imperceptible pero de consumada precisión, se apropia de la silla y se sienta al lado de laColo. Del otro lado, se sienta Julia. Y pegado a Julia, Treviño, que en el colegio se pasó cinco años tratando de conquistarla.

Treviño es de los que más cambiaron. Tiene todo el pelo. No está ni más gordo ni más flaco, ni siquiera más arrugado. Hasta tiene la misma mujer que fue su novia en el colegio. Pero los ojos se enfriaron: uno lo mira y cuesta encontrarlo.

La mesa es redonda, grande: al lado de Ansaldi se sienta Hundlen, que ahora vive en Venezuela, y también se sientan Berenbaum, y Ramírez.

Es un momento de acomodamiento general. Sillas que se separan, se corren, se cuadran, se deslizan: hacen ruido. Todos pensaron dónde y con quién querían sentarse pero ahora hay que llevar el pensamiento a la práctica: son personas adultas, civilizadas, algunos tienen una apariencia casi venerable, canas (calvicies inclusive). No se vería bien pelear por una silla, *yo quiero sentarme aquí, salí tarado: correte*, eso no se puede, prohibidos los codazos, ni qué hablar de las zancadillas: es el viejo juego de los espacios ocupados, se trata de no quedar afuera y mantener una conducta decorosa tanto en el triunfo cuanto en la derrota. Si alguien quisiera echar una ojeada, lo que vería es sólo gente que se sienta, sillas que se corren, saludos desde lejos, *a ver el vino qué tal está*, sonrisas, un despliegue de los gestos que prescribe la lógica más previsible.

Ansaldi le dice al Duque:

—Dejala un minuto, parece que la tuvieras capturada.

—¿Por qué no los dejás vos? —le dice Berenbaum—, ¿no te das cuenta?: ellos estaban enamorados —le explica con inflexión paciente.

—¿Enamorados? —laColo escucha un acento de sorpresa en la voz de Ansaldi, que enseguida agrega: —¿Cómo yo no sabía nada?

Pero todo está en un segundo plano, lejanísimamente. Lo único que pasa es que el Duque le habla a laColo y laColo le habla al Duque como si estuvieran solos en el mundo.

Ansaldi sigue pidiendo precisiones.

—¿Estaban enamorados? —ahora se lo pregunta a Julia que seguro conoce los detalles. Tiene un matiz de incredulidad que sulfura a laColo.

—Yo —le aclara dándose vuelta para zanjar la cuestión—, era yo la que estaba enamorada.

Y el Duque, entonces, como si lo lamentara:

—Yo no sabía. Si hubiera sabido.

A grandes rasgos

Berenbaum es bajo, consistente, se mueve rápido; tiene ojos tristes, una voz disfónica y cordial, de cadencia usualmente interrogativa: a Berenbaum le gustan las preguntas. Elige un matiz por momentos sentencioso, agrega casi siempre una nota humorística para hablar del amor y de la vida o del tiempo: grandes temas que trata sin reverencia. Ritmo inquieto para moverse, ritmo despacioso para pensar. Si quiere animar un ejemplo, darle fuerza, prefiere una anécdota personal: buen manejo del género. Le gusta tantear al otro, provocarlo un poco para medir quién es. Berenbaum va de un extremo al otro del claustro: es el alma del encuentro. Parece que quisiera a todos (tal vez como casi todos no quiera a casi nadie). Sonríe. Cuando no sonríe aparece un pesar pero él le cierra el paso, no lo deja entrar. Un rabino pícaro, hablador, que no cree en Dios o cree poco, con una cinta roja en la muñeca para que haya buena suerte.

Queda claro que ponerle Tano de sobrenombre a Vinciguerra no fue precisamente un alarde de imaginación. Pero así lo llamaron durante todo el secundario: Tano. Fue después, en la vida, cuando empezó a merecer el apellido: vencedor de varias guerras privadas, para él el colegio empezó a ser un recuerdo a salvo que el tiempo no ha conseguido aplanar del todo.

Una memoria vívida, ni descolorida ni atenuada, que sirve para traer hasta aquí conversaciones, estampas, escenas o la cadencia de Andromaque en el mismo imperfecto francés de entonces. Todo agrega para armar el antiguo paisaje, hacer el *passé composé.*

Pero con los años, el Tano se ha vuelto macizo. No es que antes exactamente fuera flaco. ¿Qué era entonces? Era joven, eso era. Como todos. Pero el cuerpo ahora es más pesado, más sólido, y puede llegar a extrañarse por momentos una vacilación de los gestos, una incertidumbre por las cosas que él, como todos, también tenía. Y ese espacio del que se ha apropiado la certeza tiene algo de obstinación cerrada, algo que se ha quedado desierto sin que uno sepa si él lo sabe o no lo sabrá nunca. Pero si no lo sabe, está perdido: a la tristeza por lo menos hay que reconocerle los bordes, sospecharle los efectos.

El Tano se ríe, sin embargo, y viene, y con la gracia que le es propia planta sus recuerdos en esa mesa con la pincelada de un buen retratista. ¿Porque de qué otra cosa pueden tratarse esos encuentros si no de recuperar aquella época que ahora está tan lejos? Pero poco y nada es lo que queda. El tiempo perdido está perdido y lo sabe él y lo saben todos. La mascarada puede seguir, nadie se engaña.

El Gordo Abbott fue a vivir a París hace muchos años. Cuando todo el mundo soñaba con peces de colores, él se fue. Otra clase de aventura, personal y contra la corriente. Rápido y exitoso ingreso al mundo de los negocios. ¿Empresario? Eso es. Compra, vende, viaja. Ahora va armando caminos para la vuelta. Curiosidad despierta hacia el mundo y hacia las personas. Actitud alerta, más bien infatigable. Tiene menos pelo pero parece casi tan joven como siempre. Quizá sea el buen humor, una especie de optimismo irreductible. Y los ojos vivos, la voz poderosa. No porque no tenga problemas o porque no lo haya tocado la tristeza. Es la vida lo que lo entusiasma: expandirla, no dejar que la gasten los mismos carriles de siempre. Le gusta pensar, pensar por su cuenta (y es duro, civilizado, inteligente). Mirar a la gente, escuchar, sacar sus propias conclusiones: eso también le gusta. Analizar lo que siente, detenerse en los matices. Ver crecer a sus hijos. Hacer negocios. El cine. Mantener algunos sueños: quiere hacerse una casa de piedra y de vidrio, sobre un cerro. Es grandote, generoso, buen contador de historias, efusivo. Está seguro de lo que hizo y de cómo hizo cada cosa. Que me vengan a pedir cuentas, dice. Ninguna melancolía: Abbott hace bien sus sumas.

Schroeder es alto, rubio, serio. No se reía a los dieciocho, menos se ríe ahora. Pero es amable, Schroeder, sabe escuchar. Y mira: es curioso y es atento. Era un aventurero. Escaló el Cerro López hasta arriba, llegó despellejado por el sol. Sabe pescar, arma una carpa, enciende el fuego, conoce las estrellas. Un espíritu abierto hacia el mundo. En Madrid, un timbrazo a la mañana, inesperado. Invitación al viaje, cuando el verano está empezando. Llega con una canadiense a la que no volverá a ver. Una compañera de ruta, explica (sólo si le preguntan) sin vueltas, sin falsos dramas. Por el momento, el amor no es su tema: gente pasa, gente queda. El tiempo dirá. Ustedes, por pensar en el amor (se burla de ellas), están perdiéndose las colinas. Pocas palabras y gentileza. Ahora es médico: Doctor Schroeder. La curiosidad sigue ahí, volcada hacia el mundo. La aventura es otra.

La inteligencia de Ansaldi es notable. No es buen mozo, no tiene pelo lacio, no es a la moda. Pero es brillante y conoce el lugar que ocupa. Cuando él no está, algo se apaga. Debate, discute, dirime. No se intimida ante ningún contrincante, no hay antagonista que lo haga callar. Se ríe fuerte, abraza fuerte, cuando te da la mano te la rompe, cuando te palmea también. La intensidad de sus palabras, de sus gestos, puede atribuirse a su extrema juventud. Ya pasará, se piensa. Treinta años más tarde, se ríe fuerte, abraza fuerte, cuando te da la mano te la rompe. Ya no puede pensarse que la juventud sea la excusa. Ansaldi se quedó varado en sus gestos.

Magnasco era uno de los que más se reía. Si había quilombo, diversión, una réplica rápida, ahí estaba Magnasco. Ahora, un humor más ácido, y algunas arrugas que trazan huella. El pelo lacio le cae sobre la cara igual que antes y es idéntico el gesto que hace para echárselo hacia atrás y dejar la frente despejada. Ese movimiento es él mismo, más que decir que es flaco o que no es muy alto. Estos encuentros, dice, tienen que ser espaciados. ¿Cada dos, tres meses? Imposible: necesito mi tiempo, se explica, se retrae, se retira. Acodado sobre la mesa, canta tangos bajito mientras otros hablan: pone distancias. Me separé porque me aburría: cortito y al punto. Eso también guardan sus ojos: aburrimiento en una dosis mesurada. Es alguien que no parece esperar demasiadas sorpresas, que conoce los límites del amor. Tal vez sea esto lo que le endurece los ángulos de la boca. ¿Traer aquí a una mujer ajena a esta historia?, se ríe Magnasco, ¡qué disparate! ¿a quién se le ocurre? Zonas privadas, dice, ¿quién es uno sin sus secretos?

F. tiene manos largas, huesudas, fuertes. Lindas manos. Que es un solitario, dice. ¿Mucha gente alrededor?, no por favor, a mí déjenme. Que le gustan los escritores españoles. De momento, Vázquez Montalbán en caída libre. Ahora le toca a Semprún. Todo Semprún, como si fuera un amor hasta el final. También le gusta la historia, encontrar explicación para las cosas. La Guerra Civil Española lo apasiona: eso no es historia sino novela familiar. Manejar, le gusta. Irse al campo. La indolencia. El poder, tenerlo o no tenerlo, estar atento, mirar qué le hace a la gente. Que no va a morirse sin vivir otra historia de amor, dice. Pero cuando lo quieren, él quiere menos. Se deja, se aleja: es así. Efecto *jab*. Se enamora de mujeres expertas en mantener distancia. Son desencuentros y eso también lo entristece. F. cree en las palabras, en su potencial aptitud para que, nombrándolas, las cosas cambien: un rasgo de optimismo que no cae. Admira demasiado la inteligencia. Tiene buena memoria. Pero cuando se saca los anteojos, cuando se frota el entrecejo, a F. se le nota el cansancio.

El Pájaro siempre fue serio. Reservado y serio. Buen estudiante, lejos de glorificaciones reas, buen mozo de una manera discreta. Sigue siendo serio. Demasiado retraído, dice Magnasco: lo encontré caminando por Palermo, iba reconcentrado, mascullando. Se ve quién es cuando trabaja: el Pájaro se toma su tiempo para pensar y saca sus propias conclusiones. Es terco, insiste hasta que entiende y es difícil que se deje llevar por opiniones ajenas. Es leal, extremadamente. Apasionado para defender sus convicciones, se cabrea fuerte, después se ríe de él mismo pero no retrocede. Nadie nunca podrá reprocharle haber dicho algo demás, quedar como rehén de sus palabras. De él no se sabe casi nada: lacónico, el silencio ha ido dejándole sus rastros. Pero prefiere no explicarse. Sabe que es inútil y lidia con eso. Trajes impecables, buenas corbatas, pelo cortísimo. Dice que de su infancia extraña un cielo de techos bajos. Sonríe y se ilumina, pero sonríe poco. O mira muy bien dónde poner la sonrisa antes de dejar que la sonrisa empiece.

Si fuera posible conceder alguna confianza a las generalizaciones, habría que considerar esa especie de verdad consentida acerca de la gente petisa: que suele compensar falta de estatura con prepotencia, que echa los hombros hacia atrás para sumarse centímetros o pone jactancia por delante buscando el mismo efecto. No todos, no siempre: una vez más las generalizaciones caen por crónica estupidez. Ramírez era bajito en el colegio y sigue siendo bajo ahora. Pero nadie más alejado que él de la arrogancia: practica una simpatía verdadera, pone en juego calor personal, curiosidad amigable. Escucha atento, tiene exactitud de palabra, mirada recta y abierta. La bondad también deja marcas en el cuerpo, en la textura de la expresión. Y admite el ejercicio más bien secreto, circunscripto, de una ironía que sabe contener su filo pero está curtida en una observación sutil: no omite ningún detalle pero conoce (elige) la indulgencia.

Tincho era buen alumno. Usaba un saco gris, de tweed, tenía chapa de celador en la solapa. Mesurado, un poco circunspecto, Tincho parecía mayor que los demás. Ahora (ventajas que a veces trae el tiempo) se ve más joven que otros: ha cambiado menos que muchos. Y sonríe mejor que antes. Es abogado, Tincho. Para él, el Derecho no es burocracia: es una moral que rige el mundo. Pero su área de intereses es más ancha: la política, la ciencia, los entretelones de la historia (las biografías al margen, las redes desestimadas por la escritura oficial, los detalles fuera de foco). Su afición por la aventura revela cuánto lo entusiasma el riesgo: le gustan las montañas, volar una avioneta, manejar un barco, las vueltas o los vuelcos que da el amor. Es buen padre, y es un amigo a conciencia. Tiene maneras discretas pero un corazón vehemente: le da crédito a lo que siente, rienda a su deseo. Y también, cuando hace falta, les pone a las cosas una resuelta dosis de coraje.

Todavía son tiempos del colegio: Rudi, con un grupo de amigos, en una cancha de fútbol. Hay un hombre, al lado, que, también, además, tiene encendida en la oreja una radio portátil: para escuchar el mismo partido que está mirando. Rudi lo observa. Y no va y le pregunta sin un solo subrayado, como si fuera lo más lógico del mundo, *¿Y en la radio, el partido, cómo va?* Furia del hombre, desprecio manifiesto, *Es la pregunta más pelotuda que escuché en mi vida*: ofendido sin remedio, casi furioso: energúmeno perdido. Se muda de lugar, como si Rudi tuviera peste. Los otros siguen riéndose hasta hoy. Festejan ese humor que él sabe aplicar como nadie. Cuesta imaginarse a Rodolfo Linares, a quien esos mismos amigos siguen llamando Rudi, apurándose para atender un teléfono. Si quiere sonar, que suene. Si no, ya volverán a llamar. Que se apuren ellos, los otros. Puesto a elegir, abomina de la hormiga y prefiere a la cigarra. Le molestan las moralejas edificantes, las historias de vida que sólo ensalzan el esfuerzo, el empeño laborioso. Buen mozo, inteligente, con un aire de cierta indolencia, de interés divertido y un poco distante. Gestos medidos, voz templada, mirada apreciativa hacia las mujeres. Las provocaciones también le interesan: destreza ejemplar para poner cara de *yo-no-fui*. Durante mucho tiempo, creyó que lo que le era dado entraba en la naturalidad de las cosas. Después, la vida fue acentuándole el talante sutil, la gracia y el desapego. También, el aura solitaria.

Graciela era muy miope. Veía mal pero se negaba a ponerse anteojos: un gesto de coquetería. En el último año, usaba rouge rosa: Beso de Menta (ella que nunca había besado a nadie todavía). Tenía pelo castaño, largo, que no le gustaba. Ondas, nada más, malditas sean. También la acomplejaban las piernas. Nunca parecía estar a gusto consigo misma. Era aplicada. Estudiaba mucho, siempre: no se le conocían preferencias. Buena en literatura, buena en economía, buena en física y en latín. Buena en todo. Controlada, contenida. Una opacidad, siempre. Como Ninotchka antes de patear el tablero. Blazer azul, jumper gris, camisa blanca. La única irregularidad conocida: estar enamorada de Gary Cooper. Y también del profesor de historia americana: un deslumbramiento unilateral, secreto, sólo de la cabeza, por un viejo que te dejaba knock out con su sarcasmo. Pero cuando hablaba de Bernal Díaz (y hablaba con el corazón) una chica sin mayor experiencia bien podía llegar a enamorarse. Y tal vez no fuera tan viejo, finalmente.

Graciela tenía ideas. Y un gesto duro. No era amable ni era simpática, ni parecía interesarle hacerse querer, tener amigos. Austeros eran todos en su casa. Ella también. Iba a hacer la revolución, eso estaba decidido, no se discutía. De ella sólo se puede hablar en pasado: está muerta. Desapareció en 1976.

Primer plano

Metro ochenta, morocho, ojos oscuros. Por momentos chispean: hacen un efecto sensitivo. Traje gris casi siempre, azul a veces; camisa blanca indefectible. Con corbata. Gomina, toda la vida, todos los días. Boca grande, buena sonrisa. Que nunca fue a un médico en su vida, dice: está orgulloso. ¿Qué cuenta, el Duque?, ¿una épica? Que nunca viajó al exterior, dice. ¿Qué busca?, ¿una condecoración? Que eso no es ningún mérito, Duque, retruca Magnasco. Que era campeón de truco, dice Berenbaum. Que le gusta leer historia, dice él mismo, hasta en sus menores detalles. Que trabaja hasta las tres de la mañana, dale que dale. Que se está matando, dice. Que tiene una máquina de escribir vieja y no piensa cambiarla. Que le gusta hacer asados, que en su casa siempre puede improvisarse una buena *puttanesca*. Que la gente se divide en dos clases: la que empezó a coger pronto y la que se tomó su tiempo y no pudo aprender nunca. Que es loco, decían sus compañeros de secundario. Que las mujeres a la cocina, decía él en aquella época. Convicciones un poco extravagantes, un poco a destiempo: opuesto a la tendencia bien pensante. Un alivio y un chirrido. Que entonces, dice laColo, se parecía a Clark Gable cuando fue Rhett Butler. Que siempre fue medio atorrante, dice Treviño. Que a él lo salvó el barrio, dice el propio Duque. Que adelante radicales, decía. Que cuesta abajo en la rodada, dice ahora. Que es un delincuente ocasional, confiesa y sonríe. Que sueña con ella, va a decirle a laColo en secreto, después, mucho después, que sueña con las piernas de ella enredándose alrededor de él.

Segundo tiempo

El Duque controla la situación.

Berenbaum se acuerda del profesor de latín y el Duque cuenta que cuando llegaba al aula, por ejemplo, *claude fenestellam*, decía, *quia frigor est*, y siempre había algún chupamedias comedido que iba y cerraba la claraboya. Después le avisaba que ya cerrádola había, magister, y el profesor, frotándose la calva con frío, contestaba que en invierno no abiertas ventanas debían ser tenidas: todo en latín de corrido.

Que un día, cuenta el Duque en la mesa (el vino no podría ser peor), el Jefe de Departamento de Lenguas Muertas fue a controlar la clase. Si algo tenía el tipo era un *physique du rôle* muy pertinente: en lugar de envejecer, se había ido apergaminando y la piel parecía quebradiza, como si estuviera volviéndose papirola egipcia. Y cuál no sería su sorpresa, cuenta el Duque, cuando escuchó hablar en latín como si se tratara de cualquier idioma corriente. Lo que menos podía imaginarse, dice riéndose, era que el diálogo estaba montado igual que un número vivo.

En la mesa, lo festejan.

Siempre fue así, el Duque contando cosas graciosas y un grupo de incondicionales alrededor. Pero no es un pensamiento, el de laColo: es una imagen que la toma por asalto. *Hay un punto de veneno en los recuerdos*, piensa.

El Duque sigue teniendo la misma gracia contagiosa. Pero está cambiado. Tiene menos pelo, eso es lo primero que salta a la vista. Y una cantidad *ingente* de gomina, *¿será para mantener las ideas fijas?* No es que ahora tenga más arrugas o que haya engordado. Tampoco importa mucho: si laColo se deja llevar —y se deja— vuelve a encontrarse, debajo, detrás, lejos, con el mismo que él era a los diecisiete, cuando la miraba desde la puerta del aula, en el claustro que ella va a recordar siempre con el sol entrando por los ventanales del patio donde la fuente verde sigue estando.

¿Hasta dónde dará esto?, se pregunta Irene. Porque algo está pasando esa noche: ella es otra. Mejor dicho, es más que nunca *laColo*: aquélla. Como si nada más, después, hubiera pasado. Todo eso que es su vida —su marido, los hijos, el trabajo, las preocupaciones, las alegrías, los rituales, los hábitos de cada día, esa montura que sostiene la trama— está en otra parte. Como cuando uno se va de viaje y está lejos y está solo: podría perfectamente ser otro. No el mismo uno mismo de siempre. Y hay un momento en que siente que podría incluso no volver, que lo que dejó atrás no importa. Que hay una vida diferente, posible, que puede empezar otra vez. Es un sentimiento absolutamente efímero, provisorio, y uno lo sabe en el mismo momento en que está sucediendo. Pero de todos modos sucede.

Y esa otra que esa noche es Irene está colmada por un sentimiento que la pone en un punto inestable y volátil, una sensación un poco revuelta, especie de disturbio en el tiempo (pero está fuera del tiempo) y también en la sangre porque es carnal como carnal es la historia cuando está anclada en el cuerpo: impresiones que no se borran.

Los ojos del Duque la miran, la envuelven, la enlazan, la enredan: son otra vez los ojos de Rhett Butler.

Sin embargo, laColo y el Duque apenas se rozan: una mano se apoya sobre el brazo menos que un instante, un poco de vino en la copa, un comentario al oído: gestos mínimos. Es un contacto fraterno, como si alguna vez hubieran tenido una confianza física extrema y algo de aquello los juntara todavía. Es ese sentimiento el que manda. Y entonces hablan de los besos en la escalera. El Duque con más intención de la cuenta, le dice a laColo:

—Ésos no fueron los únicos besos.

—No, no fueron los únicos besos —reconoce laColo.

Y entonces, algo pasa más peligroso que el recuerdo, como si el aire temblara entre ellos. LaColo se asusta, se retrae.

Después, llega el champagne y todo el mundo se levanta de las mesas y se acercan unos a otros para brindar. Y hay conversaciones breves y truncas, mucho qué hacés y cómo te va sin que nadie escuche realmente más que palabras en la superficie, hay una circulación entre las mesas, esto ya se termina, el colegio cierra sus puertas, alguien pregunta *¿dónde la seguimos?*, y unos dicen el Tortoni para un último café y otros que para melancolía ya los treinta años, y finalmente deciden que un bar en la Recoleta y *¿cómo vamos?*, yo voy con tal y yo con cual.

—Yo tengo el auto a la vuelta —dice Treviño.

—Voy a despedirme del Duque —dice laColo.

—Él viene con nosotros —y ahí está el Duque pisándole los talones.

—No te perdí de vista ni un minuto —le dice—, ¿creíste que iba a dejar que te fueras así?

Bajan las escaleras y sienten juntos el olor de los tilos que a esa hora es más dulce y más vivo en la calle vacía y juntos van caminando hasta el auto, con Hombros de Nadadora y Hundlen sumados a último momento. Hombros se sienta adelante con Treviño y ella atrás, con el Duque de un lado y Caracas del otro, más cerca en el estrecho espacio trasero del auto de lo que habían estado hasta entonces.

Ya son más de las dos de la mañana, la calle está llena de gente paseando como si fuera de día.

Pero la noche está acabada: Irene se da cuenta de golpe mientras escucha al Duque hacerle un chiste a Treviño: cuándo aprenderá uno la sabiduría de irse a tiempo, piensa, de dar un corte cuando cuadra, cuando las cosas están en el mejor momento y no cuando amenazan extinción.

Parece que todo siguiera, sin embargo. Piden champagne, hay una alegría que a Irene le suena falsa. Julia, si por ella fuera, hubiese abandonado hace rato: se aburre al lado de una poeta ridícula de sandalias plateadas y tacos torcidos que nadie recuerda. Treviño bosteza. Son casi las tres de la mañana, la mesa es larga y sin forma, los que quedan están sentados por cercanía puramente azarosa: se hizo muy tarde. Berenbaum sostiene a pesar de todo el entusiasmo, habla de la fraternidad y también es cierto.

El Duque cuenta cosas de su vida.

Y su vida, para Irene, no tiene ningún interés. Sólo le importa el otro, y el otro no está, no va a volver a estar nunca.

Lo que quiere es imposible, no tiene remedio: quiere que los dos sean otra vez los que fueron, estar treinta años atrás en aquel claustro, ella en el banco y él en la puerta del aula, con el sol entrando desde atrás, desde el patio con su fuente verde, iluminándolo como en contraluz apoyado contra el quicio, y quiere que con aquella misma mirada de la adolescencia, con aquellos ojos que hacían que el corazón le latiera fuerte, desbocado, el Duque de verdad enamorado, sin destreza, sin gracia, sin guiñada, sin nada más que puro amor, la hubiera mirado entonces para que ella pudiese desde ahí arrancar, hacer su vida, irse muy lejos, conocer a otros hombres, otros amores, otros caminos, pero sabiendo siempre que para él, que había sido para ella el primero, ella había sido esa misma clase de amor o de promesa.

La noche se puso triste.

También para los otros está terminando. Treviño se va, se va Ansaldi, empiezan a irse todos. Julia la mira:

—Voy a tomarme un taxi —le dice.

—Me voy con vos —dice Irene.

De repente están todos parados, despidiéndose.

Irene abraza al Duque. Y el Duque le dice:

—Y ahora, entonces, no vamos a volver a vernos.

Pero ella, apoyándole la mano entera en la solapa, sobre el corazón, le contesta:

—Sí, Duque, ¿cómo no vamos a volver a vernos?

Y se va caminando así, sin darse vuelta, y se mete en el taxi detrás de Julia. No podría estar más segura de que ésta es la última vez que va a ver al Duque en su vida.

Rewind: culpa de Rhett Butler

A veces, por exagerado, el Duque era duquésimo, también Duke a secas (como si fuera John Wayne) o, en ocasiones, Dick the Duke; dux en hora de latín, cariñosamente Duquete, Dúquete si lo trataban de tú, Duquerque cuando jugaban a la batalla naval, Duquelele en clase de música, duquímini (jodiendo) o, abreviado, sólo duc.

Pero el Duque no era un duque. Tenía diecisiete años.

Y va laColo y le aplica los ojos de Rhett Butler, ¿Rhett Butler, nada menos?, pobre Duque (piensa Irene ahora, treinta años después), ¿qué culpa habrá tenido?

Ella fue, vio la película a los ¿cuánto tendría?, diez, once años: se enamoró de Clark Gable: un caso de amor súbito.

Perdón, perdón: *Rewind*: se enamoró de Rhett Butler. No fue Clark Gable: el que tuvo la culpa fue Rhett Butler.

Y después, un día, laColo ve al Duque parado en la puerta del aula que la mira y, zápate, le endilga el parecido, las intenciones, los hombros anchos, la visión del mundo, la manera de jugar a las cartas, de fumar, de bailar el vals. Todo eso que le veía a Rhett Butler, por arte de magia, se lo pasa al Duque, se lo echa encima como si fuera una mochila transportable. Pobre Duque: él lo único que hacía era guiñarle el ojo desde la puerta. Estaba ensayando sus primeras armas en el ejercicio de la seducción y justo fue a toparse con la fantasía un poco desbordada de laColo.

Que vendría a ser, salvando las distancias, perdonando la ensalada, lo mismo que hizo Scarlett con el pobre Ashley: echarle encima su imaginación desmedida y dejar que el probo caballero hiciera con eso lo que mejor pudiese —malabarismos toda su vida para que el honor y la calentura, en despliegue conjunto, no le hicieran astillas la cabeza.

Entonces, a ver: *Rewind.* Pasando todo un poco en limpio, vos decís que el Duque (en el fondo), más que Rhett Butler, Ashley Wilkes. No, no, tampoco eso exactamente. Si uno trata de pensar equivalencias, se vuelve todo vuelo rasante. (¿Qué es esto, perdón? ¿Un diálogo entre Zanahoria y Santa Granadina?) En todo caso, lo que laColo hizo fue parecido a lo que había hecho Scarlett: inventarse a alguien casi desde la nada.

Y lo que tendría que haber hecho el Duque era encogerse de hombros, sonreír un poco y decir, en todo caso: yo sólo le estaba guiñando un ojo. Y después, tranquilo, volverse a su ducado.

III

Mañanas

15 DE MAYO, 1997. Es un otoño extraño éste, piensa Irene en cuanto sale a la calle: el verano no se retira nunca del todo, hay una neblina liviana entre los árboles, el sol es más pálido pero entibia todavía, el viento trae una textura un poco agria, como de damasco sin madurar, y el cielo tiene un azul que el día no gastó.

Nada es diferente. Los mismos balcones con geranios rojos, el mismo almacén de vitrinas un poco polvorientas, los plátanos amarillos, la antigua construcción de hierro negro cruzando la avenida, la iglesia con su escalinata de mármol, sus rejas claras como guirnaldas de cumpleaños, el movimiento módico de fieles entrando y saliendo silenciosamente, las veredas desmañadas del barrio.

¿Una mañana como cualquier otra? Ninguna mañana es igual a otra, piensa Irene, y ésta tiene como señas particulares una brillante inclinación a la alegría que intempestivamente se cuela en la mirada. ¿Una mañana como cualquier otra? No. Una mañana única, singularísima: porteros despaciosos rondan los portales festivos, llenan sus baldes y el agua cayendo, el chorro azulino, clorado, que sale de la canilla resuena contra el fondo, hay una charla insustancial en los umbrales, chismes de barrio, una vieja arropada con una pañoleta de lana marrón saca a pasear a su perro, el animal olisquea las raíces de un arbolito joven, se arrima, mea contra el tronco, ensucia la vereda recién lavada y la mirada (la mirada de Irene, no la del perro ni la de la vieja empañolada ni la de los porteros, sólo la suya, como una bendición) adquiere una súbita nitidez y los bordes de todas las cosas se dibujan con un relieve de felicidad que, aunque sea momentáneo, no por eso es menos perfecto en su provisorio esplendor.

Punto atrás

Llueve. La mañana transparente fue engañosa (el otoño es así, encantador y traicionero): después, llovió durante todo el día, una lluvia sostenida y calma, nada escandalosa. Ahora, garúa apenas.

El taxi llega, acaba de frenar, Irene abre la cartera, saca plata, le paga al taxista y en el momento mismo en que está abriendo la puerta para bajar del auto, ve al Duque de espaldas, ve el escorzo de los hombros del Duque haciendo ángulo en el momento justo de entrar al restaurante: es un segundo. La puerta vaivén se cierra enseguida detrás de él.

Irene se toma su tiempo para bajar del taxi. ¿Quería que viniera, no quería, está contenta? Menos pregunta dios. Parada en el cordón de la vereda, vuelve a cerrar la puerta del auto. Despacio, camina los cuatro, cinco, seis pasos que hay hasta la entrada. Sube con cuidado el escalón de piedra. Apoya la mano en el travesaño de madera que cruza de lado a lado la puerta vaivén: empuja y abre: ya está, laColo entró en el restaurante.

—¿Festejamos algo? —le había preguntado a Berenbaum cuando llamó.

—No... Ganas de vernos. Ya pasó más de un año desde los treinta.

La mesa es larga, hace ángulo recto, vuelve, se prolonga, ocupa prácticamente la planta entera del restaurante. Los manteles blancos lucen impecables, los platos resplandecen, relumbran los cubiertos, las luces se reflejan en las copas: un momento antes de que la comida empiece, las mesas tendidas tienen un carácter inaugural.

La mayoría ya llegó. Algunos se están sentando, muchos todavía están parados, los más hambrientos o los más indiferentes picotean alguna cosa, vinieron *de verdad* a comer, todos se saludan o se abrazan, hay cosas que contarse, tienen que ponerse al día. Pero ponerse al día también es darle vía libre al pasado, acordar hacia atrás, ajustar recuerdos comunes.

Mirá a laColo, se dice el Palomo Malvárez desde uno de los extremos de la mesa cuando la ve entrar y más o menos lo mismo piensa F. mientras le contesta a Mónica.

¿En serio?, escucha Irene que F. le pregunta a Mónica en el mismo momento en que ella pasa y se para a saludarlos sin saber que F., intempestivamente, sólo por verla, acaba de acordarse de un recreo, en tercer año, cuando le gritó Colorada con tanto atropello confianzudo que el celador de turno juzgó oportuno castigarlo. *¿Quién sería el pelotudo?*, se pregunta F. ahora mientras saluda a laColo, *me metió una suspensión que casi me deja libre, por suerte ni me acuerdo de quién era* pero se da cuenta de que aunque haya olvidado el nombre o la cara de aquel celador tan puntilloso, tan meticulosamente estricto, algo del enojo arcaico se aviva, *cuántas imbecilidades en nombre de la disciplina*, piensa todavía pero Irene ya siguió de largo y él vuelve a hablar con Mónica.

El Duque buscó lugar hacia el fondo, con Ramírez y

Treviño. LaColo saluda uno por uno a todos, se va acercando sin apuro: *hola, hola*, hay algunos que le resultan más bien neutros, otros que recuerda apenas pero están también todos los demás.

Ahí está el Teutón Schroeder —con Ansaldi, con Julia, con laColo, una vez los cuatro brindaron con yogurt en la costanera de Rapallo, con el Mediterráneo al fondo, y cómo y cuánto se reían—, Berenbaum trajo habanos para todos, Ramírez tiene ojos bondadosos (*¿será cierta esa bondad?*), Magnasco se ríe, y cuando se ríe tiene la misma cara que tenía, y Hombros de Nadadora y Marilén: besos para todos y...

—¿Cómo estás, Duque, tanto tiempo?

Ella *ve* la alegría del Duque cuando la abraza (*¿será cierta esa alegría?, fue siempre un mentiroso tan competente*), tiene que elegir dónde va a sentarse. Piensa, duda, identifica allá, en diagonal, una silla vacía, no está *demasiado* cerca pero tampoco tan lejos; laColo va a sentarse: de un lado, el Teutón y Magnasco cerca. También Rossi. Buena compañía.

Fue durante el viaje de egresados cuando el Teutón se reveló como un aventurero consumado. Y no fue ésa la única revelación. Desde el momento en que subieron al tren, quedó claro que Abbott no iba a aceptar más dilaciones: hacía mucho tiempo que estaba atrás de Cecilia y ella que sí que no, seguía con su novio. Pero el novio se quedó despidiéndola en el andén y antes de llegar a Carmen de Patagones ya era vox populi que el romance se había concretado. Después, cuando llegaron al albergue, Julia se entusiasmó con el Pato Crespi: él hacía un despliegue de habilidades propio de alguien educado dentro de una gran familiaridad con la naturaleza. Porque en la pelea entre el hombre y el elemento si el hombre llega a no saber, el elemento le puede jugar algunas malas pasadas ignominiosas. Pero el Pato era un campeón: pescaba, encendía el fuego, armaba una carpa que quedaba impávida frente a cualquier tormenta. Y eran todos trofeos que le dedicaba a Julia. Julia sonreía, un poco estiradita, así como era ella. Parecía que nadie iba a poder calentarle la sonrisa. No se terminaba de saber si el estiramiento era porque no le gustaba, porque era tímida o porque para ella mostrar la punta de una emoción era algo vergonzoso. Pero ese misterio a los varones les gustaba: Julia siempre tenía algún festejante revoloteando alrededor.

Y una noche fría, caminando por un atajo del bosque, el Duque avanzó sobre laColo y la besó. Fue *casi* como en la escalera.

Schroeder era completamente diferente: a él las historias sentimentales por el momento lo dejaban frío. Le gustaba escalar montañas, pescar truchas, bajar en trineo una pendiente escarpada, asomarse a precipicios. No lo vieron durante todo el viaje. Volvieron a encontrarlo en el andén, cuando estaban tomando el tren de la vuelta. Más flaco, despellejado por el sol. A él lo que le gustaba era eso. Para todo lo demás, había tiempo.

Irene pide una Waldorf, acepta vino, mira a Marilén que está sentada enfrente. Ahora lleva el pelo corto, oscuro, una variedad Príncipe Valiente. Pero en el colegio, el pelo de Marilén era una leyenda. Rubio, largo hasta la cintura, pesado y lacio. Y ella tenía una manera de moverlo que era un epítome de sabiduría. Darse vuelta, por ejemplo, y dejar que detrás de ella quedara el pelo flameando como una secuela luminosa.

—Tengo una duda, Marilén, ¿vos no eras rubia? —le pregunta Rossi.

—Mi madre me ponía manzanilla —Marilén se ríe, tiene hoyuelos.

Rossi parece decepcionado, acompaña la risa pero una ilusión ha caído. Irene mira con más atención a Marilén: es una persona sin adornos, pero aquel pelo le pertenece, está con ella en cualquier espejo donde se mire: aquella que fue también se mira en el espejo.

Con Rossi, laColo preparó una materia, en el último año del colegio. Aplicadamente, todas las tardes de aquel final de noviembre, Rossi iba a estudiar a casa de laColo. Hacía calor, Álvaro los miraba con curiosidad un poco malsana, Silvita armaba, promedio, un escándalo por día y, a Luchi, ni las dos horas de pileta conseguían clarificarle ese malhumor consuetudinario que le quedó como rasgo fijo de carácter.

El Duque mira a Irene por encima del hilván de las conversaciones, le sonríe, levanta su copa desde lejos y ella levanta la suya.

Viene Treviño, se sienta al lado de Irene. Al principio, era petisito y peleador, después echó hombros, se hizo *rugbier*, patotero prepotente muy simpático, *quién te ha visto, Treviño, quién te ve*, un aspecto tan respetable. El Duque, desde su diagonal, le señala la fuente de rabas que acaban de dejar sobre la mesa, la invita: la tiene en la mira: no gracias Duque, gesto cortés de negativa, sonrisa. Pero en ese momento Schroeder le pregunta si quiere sal y Marilén le cuenta que tiene cuatro hijos.

—Dame, sí. Esta Waldorf no tiene gusto a nada —le dice Irene a Schroeder.

Echa la sal, mezcla, prueba la ensalada, escucha que Rossi habla de política petrolera con Magnasco, *¿no te acordás que vos misma lo dijiste tantas veces?: cuanto más distraído anda uno...*

—¿Cuatro hijos? —le pregunta a Marilén con admiración.

—Y hubiera seguido. Mi marido no quiso saber nada.

—¿Sabías que tiene cuatro hijos? —le pregunta Irene a Ansaldi que acaba de arrimarse.

Es Treviño el que se pone a recitar *Timeo Danaos ut dona ferentes.*

—Para mí, es concesiva —dice el Tano colándose en la conversación.

—¿Y si fuera temporal?, podría ser temporal —interviene laColo—. ¿Vos qué pensás? —le consulta a Marilén.

Porque lo que en esa mesa se debate, más de treinta años más tarde, como si todavía tuviese importancia, es si el temor a los griegos (latín, quinto año) aparecía *cuando* llegaban con regalos o si el miedo persistía *aun cuando* llegasen con regalos.

—Tampoco da lo mismo *temo a los griegos aunque traigan regalos* que *a caballo regalado no se le miran los dientes* —dice Schroeder muy serio—. Mirá lo que les pasó a los troyanos por no mirar. Por eso —Schroeder se pone los anteojos en la punta de la nariz, se ríe— es razonable tenerles miedo *aunque* traigan regalos.

—Me voy en diez minutos —le dice Magnasco a Irene.

Treviño recita el fragmento como si lo hubiera estudiado de memoria ayer, Marilén está entusiasmada (el latín siempre ha sido lo suyo), Schroeder mira (el latín decididamente *no* era lo suyo) y laColo ve que son muchos los que dejaron sus sillas, la reunión cambió de aspecto y cambió de ritmo: parece otra.

Porque decir compañeros de graduación es una generalidad como una casa. Puede identificar un año, un lugar, un banco en una hilera en un aula pero a la hora de ponerse a hablar en serio la generalidad se llena de matices: había broncas, cercanías, distancias inmóviles, indiferencia, había amistades que parecían para siempre, desacuerdos tempestuosos, burlas un poco sangrientas. Y de acuerdo con aquella geografía ahora vuelven a buscarse entre todos.

Nadie habla del presente, sin embargo, nadie sabe realmente qué hace, piensa o quiere el otro ahora, hay mucho sobreentendido que, si se profundizara un poco, no se tendría en pie: a simple vista se notan diferencias, ¿quién quiere subrayarlas?, las lejanías se zurcen por la ficción de un encuentro que no es posible: parece imponerse el deseo de que aquella confusa hermandad sirva para suturar ahora.

No hay sutura.

En todo caso, algunas consignas tácitas: no hablar del presente: ¿a quién le importa?, ¿quién quiere conocer los triunfos que les tocaron en suerte o los fracasos que la adversidad les plantó en el camino?, ¿quién quiere saber las bambalinas, los pequeños detalles sucios, los muertos habidos, los amores o los detritus?, ¿a quién le interesa?, ¿para qué?, apenas algunas líneas generales, algunos pocos acentos, nada más. Hay un acuerdo tácito: insistir con el latín, con algún que otro alejandrino, que más vale temerles a los griegos que descubrir que sólo los junta una historia antigua y cerrada. Un pacto: alegría o simulacros que se le parezcan. No mostrar la hilacha. ¿Mentirse? No exactamente: más bien obturar el tiempo, impedirle el pasaje, hacer como si.

Hay una trampa, sin embargo: festejar las viejas anécdotas, reírse. Aquel aplazo en matemáticas, por ejemplo, pudo haber sido una tragedia y en cambio se convirtió en algo tan insignificante que cuesta entender por qué parecía verdaderamente un drama. Hay también un consuelo: ahora se pueden nombrar las cosas que no se decían, vergüenzas o dolores escondidos —los padres de Julia estaban divorciados, también los de Ramírez, la madre de Berenbaum había muerto, la de Giorno también—, disparidades que hubieran marcado (creían ellos, lo creían tanto como para convertirlas en un secreto vergonzoso) alguna clase de diferencia con los otros y quedaban ancladas en el fondo por el ejercicio de parecer todos iguales: pesares que le fueron dando a cada uno una marca singular y que, ahora, se dicen con la ligereza o el ingenio que conquistan los adultos para hablar de aquellas cosas que dolieron y que, después, limado el filo, pueden mencionarse casi al paso. ¿Anestesia? No: pasó el tiempo, todo está cambiado: aquello que significó tanto quedó reducido a casi nada. ¿Madurez? A lo mejor es eso. Pero algo pasa, ¿podrían llamarse resucitaciones? Todos están armados por la mirada de los otros, Irene vuelve a ser laColo y Ansaldi es el Mono y Vinciguerra, el Tano y Schroeder, el Teutón y Zeiter, un paradojal Relámpago y Abbott es el Gordo y Julia, la Negra y uno descubre que aquellos nombres que alguna vez fueron una punzada, traen ahora, aquí, como si fueran una invocación, la viva escena del recuerdo.

La conversación tiene una respiración rápida. LaColo quiere decir algo, los otros le tapan la voz, Ansaldi se da cuenta:

—Cállense, che, déjenla hablar —les dice y después, a Irene, sólo a ella, como si en la mesa no hubiera nadie más—, no sabés cómo extraño tu manera de contar las cosas.

Dale que éramos piratas, se acuerda laColo de repente. Había sido Ansaldi el que lo inventó, en el último año del colegio, y Julia y ella entraron en el juego: dale que éramos piratas, decían, y era como jurar que iban a atreverse a todo, a cruzar el mar, subir montañas, hacer la historia, a escribir libros, a vivir amores inolvidables.

—¿Qué estaban diciendo? —pregunta el Duque que fue acercándose con la copa en la mano y se sienta al lado de laColo.

—¿Y a vos qué te pasa que no te moviste de esa silla en toda la noche? —le pregunta.

—¿A mí? —pregunta laColo—. Nada, ¿por?

El Duque se ríe.

—Te escondés detrás de una coraza y de golpe, sin darte cuenta, hacés un gesto y ese único gesto te delata —le dice el Duque—. Toda vos estás puesta en ese movimiento.

¿Cómo podría no quererlo?, se pregunta laColo desarmada.

Palabras

—¿Ves que es como si estuviéramos solos, como si no hubiera nadie más que nosotros dos? —le dice el Duque mirándola a los ojos como la miró siempre—, vine porque sabía que ibas a venir, sólo para verte. Para mí, el colegio sos vos —está diciendo—, únicamente vos. Puedo decirte dónde estabas, en qué baldosa de qué vereda en la fiesta del aniversario. Puede haber una multitud, y yo siempre sé dónde estás, sos siempre la primera que veo. Cuando aparecés, el mundo se enciende, se ilumina —y le dice también—, yo voy en un tren equivocado que no para en ninguna estación. Es de noche y no puedo bajarme y sigo sin saber adónde voy.

Fin de fiesta

Ya tomaron vino y comieron postres y pidieron café y ahora Berenbaum pide el champagne y empieza a repartir habanos. Llegan los mozos con las copas y las botellas, las conversaciones se interrumpen, se diluyen las pequeñas asociaciones temporarias: es el momento de brindar, todos se acercan, chocan las copas, Mónica se ríe (por las dudas, dice el Tano: ella siempre se ríe por las dudas), las tetas de Susana mantienen su vigencia, todos chocan sus copas, toman champagne, acuerdan próximos encuentros, es el momento de despedirse, mañana es martes, hay que levantarse temprano, la vida sigue.

—¿Querés que te lleve? —pregunta el Duque.

Es raro estar solos: algo se completa con la presencia de los otros. Solos los dos en el auto, el encuentro se vuelve diferente.

—¿Tomamos un café? —propone el Duque.

—No, mejor llevame: es tarde —dice laColo.

El Duque le cuenta que cuando terminaron el último año, entre sus compañeros de división, jugaron el juego del amigo invisible y cada uno tenía que regalarle a otro, elegido al azar, algo que eligiera. Marilén le regaló un libro de Fernández Moreno y en ese libro había una historia. Baldomero tomaba café en el Tortoni, todas las mañanas. Escribía, miraba el mundo. Y todas las mañanas, en una mesa próxima, había un hombre que también tomaba café. Al cabo de un tiempo, se saludaron. Todas las mañanas, un gesto con la cabeza, incluso una sonrisa. Un día Baldomero fue con su hijo. Y el otro hombre le hizo un gesto de interrogación que Baldomero respondió dando a entender, siempre por señas, que el chico era hijo suyo. A la vez siguiente, uno o el otro se acercaron y tuvieron una charla. Nada especial, pero suficiente como para que, desde entonces, empezaran a evitarse. Y Baldomero nunca había dejado de lamentar esa equivocación: querer intimar con el otro.

—Eso es lo que me da miedo —dice el Duque—. Y también no estar a la altura, ¿por qué creés que no te invito al Aconcagua?

—¿Al Aconcagua?, ¿al *Aconcagua*? —laColo se ríe.

—¿Te acordás de la escalera? —le pregunta el Duque—, ¿y de la Angostura, te acordás?, ¿de aquel bar de Las Heras y Ayacucho donde estuvimos una vez?, ¿y de otro, a oscuras, en José Ma. Moreno y Rivadavia, te acordás?

Son bares que dejaron de existir hace mucho tiempo, hay una quesería en Ayacucho, una casa de ropa en la otra esquina, una ciudad que vive y cambia, que no se corresponde con la memoria.

—¿Qué vamos a hacer con esto? —pregunta el Duque cuando están llegando a la puerta.

—Nada, Duque —dice Irene—. ¿Qué vamos a hacer? Nos veremos otra vez el año que viene.

Y no le dice: sólo quiero que me beses como aquella vez en la escalera, un único beso como aquél, inolvidable: quiero eso nada más, y volver a tener diecisiete años.

—No puedo creer que te deje ir así, de esta manera. Te voy a llamar mañana —dice el Duque, pero saben los dos que eso no es cierto y que quizá la próxima vez, el próximo año, vuelvan a encontrarse.

La cara de la verdad

Mucho antes de morirse, cuando todavía todos pensaban que la vida le gustaba tanto, el Chino una vez le dijo a Irene que un seductor siempre tiene en la verdad un argumento que no puede resistirse. Él hablaba de una verdad perfectamente provisoria, verdad ahí, en el minuto mismo, nada que pudiera jurarse al día siguiente, pero que esa verdad así, caliente y momentánea, era para las mujeres más que cualquier promesa. Yo siempre digo la verdad, decía.

Como la verdad que el Duque me dice a mí, piensa Irene ahora mientras se acuerda del Chino, aunque tal vez no sea tanto la verdad sino sólo un efecto de verdad que algunos temas, algunas palabras, alguna clase de tono o de música producen. Irene ve que el Duque mientras habla está dominado por una emoción —¿brillo de lágrimas en los ojos, inclusive? ¿*tanta* verdad?— que no puede menos que ser cierta, y menciona lugares, y nombra recuerdos y reconstruye precisas escenas del pasado (tiene esa memoria prodigiosa) y la mira y le sonríe y le cuenta sus historias y todo resulta tan vívidamente verdadero que ella no puede sino creerle, caer en las redes de la verdad así tendida que no por ser una trampa es menos cierta.

El recurso de la verdad o la verdad como estrategia

o cómo un seductor se las ingenia para prometer el Aconcagua, hacerlo aparecer como un mago, escalarlo incluso, sin moverse de su baldosa habitual de cada día.

Y mañana, nada de todo esto habrá sido dicho.

Voz de madre

¿Qué habría dicho Ada de esta historia?, se pregunta Irene, *¿pensaría que es una ridiculez? ¿Le parecería divertida, le parecería censurable? ¿Qué cosas pensaría de esto?*

Pasaron veinticinco años pero, a veces, Irene busca todavía la voz de Ada. Necesitaría tanto volver a escucharla. Es como si nunca hubiera podido convencerse.

A lo mejor fue por la forma en que sucedió todo. Tan lejos, además.

Porque cuando apareció la posibilidad de ir a hacer esos cursos a Estados Unidos, Mauricio había sido terminante: Ada tenía que ir, no iba a volver a presentarse otra oportunidad como ésa. Él sabía cuánto significaba para ella y, también, se imaginaba perfectamente las consecuencias familiares que podía acarrear la decisión de *no* hacer ese viaje.

Nunca terminaron de saber cómo pasó. Solamente que fue a la salida de la biblioteca, sobre el final de la tarde: nada más. Allá era otoño, ya se habría hecho de noche. En varias cartas, Ada les había contado que a esa hora el lugar se volvía un poco tenebroso. Parques espléndidos pero después del crepúsculo, páramo total. La familia que la hospedaba se lo había dicho muchas veces: era peligroso andar sola por ahí. *Como bien sa-*

brán, amores míos, a mí las recomendaciones me ne friegan grandemente así que yo voy y vengo felicísima, me doy el gusto de no escuchar a nadie y de hacer lo que se me da la real gana, ahora que puedo. Es una biblioteca extraordinaria, trabajo seis o siete horas seguidas sin darme cuenta. Y estoy encontrando algunas joyas que le dan sentido al viaje, por no decir a mi misma vida. Estaba tan convencida de que no podía pasarle nada que ellos, aquí, le creyeron. Dejaron de inquietarse. Y además Ada tenía una manera irritada de responder a la inquietud de los otros, como si preocuparse por ella fuera una señal de idiotez mental, de exceso de celo o de espíritu un poco policial, rasgos (todos ellos por separado y mucho peor tomados en conjunto) que a Ada le inspiraban muy poca estima. Después, todos pensaron que *por algo* Ada les había contado que el lugar era peligroso. Era típico de ella, un sistema de señales personal. Decir que se sentía mal y no ir al médico. Que no había podido pegar un ojo en toda la noche y seguir después todo el día dale que dale. Que esa pierna la estaba matando pero ir caminando a hacer las compras y volver cargada de bolsas. Un mensaje pero también el contrario. Y una manera de mantenerlos en vilo y de hacer que ellos, Mauricio e Irene sobre todo, quedaran debatiéndose entre la zozobra y una sensación de estupidez completa. Porque si alguien hacía el gesto de cuidarla, Ada en un segundo podía dejarlo knock out, abrumado de ridículo.

¿Hubiera cambiado algo que le dieran terminantemente un ultimátum? ¿Que le *prohibieran* algo? ¿Ada se habría decidido a tomar algún recaudo? ¿Habría evitado salir de la biblioteca caminando sola cuando ya era de noche? ¿Podrían haber cambiado *alguna cosa*?

A veces, Irene iba a casa de Mauricio y releía alguna carta. Pocas, muy pocas veces. Estaban guardadas en un cajón del placard que había sido de Ada, el mismo donde habían encontrado —atrás de todo, abajo— la macetita de barro. Fue poco después de la muerte de Ada, una tarde en que las tres hermanas estaban tratando de encontrar un lugar para las cosas de la madre. Álvaro no había querido ir: que se ocuparan ellas, dijo, que él sólo quería el reloj de Ada. Tan pocas veces decía que le importaba algo que a nadie se le ocurrió contrariarlo.

—Pongamos las cartas de mamá en este cajón, aquí —dijo Luchi.

Pero en el cajón había camisones de Ada, enaguas, la colcha que había tenido la cuna de Irene recién nacida. La ropa tenía el olor de Ada. La doblaron despacito, la envolvieron en papel de seda, la pusieron en otro placard, en otro cuarto, un poco más lejos. En el fondo, entre los camisones, con la colcha de broderie de la cuna enrollada alrededor, estaba la macetita de barro. Para Irene, había sido una especie de señal. Y por suerte, nadie había tenido ninguna intención de disputársela. La macetita fue para ella, la olivetti que trajeron de vuelta fue para Luchi y para Silvia, las plantas que Ada había cuidado durante años. Álvaro se quedó con el reloj de acero redondo, grande, que siempre había adelantado unos minutos y que Ada no se había sacado de la muñeca ni un solo día en los últimos quince años.

—¿La *macetita*? ¿Por qué querés esa maceta? —preguntaron Luchi y Silvia casi al mismo tiempo, con una curiosidad un poco despectiva.

Cuando llegó a su casa con la maceta todavía envuelta en la colcha de broderie, estuvo a punto de ponerla en la biblioteca. Después pensó en el Chino, en los arrebatos de violencia del Chino. No, la biblioteca no era un buen lugar. Con esa habilidad que tenía él para romper *únicamente* las cosas que Irene más quería. Así que durante unos años, la macetita también en casa de Irene estuvo bien escondida, adentro de otro cajón, en otro placard. Recién cuando consiguió que el Chino se fuera, pudo cambiar la macetita de lugar y ponerla a la vista.

Las cartas todavía estaban guardadas en los mismos sobres de vía aérea en los que Ada las había mandado, con el borde festoneado de colores, azul, colorado, blanco, azul, colorado, marcando la distancia con un aire festivo de banderita extranjera. Las estampillas ya estaban despegándose (veinticinco años es mucho tiempo), algunas ya se habían caído y en el ángulo derecho del sobre, arriba, persistía la huella color óxido de la estampilla perdida.

Irene se sentaba en el sillón de felpa gris, sacaba algunas cartas del cajón, se las ponía en el regazo y empezaba a leer. Pero no era instalarse cómoda, sentirse a gusto: eran apenas intersticios, tarde a la tarde, mientras esperaba que llegase Mauricio para ir a comer a algún lado o que terminara de hacerse la compota de manzanas. Por lo menos que hubiera un poco de compota en la heladera. Qué diría Ada si viera la heladera de Mauricio: tendría un ataque, eso Irene no lo dudaba ni un minuto. *¿Qué es este páramo?*, preguntaría, *pobre papá, ¿tres hijas mujeres y ninguna es capaz de conseguir una heladera que parezca aunque sea un poquito más hospitalaria?*

Cuando estaba Ada, la heladera tenía un aspecto desordenado y feliz. Había queso gruyère y también queso de rallar que a Ada le encantaba y había jamón y huevos y tomates y chocolate Águila para taza envuelto en su papel amarillo, y verduras diferentes, hojas de acelga mezcladas con lechuga de un verde claro y brillante, y manzanas lustrosas, y había zanahoria rallada, y carne cocinada, y pollo con romero listo para meter en el horno. En media hora, Ada era capaz de improvisar alguna comida gloriosa para ocho personas, sin hacerles sentir que era una proeza. Ninguna de sus hijas había heredado esa aptitud. *Ustedes no son capaces de hacer ni una tortillita miserable, no sé cómo no les da vergüenza.* No era que ahora estuviese vacía, la heladera, no se trataba de eso. Había fruta, había queso, había lo necesario. Y todo muy ordenadito, cada cosa bien tapada dentro del *tupper* correspondiente. Tan prolijo que se te encogía el corazón. No por culpa de Mauricio: era la señora que estaba empleada en la casa, buena mujer, un poco maniática, con una verdadera pasión por la impecabilidad. Ni pasando la aspiradora se le salía un pelo de su lugar. Mauricio no se enteraba, a la señora debía verla cuando mucho una o dos veces por año, iba a unas horas en que no se encontraban: formaba parte de un pacto tácitamente estipulado no tener que verse la cara. Él volvía y tenía su comida preparada, se sentaba con el diario para leerlo mientras comía, se sentía un héroe porque después lavaba el plato en lugar de dejarlo sucio en la pileta y cuando terminaba, cerraba la puerta.

Desde la muerte de Ada, Irene no había vuelto a sentirse cómoda en esa casa. Iba a visitar a Mauricio, charlaban, él se sentaba en ese mismo sillón de felpa gris que le había elegido Ada o tomaban un mate en la mesa de la cocina, con galletitas, mendicrim y mermelada de frutillas. Parecía cada vez más dispuesto a contar historias del pasado, a dar detalles que hasta ahora nunca había contado, que antes no hubiera sido posible sacarle ni con tirabuzón. El recuerdo de Ada andaba siempre por ahí, asomándose a la charla.

Pero para meterse con las cartas, Irene prefería estar sola. Ni el padre ni los hermanos ni tampoco los hijos. Sola, tranquila, sabiendo que Mauricio todavía podía tardar tres cuartos de hora en llegar. A veces más. Nadie sabía con demasiada precisión qué hacía Mauricio a la tarde. Nadie *quería* saber. A lo mejor, Álvaro conocía algunos pormenores pero Álvaro no iba a contar nada. Si alguien tenía algún secreto, él era el mejor custodio que podía encontrar.

Así que Irene tenía cuarenta y cinco minutos para ella sola. Con Ada. No es que se pusiera a elegir, metía la mano a ciegas en el cajón y sacaba tres o cuatro cartas. El borde del sobre estaba rasgado —rasgado veinticinco años atrás por el apuro de leer, con la alegría nerviosa que siente alguien cuando descubre, recién pasada por debajo de la puerta, la carta que estuvo esperando tanto. A veces estaba escrita a mano, con aquella caligrafía tersa, sin ángulos, que tenía Ada. A Irene le parecía verla: Ada escribiéndole a Mauricio con aquel pulso suyo rápido, lleno de energía. Aunque no eran cartas sólo para él, estaban escritas para todos ellos, con algunos apuntes especialmente dedicados. *Silvita, moderá tus arranques y, por favor, de la gata tratá de ocuparte vos que finalmente fue decisión tuya traerla a casa. Pero si la dejás a cargo de tu padre después no te quejes, ¿puede ser que todavía no sepas cómo es?*

Otras veces, las cartas estaban tipeadas a máquina.

Mauro, ¿no podrías ser un poco más conciliador con Álvaro? Él te necesita más de lo que suponés, tratá de reservar tus aspectos más brutales para el mundo exterior, por favor te lo pido, son sólo unos meses y te recuerdo que me lo prometiste especialmente. No me mortifiques, no hagas que me arrepienta de haber venido.

Ada se había llevado la olivetti desde acá porque no era lo mismo cualquier máquina de escribir. Le habían dicho *te comprás otra nueva, allá. ¿Otra nueva?*, había preguntado Ada como si le estuvieran proponiendo un disparate impensable, *yo quiero ésta, la mía.* Estaban compenetradas, Ada y su máquina. Se notaba en las cartas, escritas al correr como si las teclas bajo los dedos tuvieran el mismo ritmo que el pensamiento. Irene empezaba a leer y entonces sí, la voz de Ada, por un instante, podía filtrarse entre las palabras, vivaz y curiosa como había sido toda la vida. Irene casi podía volver a oírla. Había sido una voz tan expresiva. Bastaba escucharla un minuto para saber cómo estaba. Y era inútil que tratara de engañarlos: si estaba mal, la voz decía sola lo que Ada trataba de esconder.

Cuando la gata pasó a ser entera responsabilidad de Silvita tampoco fue necesario que la protegiera demasiado: Mauricio había perdido casi por completo el humor necesario para escabullirle las aceitunas. Si aparecía por ahí, a Mauricio ni se le ocurría ponerse a jugar con ella y mucho menos todavía molestarla. La miraba desde lejos, no hacía ningún gesto para que se acercara. Si aun así decidía arrimarse, Mauricio se levantaba de la silla, se iba solo al dormitorio y cerraba la puerta detrás de él como para dejar bien en claro que lo dejara tranquilo, que Ada no estaba más, que por favor se diera cuenta y se dejara de joder. Pero la gata insistía y cuando podía, cuando lo encontraba distraído y conseguía aproximarse, se sentaba a mirarlo, seria, y lo hacía pensar en Ada de una manera insoportable.

La habían encontrado a la mañana siguiente. Sin señales de violencia física, dijeron. No tenía joyas pero joyas no había tenido nunca, ni siquiera la alianza había sobrevivido a esa especie de negligencia graciosa con la que Ada iba desprendiéndose de los objetos, de todos los objetos. Las carpetas, las fichas llenas de anotaciones, los libros, todo estaba desparramado alrededor de ella, al lado del cuerpo caído en el pasto. Como si hubiese tenido un encontronazo que hubiera hecho volar las cosas por el aire. Pero los forenses dijeron que había sido el corazón, repentino y letal. Mauricio y los chicos nunca quedaron convencidos. ¿El corazón? El corazón de Ada estaba hecho para aguantar cualquier tormenta, no para quedarse quieto allá, de repente, lejos de todos. Algo tenía que haberle pasado a Ada, algo verdaderamente grave para que decidiera morirse y dejarlos solos.

Fueron Irene y Mauricio. Álvaro estaba en el Norte, en un campamento impreciso, y no hubo forma de avisarle. Luchi no quiso ir y Silvita estaba deshecha, no podía ni moverse. En la funeraria silenciosa y ajena, gélida, todo parecía irreal. Ada tenía la cara apacible y seria dentro de las puntillas blancas del cajón pero ni siquiera así podían creer que estuviese muerta.

Irene no termina de creérselo todavía. Por qué, si no, en algunos momentos cuando le falta tanto, se pregunta qué diría Ada si estuviera, si supiera. Le pasó cuando nació su primera hija, cuando murió el Chino, cuando se enamoró de Roque, cuando se casó con Roque. Le sigue pasando. Y hay momentos en que Irene reconoce en sí misma —en alguna palabra, en alguna opinión cruda— la marca clarísima de Ada, como si ella estuviera hablando por su boca. Entonces piensa, *esto a mamá le encantaría* o *cómo se divertiría mamá si me escuchara decir esto.* Alguna vez, Irene se pregunta *qué diría Ada,* como si las dos fueran a reírse.

Se divirtieron tan poco juntas. No tuvieron tiempo: iban a divertirse después, más adelante, cuando Irene fuera más grande y Ada pudiera aflojarse, dejar de ser una madre de tiempo completo. Otras veces, se pregunta *qué diría Ada* más gravemente. Necesitaría un consejo, una opinión. Que la ayudara a pensar, que la combatiera un poco, o que le dijera *vos callate, no sabés lo que decís,* con esa entonación salvaje de Ada cuando le molestaba lo que oía.

Irene piensa que ella es mucho más convencional de lo que fue su madre, más respetuosa. Tiene más miedo. O menos atrevimiento, porque miedo, ¿quién no tiene miedo? Ada también, Irene se acuerda.

Aquella vez, cuando el autito quedó parado en medio de las vías del tren, con el motor muerto. El guardabarreras la había dejado pasar a último momento porque venía con el auto lleno de chicos. Sus cuatro hijos más dos vecinitos, todos con los guardapolvos puestos, amontonados en ese coche diminuto. La barrera estaba bajando, el tipo le hizo señas para que avanzara, el motor se paró entre las vías. Ada hizo girar la llave. Nada. Insistió, una vez, dos veces. Nada. Y Ada, calma: perfecta sangre fría. El motor arrancó a la cuarta vez. ¿Cómo podría no haber tenido miedo? O cuando daba exámenes. O cuando Luchi y Silvia casi se ahogan juntas en Villa Gesell. ¿Y cuando dio sus primeras clases? Cualquier cosa puede dar miedo. Pero ése nunca fue un argumento para Ada, ni una cueva donde guardarse, ni tampoco una explicación que alcanzara. Ella iba para adelante.

Y con esa voz suya, esa manera inquisitiva que tenía, Ada iba despertando las cosas a su alrededor. Los primeros años después de la muerte, Irene sentía que todo se había apagado. No había una persona, una situación, una noticia, un libro que le interesara. Nada conseguía llamarle la atención. Sin la voz de su madre para guiarla, había dejado de ver las cosas.

Irene vuelve a preguntarse qué diría Ada de esta historia.

El Duque, a ella, no le había gustado nunca. No lo había conocido pero tampoco necesitaba tenerlo enfrente para sacar sus propias conclusiones. Con lo poco que decía Irene le alcanzaba para estar segura de que era un engreído, una persona que iba por el mundo resguardada por un cúmulo de verdades hechas.

Tampoco hizo falta confirmar o desmentir. La vida había ido por otra vía. Del Duque no quedó nada, se perdió en el olvido: el Chino arrasó con todo. Cuando Ada se fue, Irene ya no vivía con ellos. Se había ido a vivir sola y estaba que sí que no, empezando con él. Escritor, el Chino decía que quería ser escritor. Le hablabas de trabajar y te miraba como si estuvieras apestada. El fuego sagrado del arte. *¿Y periodista?*, preguntaba Mauricio pragmático, *¿No podría dedicarse al periodismo, además?* El Chino no contestaba. Parecía ofendido por la amenaza a su integridad. Ada nunca lo había soportado: otro idiota con la cabeza llena de berretines. Difícilmente podía considerarse el desiderátum de ninguna madre.

Ojalá las cosas terminaran yéndose por la borda cuanto antes, le decía a Mauricio. Pero Irene estaba enamorada. Había momentos en que Ada tenía ganas de sacudirla. Él era buen mozo, era inteligente. Y muchas veces Irene aparecía con los ojos hinchados. Ada estaba segura de que la iba a hacer sufrir.

Después, por suerte, por suerte apareció Roque.

Pero Ada, a Roque, nunca llegó a conocerlo. Vino mucho tiempo después.

Suponiendo que Ada estuviera, que Irene decidiese contarle, que le preguntara qué pensaba de esta historia, lo que Ada diría es *¿Historia? ¿A eso llamás una historia? Por favor, Irene, eso no es nada. Siempre supe que eras una criatura soñadora pero esto, perdoname, no es nada: pura imbecilidad.*

Cuatro amigas

Julia es la persona con quien Irene más se rió en la vida. Nada de sonreír con mesura. *Reírse*, no poder parar. De eso, ahora, hace mucho tiempo pero algo entre ellas tejió la risa que ya no se deshizo nunca.

—Y ustedes, ahí, ¿qué están tramando? —quería saber Ada cuando pasaba por el cuarto donde ellas dos estudiaban.

Las carcajadas podían escucharse desde la otra punta de la casa. No tramaban nada, la mayor parte de las veces las cosas que las hacían reír eran insignificancias. Pero confirmaban que ellas dos las miraban, las estaban *viendo*, de la misma manera en el mismo momento. A lo mejor era eso, la pura alegría de la coincidencia. Descubrir, creer, que eran almas gemelas.

Julia también es casi la única persona con la que Irene puede hablar de estas cosas. ¿Quién mejor que ella para escuchar el nombre del Duque y que en ese mismo momento prácticamente se le *represente* ante los ojos? Lo conoce tanto como Irene, desde hace tanto tiempo como Irene. Del beso en la escalera, se enteró casi en el mismo momento en que sucedió; supo paso a paso las alegrías y los infortunios, asistió al olvido y, ahora, treinta años más tarde, también va teniendo por entregas eso que ella llama *el folletín*, con un desdén entre afectuoso y humorístico.

—Todo esto es sólo para retrasar un poco más la muerte —dice.

Y eso que Julia no es una persona melodramática. Sólo, a veces, un poco demoledora. Suelta la frase y no hay corazón que pueda evitar el enfriamiento. Pero la historia con el Duque, a Julia no le merece ninguna consideración. Roque es un tipo encantador, que la quiere tanto a Irene. Trabajará demasiado, le *gustará* el trabajo más de la cuenta, las fluctuaciones del mercado inmobiliario lo ocuparán de manera casi excluyente: es cierto. Pero está ahí, tan de una pieza. Habla poco, es cierto. ¿Y qué? ¿Preferiría a alguno de esos charlatanes que andan sueltos? El Duque, sin ir más lejos. Roque tiene esa gentileza, ese calor verdadero. Esa disposición para disfrutar de las cosas. Y una simpatía que no se gasta nunca.

—¿Vos sabés lo que es eso? ¿Tenés *idea* de lo importante que es? —pregunta Julia.

—¿Qué tiene que ver Roque? —dice Irene—, yo *adoro* a Roque.

Las conversaciones suelen ser los viernes al mediodía, mientras esperan a otras dos amigas en un restaurante de Callao. Les reservan una mesa pegada a la ventana y ellas van llegando, a la una, una y media, a veces a las dos, según el trabajo que tengan. Todas tienen casi siempre bastante que hacer pero ese almuerzo no se lo quieren perder por nada del mundo.

Cruzando la calle, en diagonal, hay una plaza que en noviembre está llena de jacarandaes en flor. Cuando no hay flores, la plaza también está muy bien, con esos árboles fuertes, de troncos un poco dañados, veteranos.

Irene y Julia conocen a Memé desde la época de la facultad: cursaron juntas algunas materias. Después, hubo un verano en que los padres de Irene alquilaron una casa en Pinamar.

Pinamar era un lugar muy silvestre en esa época.

Irene invitó a Memé. Dijo que iba por una semana y al final se quedó todo el mes: tenía una facilidad para el buen humor que les cambió las vacaciones a todos. Festejaba el talante maligno de Mauricio con una comprensión instantánea, no se inmutaba si en medio de un arrebato calamítico Ada decía que su vida no tenía ningún sentido, los cambios de humor de Luchi o los berrinches de Silvita la divertían y, para sorpresa de todos, mantenía larguísimas conversaciones con Álvaro mientras iban caminando por la orilla del mar.

—Para mí que Álvaro está un poco enamorado de vos —le dijo Irene.

Memé se rió. Si en la alegría había algún sonido, tenía que ser ése. Ella posiblemente es la segunda persona con la que Irene más se rió en la vida.

—¿No me vas a contar de qué hablan? —Irene trataba de saber pero Memé nunca contó nada de las conversaciones con Álvaro. Eran un misterio. Mauricio también quería averiguar.

—¿Se puede saber de qué hablan ustedes dos?

—Cosas, qué sé yo. De todo un poco —le decía Memé.

Álvaro no se molestaba en contestar. No se molestaba en sonreír. Se había convertido en una persona bastante huraña. Detestaba la forma inquisitiva que Ada era capaz de imprimirle a casi cualquier conversación, y le molestaba la curiosidad un poco enrarecida que podía tener el padre. *¿Alguna noviecita?*, indagaba Mauricio con un tono malicioso, lleno de suspicacias. Álvaro se encrespaba enseguida. En un mal momento, una pregunta ni siquiera demasiado entrometida podía desencadenar una reacción furiosa, inusitada.

Pero todos los días, cuando llegaban a la playa, se iba a caminar con Memé.

Era *muy* temprano. Memé descubrió rápido que, en la familia de Irene, uno de los principios sagrados era que nadie se iba de vacaciones para dormir. La principal promotora de esa idea era la abuela que, a las siete-siete y media de la mañana, ya estaba en pie haciendo ruido en la cocina. Los chicos estaban convencidos de que era deliberado: únicamente a propósito alguien podía hacer *tanto* ruido. Y un rato después se sumaba Mauricio: sin importarle a qué hora se hubieran acostado los chicos, los despertaba a todos.

—El desayuno está listo —decía con voz tonante recorriendo la casa de arriba abajo.

Había una ventana horizontal que rodeaba entera la cocina. Se veían las araucarias del jardín y el cielo, había dulce de duraznos y dulce de naranjas y también dulce de leche, y mate cocido, había tostadas, y había principalmente *olor* a tostadas recién hechas.

Apenas terminaban el desayuno, Ada y la abuela los echaban de la casa.

En la playa, sólo estaban las pisadas de las gaviotas en la arena húmeda, el jeroglífico tripartito de sus patas. Las sombrillas cerradas, las carpas sin armar, las sillas todavía apiladas. El mar vacío, brillante, y ese cielo claro del principio de la mañana. Era realmente temprano.

Memé y Álvaro se iban a caminar.

Irene se quedaba en la carpa leyendo *El príncipe idiota.*

—¿Eso leés? —se burlaban—. ¿Con este sol? ¿No se te ocurre ningún otro mamotreto espeluznante?

Luchi iba a buscar a unas amigas que tenía en otro balneario y un rato después llegaban Silvita y la abuela, con la canasta de los sándwiches y la fruta. Mauricio aparecía sobre el mediodía. Ada estaba haciendo un trabajo sobre la abolición de la esclavitud y se había llevado a cuestas una biblioteca entera. Para ella, la esclavitud verdadera era ir a la playa: si podía, ni la pisaba. Sólo a veces, muy de cuando en cuando, con el mate, cuando ya el sol ni siquiera estaba tibio.

Ellos se quedaban todo el día y, a la tarde, alrededor de la carpa, se juntaba un montón de gente, chicos y chicas de todas las edades, amigos de Luchi y de Álvaro y de Irene y Memé.

—¡Pero qué es esto! ¡Acá hay más de veinte personas! —al final, un día Mauricio explotó.

Considerando cuánto lo molestaban las aglomeraciones, había aguantado bastante: sólo porque los chicos estaban contentos y ésa era condición sine qua non para que *él* pudiera estar tranquilo.

Había momentos, por supuesto. Los ataques de Silvita cuando le querían lavar el pelo (lo tenía por debajo de la cintura y no pensaba cortárselo); Luchi que prefería no sacarse la campera ni en la playa (era azul oscuro, de nylon rígido); Álvaro que odiaba los fideos con salsa blanca de Ada (y lo decía como para que se enteraran hasta los vecinos): cosas así. Nada grave, pensaba Mauricio.

—Todo se desarrolla bastante bien —comentaba de vez en cuando, sorprendido.

Era lógico que al final explotara, con esa ronda de chicos alrededor jugando con las ojotas o las zapatillas, *con el pico, con la pala,* con la puta que los parió, *¡basta!*, dijo, *se terminó*. El grupo entero huyó en desbandada pero a la tarde siguiente, de a poco, volvieron a arrimarse y se restableció la armonía. Tocaban la guitarra, cantaban. *Zamba de mi esperanza, Fuiste mía un verano, Las olas y el viento.* Pero el sol ya estaba cayendo y Mauricio se había ido hacía rato.

—¡Encima cantan, Ada! ¡Qué espanto! Me gustaría que por lo menos vos reconocieras que soy un héroe.

Unos meses después de ese verano, Irene se enamoró del Chino, dejó la facultad y, a Memé, le perdió la pista. Julia, durante un tiempo, todavía siguió viéndola pero cada vez menos, más esporádicamente. Más tarde supieron que se había casado y que estaba viviendo en otro país. ¿España, Venezuela, México? No tenían demasiadas precisiones, eran cuentos de cuentos de otros, comentarios de terceros.

Se la había encontrado a Julia un día, por pura casualidad, en la calle. Ya tenía tres hijos y estaba de vuelta desde hacía un par de años.

—Se ríe igual que siempre —le contó Julia a Irene.

—Me acuerdo como si estuviera oyéndola ahora mismo: nunca escuché una risa tan contagiosa —dijo Irene.

—Quedamos en comer el viernes que viene, a la una.

Después de ese viernes, quedaron para el de la otra semana. Y siguieron reuniéndose todos los viernes, en esa mesa de la ventana, con la plaza en diagonal.

Unos meses más tarde, se incorporó Mariana. Era amiga de Julia, se hizo amiga de todas.

De eso, ya hace diez años.

Dejan de lado cualquier cosa para ir a esos almuerzos. Mienten para escaparse de una reunión, abandonan los lugares de trabajo con pretextos que a veces parecen verosímiles y otras son completamente pueriles, eluden las explicatorias, evitan los controles, las preguntas, no rinden cuentas, no admiten intrusiones. Si alguna otra amiga quiere participar, hay que conseguir autorización. Tienen que estar de acuerdo todas. Y nada de *hola, pasaba por aquí y las vi.* Ponen una cara de piedra que la intrusa, al minuto, se bate en retirada. Los encuentros de los viernes son sólo de ellas cuatro.

Los almuerzos pueden durar tres horas, a veces más. Cuando se levantan para irse, en el restaurantito ya no hay nadie y los mozos están preparando las mesas de la noche. Se despiden, se van. Caminan un par de metros, retroceden: les quedó algo en el tintero. Cinco minutos más en la vereda. A veces, diez.

Para empezar, piden vino: se van poniendo en clima con un brindis. Comen. Cuchichean. Tienen secretos. También hablan de simplezas. La torta de queso, por ejemplo, merece párrafo aparte durante muchos viernes seguidos. Julia y Memé intercambian recetas. Las ponen a prueba durante la semana, con resultados diversos (a veces, adversos). Discuten qué queso, cuánto horno. *Basta,* dicen un día Irene y Mariana: se plantan. *A ver si la terminan con la tortita, por favor.* Quien más, quien menos, en esa mesa todas tienen su carácter. Julia y Memé renuncian. Pero cada tanto reaparece la torta de queso, se cuela en la conversación. Al cabo de un tiempo, se vuelve un chiste: *¡cuidado con la torta de queso!,* como si se hubiera convertido en indeseable.

Las cuatro son muy diferentes entre sí. Irene es propensa a los aborrecimientos rápidos; sobre Mariana pende la amenaza constante de la distracción; Memé tiene un entusiasmo muy *exclamativo*; Julia, una notoria facilidad para marcar distancias.

Secretos, esos que se llaman secretos verdaderamente *íntimos*, no se cuentan muchos. Algunas prefieren la siesta, otras la mañana. Mariana, por ejemplo, lo dice clarito: *yo soy re-mañanera*. Unas son más del corpiño de encaje, otras eligen el de algodón. Hubo cierto alboroto con el punto G. ¿Dónde decís que está?, arriba, abajo, adelante: si te ponés a buscarlo se pierde toda la gracia. Salvo si jugás al doctor, así puede tener *más* gracia. Algunas preguntas se repiten: ¿Fidelidad a ultranza? ¿Fantasías? ¿Algún caballero andante? La hipótesis de la libertad del individuo admitiría; las prácticas familiares, y las culpas, y las alternativas del amor que a veces está tibio pero de golpe vuelve a ser un tumulto, más bien limitan el libre albedrío.

Entre Julia y el marido las charlas hirientes son un estilo. Si Memé tiene problemas con Alberto, los arregla puertas adentro. Ella no cree en ventilar detalles. A veces, algo, apenas, y sólo cuando le duele demasiado: que Alberto se pone muy duro con su hijo. Que la chica menor estuvo haciéndose la rata y ellos se enteraron cuando estaba a punto de quedarse afuera del colegio, que los tomó por sorpresa, como si se hubiera vuelto una desconocida. El hijo de Mariana tiene pocos amigos, es un solitario, usa anteojos. Mariana se preocupa: ¿qué le depara la vida al pobre chico?

—Decile menos *pobre chico*, es lo peor que podés hacerle —dice Irene.

Pero a Chispa le sobran amigos y aunque Felipe es más chico, también se da bastante maña: debe ser por eso que Irene puede hablar con tanta despreocupación, ¿cómo va a entender qué siente Mariana?

El punto más alto del programa es cuando les toca el turno a los demás. Si hablan bien de alguien, puede haber pasajes de emoción: todas ellas tienen lágrima fácil.

Al principio, los mozos se inquietaban, no sabían bien cómo podía derivar la escena. Esa clase de llanto vergonzoso, que se mezcla un poco con la risa. Ahora ya se acostumbraron: son lloronas discretas, ningún escándalo. Puede ser por alguna anécdota arcaica de Ada. Por el padre de Julia que también se murió lejos y de golpe. Por el de Memé, que se murió cuando *ella* estaba lejos. O porque Mariana se amigó con el marido después de una conversación tan triste.

La diversión mayor es cuando hablan *mal* de alguien. Empiezan en voz baja, parecen juiciosas, objetivas. Pero el espíritu malevolente va ganando terreno, se ponen mordaces, pérfidas, implacables, se festejan mutuamente los hallazgos: ningún argumento serviría para que se privaran de este jolgorio. No es sólo sacar el cuero. Es más bien ir armando un catálogo de predilecciones y rechazos: los gustos personales de las cuatro.

Memé tiene una edificación interior más antigua que las demás. Una firmeza en algunas convicciones. Los valores, los llama ella. A veces, también, imperativos categóricos. Con la madre, por ejemplo: no hay pelea. Memé pone en juego simpatía, paciencia, un poco dejarla hacer, acompañarla cuando lo necesita. La cuida sin que se dé cuenta, piensa Irene, ojalá estuviese Ada para que ella pudiera hacer lo mismo. Para Memé, la discreción es importante, el pudor para preguntar, no lastimar al otro. Cree sin énfasis en la austeridad como virtud. *Qué vergüenza tener plata,* dice alguna vez que otra. También guarda una gota de locura. Y un temple que no tiene ninguna de las otras: Memé es como Melania en el Viento.

Cuando empezaron los viernes, hacía dos o tres años que Irene se había casado con Roque. Felipe era casi un bebé. El de ellos fue un noviazgo luminoso y, tres meses después, estaban viviendo juntos. Irene enseguida quedó embarazada. Muy al principio, tuvo alguna inquietud por Chispa pero a la chica se la veía feliz con la aparición de Roque. Casi había renunciado a tener un hermano, así que el nacimiento de Felipe fue como ganarse un premio. Y además, después del Chino que iba y venía pero nunca se sabía cuándo ni cómo iba a aparecer, la presencia constante de Roque, esa manera *dedicada* de quererla, fue un milagro. Fue fácil y fue bueno y durante muchos años parecía que Irene y él iban a seguir siempre enamorados de esa manera.

La comida con la gente del colegio fue un jueves.

El viernes al mediodía, Irene les contó a Memé y a Mariana quién era el Duque.

Primer plano

Roque es morocho. Buen mozo. Tiene ojos de un marrón muy oscuro, como un café recién hecho: esa misma clase de color (reflejos claros en el verano, del lado del sol). Y bigotes: una razón más para enamorarse, dice Irene. Gran sonrisa: proximidad inmediata (una ilusión favorable, aunque provisoria). Expresión transparente: lleva tiempo advertir que detrás de la transparencia, los secretos mantienen su peso. Pocas palabras. Y confiables. Pero elige (prefiere) la estrategia del silencio: cuestión de comodidad. Cuando se siente descubierto, la picardía le juega a favor. Hoyuelos para acentuarla, como Rhett Butler. Tiene una enorme energía. Piensa solo. Y piensa bien. Cuando piensa mal, es inútil intentar convencerlo: se convencerá solo o nunca: es hombre de ideas fijas, obstinado. Cabeza dura, dice Irene: es lo mejor de él, y lo peor. Pero sabe decir *no* de una manera extraordinaria: ésa fue otra razón para quererlo: decisiva. Es bueno alguien que sabe decir que no.

No se pregunta por el sentido de las cosas sino por su funcionamiento: otra posición en el mundo, el principio masculino. A veces, callado, la deja pensar, la ve enredarse sola. Y dice después una palabra que deshace la red, la libra de sus malos pensamientos. Ella, contenta: juguemos a los indios, dice.

Cuando recién se conocieron, enamorarse fue torrencial. La fiesta duró unos cuantos años. Después se fue apagando. Hay que conformarse, la instruyen algunos: un marido siempre es un marido.

Juntos se divierten. La risa de él es siempre una alegría. En confianza, cuando sabe que lo quieren, Roque tiene una simpatía, un humor repentino que Irene festeja a carcajadas.

Y cuando se van de viaje y están lejos de todos y de todo, aquel tiempo del principio vuelve hasta ellos como si nada lo hubiera tocado.

Juguemos a los indios

¿Impulsiva, yo?, no: yo armónica, yo querer bien a todos, no cometer errores, mis impulsos estar dentro del orden de las cosas: yo india silvestre, sin pudrición cultural, bicho de la naturaleza, yo india sin palabras, sin gramática, india que ruge cuando ve venir león, avisa a tribu peligro inminente, india que lame mejilla de indio para decirle yo querer tú, gran cazador, yo darte premio, a falta de palabras lengua ser buena, cosquillas, mano, lengua lamer, recorrer mejilla, meterse en oreja, empezar a bajar, a bajar por cuello, clavícula, pecho, lengua seguir hacia abajo, rodear el ombligo despacio, seguir bajando, bajando todavía, lengua enredarse en pelito, desenroscarse, chupar, seguir chupando, lengua subir, después, besar largo y tendido, decirse esto es el amor, ésta la alegría, nosotros los indios sabemos de esto, entonar himno entonces, agradecerle a dios, bailar hasta la madrugada o, mejor, abrazarse, abrazarse y dormir.

Camino para dos

Roja la meseta española que va subiendo, pero el camino trepa, se estrecha en la montaña. Verde ahora en las laderas al costado de la ruta, verde y lluvia, lluvia incesante, brutal por momentos. Niebla que cierra el paisaje y lo termina, granjas de piedra aislada, verde que te quiero verde, terciopelo o felpa, abismos son éstos que caen a pico cuando el camino sigue subiendo: un pueblo, otro pueblo más, sólo uno cada tanto: vida aislada. De repente el mar, abajo, lejos. La lluvia sigue. Santander: señorío de palacios bien mantenidos frente a la playa. Una boda por todo lo alto. Señoras con sombrero, como postales antiguas. El restaurante se llama La Sardina. ¿Hay sardinas? *No, no hay* dice el maître con expresión despectiva. Rarezas sin respuesta. En San Sebastián, tapas al mediodía de bar en bar: estrépito de sábado a la mañana. Amigos que se encuentran aquí y allá. Nadie usa paraguas. Nadie advierte ya, por habituales, los arcoiris súbitos que prende el sol cuando aparece y quiebra la lluvia. Farolas de luz verdosa se van encendiendo a la tarde. Bordean la costa tamarindos. ¿Vino antiguo o vino malo?, el tiempo echa a perder todas las cosas. Amigos que no son amigos como si fueran amigos. Despedida bajo la lluvia. ¿Es que llueve siempre aquí? Tortilla de papas, a cualquier hora. Aceitunas. Anchoas. Por la mañana,

San Juan de Luz: desayuno en un bar de vidrio puesto en la arena como un barco encallado. Cielo tormentoso, también aquí. Y ese extraño efecto cornisa de los pueblos de frontera: dos idiomas, dos monedas, dos estilos y ninguno, u otro diferente. Biarritz por la tarde, como si siempre fuera 1930. Una geometría de líneas despejadas. Espejos en el placard del hotel inesperadamente convertido en alojamiento clandestino por pura magia del reflejo, con oleaje de fondo. Coger con espejos siempre es otra cosa: uno es otro. También una. Pizza a la noche, con borrasca. Forzosamente, el casino monumental. La legalidad de los trámites, la fuerza furtiva del juego. Cielo sin estrellas, ¿qué diría un astrólogo de este silencio? Calles vacías y empinadas, recovas donde el viento te lleva por delante, te empuja por detrás. A la mañana, el sol. Gente amable, tal vez demasiado amable. *Poliment, gentiment, bonjour messieurs dames.* Una pequeña librería en una curva que baja hacia la calle del mar. La playa solitaria del otoño, gaviotas que vuelan bajo. Pero ya es la vuelta. Almuerzo en la ruta: otra vez la meseta roja, el sol tenaz. La lluvia queda atrás, lejos. Pero allá, detrás, sigue lloviendo. Cuando vuelvan, seguirá lloviendo todavía.

La maldad de los objetos

La tostada cae siempre del lado del dulce. Una persiana que no tenía por qué estar abierta golpea in-ter-mi-ten-te-men-te, una vez y otra y otra vez. Es posible que Irene estuviera tratando de dormir pero se levantó un viento repentino, corrientes de aire inoportuno agitan la casa con sus puertas: hay que cerrar ese batiente. El libro apenas apoyado en la mesa se cae: empuja el cenicero lleno —tres cigarrillos apagados con todas sus cenizas: enchastre, zafarrancho. La botella de agua sin tapa se derrama, cae sobre los papeles, borra la tinta del número anotado al que ya nadie va a poder llamar. Flores en el jarrón. Pero el jarrón está resquebrajado y estaba olvidada la rajadura, ¿no hubiera sido mejor que se rompiera? ¿Para qué lo guardó si ya es inútil? ¿De qué sirve un jarrón que deja escapar el agua?: gota a gota se cuela, arruina otras cosas y las flores amanecen secas. La tostadora quema las tostadas. Un instante apenas de distracción y ya no existe ese momento, el sabor de las tostadas que de solo imaginarlo a uno se le hacía agua la boca: otra epifanía perdida. Cuando uno tiene las manos llenas (de paquetes, pan, manzanas, de infelices ilusiones), las llaves se encuentran inhallables en la profundidad de la cartera: hay que sacar todas las cosas, papeles, tickets, lapiceras, para tantearlas en el fondo mismo, ¿otra regla? ¿lo que uno busque aparece cuando ya nadie lo espera? Si uno está mirando una película por televisión, seguro que el pedido del supermercado llega cuando la película está terminando: el final hay que imaginárselo. Si alguien previene que a lo mejor una tardanza, un desencuentro, una indeseada sorpresa, conviene darlo por hecho. Cuando falta tiempo, se puede contar con la luz de los semáforos en contra. Los objetos tienen vida propia, independiente de cualquier deseo, muchas veces contraria a los deseos: algo se seca, algo se cae, algo se rompe. Pero en la maceta de barro, cerca de la ventana, el licopodium sigue creciendo.

La colada

Son días de meteorología un poco errática: el pronóstico anunció lluvia pero primero hubo neblina y después salió el sol. La lluvia aparecerá otro día. A lo mejor, cuando anuncien buen tiempo. No se sabe, y eso tampoco está tan mal.

Con un delantal celeste desteñido de bolsillos más bien cónicos pero sobre todo abolsados, Irene está en el balcón dispuesta a arreglar sus plantas. La bignonia naranja, los alhelíes, el jazmín de leche e incluso una violeta alpina florecida a destiempo, desconcertada, parecen un poco frenéticos con tanta primavera.

Irene acaba de poner sobre la mesa la maceta de barro.

La macetita no vive en el balcón: está adentro, en un estante, y sólo la saca un rato para que tome aire. Cuando se trata de la maceta, los movimientos de Irene —sin que ella se lo proponga, sin que se dé casi cuenta— se vuelven más suaves que de costumbre, más cautelosos.

Sembró un licopodium y, contra todos los presagios, prendió: aspecto incipiente pero verde vivísimo. A Irene puede irle bien con otras plantas, los geranios pueden lucir sus galas, las alegrías del hogar iluminar el alféizar de las ventanas, la hiedra trepar por la pared, puede conseguir que una santarrita crezca en un tiesto, que un pinito aquí, o allá un árbol de quinotos pero lo que más alegría le da es que dentro de la maceta de barro una planta vaya creciendo.

Al principio, cuando en lugar de progresos, palmario decaimiento, Irene se enojaba. Después terminó aceptando que, en esa maceta, las plantas duran poco. Hay que disfrutar el mientras tanto. *Ojalá pudiera ponerlo en práctica para otras cosas*, piensa Irene. Ahora, apenas se da cuenta de que la marchitez llegó para quedarse, busca nueva semilla. Y trata de pensar que una planta es una planta: no tiene alma.

Ada era así. Que no le fueran con esas estupideces de la mano verde, de conversarle al rosal. Y ella más que nadie podría habérselo creído: las flores se multiplicaban bajo su contacto, las enredaderas se enamoraban de sus muros. Pero si alguna se secaba, la removía sin ningún tipo de consideración. Con las plantas de la maceta Irene también se volvió dura. ¿Hojitas amarillas, ocres, quebradizas? Ya lo aprendió: no hay marcha atrás: fuera con ella: no quiere asistir a decadencia y muerte. Pero en cambio, cada dos por tres, presencia el nacimiento de una planta nueva como este licopodium que se encontró vivito y coleando de un día para el otro.

—Mami, aquella maceta...

—Qué obcecada sos, tesoro mío. Espero que tengas la misma clase de obcecación para las cosas importantes de la vida.

—Pero te gustaba mucho, *yo* me acuerdo de cuánto te gustaba.

—Eso es porque tenés una memoria extraordinaria. Siempre me hace sentir orgullosa tu memoria.

—¿Eso qué tendrá que ver, mamá? El culo con las témporas.

Ese diálogo de hace quizá cuarenta años le llega ahora de improviso. Casi no puede decir que sea recuerdo. Es Ada, su viva voz, el matiz sarcástico, cortante, que nadie como ella sabía darle a una palabra.

La memoria, piensa Irene, *es un cordón que te lleva. No se sabe si es piolín de barrilete o soga de ahorcado.*

Desde hace mucho tiempo, renunció: nunca va poder averiguar qué le pasaba a su madre con la maceta. Porque algo había ahí, Irene está segura de eso. Hubo una época, poco después de la muerte de Ada, en que se había vuelto una obsesión. Miraba la maceta con una fijeza lunática como si pudiera darle una respuesta. No parece probable pero ¿puede ser que Ada la hubiera tenido *escondida*? ¿Por qué? ¿Tendría miedo de que se rompiera? Cerval, así era como Ada llamaba a su miedo: los miedos de Ada eran siempre cervales.

La palabra, después de años de mudez, irrumpe como un tropel que arrastra detrás de sí la cara estremecida de Ada diciéndolo y también su voz borrosa, desde debajo del tiempo. Irene nunca supo qué quería decir esa palabra, *cerval*, pero el ademán de Ada, demudada, no necesitaba explicaciones.

Y pensar, piensa Irene, *que yo sólo estaba tratando de librar a la palmerita de estas hojas que se le pusieron coriáceas de tan resecas.*

En cuclillas junto al macetón, quieta, Irene deja la tijera en el piso y se sostiene contra el borde de terracota como si la marejada de recuerdos la hubiese dejado en equilibrio inestable y necesitara un punto de apoyo.

¿A qué vienen estos recuerdos?, se pregunta Irene, *¿a qué van a venir? ¿a qué vienen siempre los recuerdos? A amargarte el día, a qué otra cosa. Uno puede estar así, encantado de la vida como estaba yo hace cinco minutos recortando hojitas en el balcón, con un buen*

cielo de primavera, este aire crujiente, y de golpe se te abalanzan los recuerdos. Más vale que me lleve la macetita adentro y deje todo como está porque ahora, la verdad, se me fueron las ganas.

Y uniendo la acción al pensamiento, Irene recoge la maceta de barro, se mete adentro de la casa y cierra la puerta detrás de ella para ver si consigue dejar encerrada afuera la memoria que se coló sin que ella se diera cuenta.

Mar de fondo

—Hay dos cosas que yo no sé qué significan: empalagarse y estar aburrido —dice Roque a veces.

A Irene siempre le gustó esa manera de decirlo; le parece gracioso, ocurrente, simpático y, al principio, fue también otro factor de enamoramiento.

Y esa combinación arbitraria entre el dulce de leche que puede comerse a cucharadas y la mirada de curiosidad constante hacia el mundo todavía sigue teniendo un buen sonido para ella. Cosas tan diferentes en apariencia pero si se quiere dos caras de una misma moneda: la misma razón por la que Roque no se aburre, por la que todo le resulta interesante, es la que le permite comerse entero un frasco de dulce de leche sin sentir en ningún momento que, por porfiada que sea la dulzura, puede llegar a empalagarlo.

Pero el domingo a la tarde, Roque está en plena trifulca con el control remoto. El aparato es viejo y está un poco descompuesto y al final, piensa Irene, Roque va a tener que darse por vencido. Mientras tanto insiste: con una energía creciente, fuera de toda proporción, aprieta la tecla para subir el volumen del televisor. No se levanta para ver si puede resolverlo de otra manera, no busca ningún otro remedio. *Tampoco lo aburre el mismo botón apretado de la misma manera*, piensa Irene, maligna.

Por un momento, cree que va a terminar tirando el aparato por la ventana. Pero ésa no es la clase de gestos que hace Roque. *Con lo bien que le vendría*, piensa Irene. Él prefiere insistir.

Igual que en Madrid, aquella vez. Volvían de un almuerzo de trabajo, hacía calor y habían tomado vino. Un poco más de la cuenta. Estaban de buen humor, se reían y vagamente, sin haberlo mencionado, sabían que en cuanto llegaran iban a hacer el amor.

En el hotel, cuando llegaron a la habitación, Roque pasó la tarjeta codificada por la ranura y la puerta no se abrió. Volvió a pasarla otra vez. Dos, tres veces. También lo intentó Irene y fue inútil. *Bajemos*, dijo, *algo pasa*.

Pero él insistió. Diez minutos más tarde seguía pasando la tarjeta por la ranura. En diez minutos, el número de veces que una tarjeta llega a pasar por su ranura puede parecer infinito. Irene se había sentado en el hall, a unos metros de la puerta, en un silloncito. Quería gritar pero en cambio tenía los nudillos pálidos: estaba apretando los brazos del silloncito como si quisiera destriparlo.

Por fin, Roque decidió preguntar en conserjería: habían cambiado el código por error. Lo resolvieron en un minuto. Bastó que pasara la tarjeta una sola vez para que la puerta se abriese. Pero cualquier posibilidad de encuentro se había hecho polvo.

El domingo, Irene se despertó a la madrugada llorando con una congoja seca que le lastimaba el pecho. Acababa de soñar que Ada había muerto y que el perro que ella tenía se había escapado. Era un perro negro, chiquito y vivaz y nadie había ido a buscarlo. Cuando abrió los ojos, lo único que quería Irene era salir a recuperar ese perro que había quedado en la intemperie. ¿Qué iba a decir Ada, desde donde estuviera, si llegaba a enterarse? ¿Por qué todos ellos, que la habían querido tanto, no se habían dado cuenta? ¿Cómo habían dejado que ese perro se les perdiera? Tardó mucho en acordarse de que Ada no había tenido perro en su vida.

Se dio cuenta de que Roque estaba despierto y la escuchaba llorar. Que ella se despertara llorando era algo que no pasaba nunca. Sin embargo, él no le preguntó nada, no la abrazó, no hizo ningún gesto para saber qué le pasaba: estaban peleados desde hacía un par de días.

Cuando se pelean es así: dejan de hablar. El silencio dura, se extiende, los va helando. Al final, es Irene la que se acerca y Roque se muestra siempre dispuesto a la reconciliación. Pero últimamente ella se resiste a dar el primer paso: quiere que sea él el que venga a buscarla y ponga palabras en el silencio.

Roque es de pocas palabras. Esto, al principio, a Irene también le había parecido encantador. Después, los silencios se volvieron opacos, fueron marcando una región que Irene ahora siente como una frontera.

Antes le gustaba contarle cosas que le habían pasado en otra época o el día anterior, contarle un cuento que había leído, o una conversación, o una pelea, una película, un problema. Poco a poco, se fue callando. Tampoco fue nada tan definitivo como una decisión, sólo algo que empezó a pasar. Cuando va a hablar, Irene siente un cansancio anticipado, se figura la falta de respuesta, la mirada amigable de Roque pero también su silencio, y prefiere no decir nada. Piensa que las preguntas de Roque, si las hace, son generales y que no espera, no quiere, demasiados detalles. Él también está cansado y el trabajo le resulta duro.

Al principio, cuando empezó a callarse, Irene sintió que lo hacía para que Roque no cargara con más problemas pero después las cosas no dichas se volvieron un estorbo.

Fue cuando empezaron los pensamientos dañinos: recuerdos y sueños, y en esos sueños había un mundo afuera que justificaba la curiosidad. No sólo Roque era otro en esos sueños, también ella era otra, una mujer diferente en la que podría haberse convertido si en algún momento, en algún rodeo, en alguna encrucijada, algo suyo no hubiera quedado en el camino.

Sin mirarlo, tratando de seguir con el libro, viendo de costado —sintiendo— con cuánta fuerza Roque aprieta el botón del control remoto, piensa en esa frase de él: no sé qué significa aburrirse.

Si pienso me confundo, dice Irene a veces, y sigue avanzando por su trocha angosta. Pero no se desiste de los pensamientos porque uno lo decida. Quedan allí, en el fondo, carcomiendo el resto de las cosas hasta que consiguen hacerse escuchar.

Hoy Irene no puede mandar los pensamientos a esa trastienda ciega donde se acumulan los trastos de la vida. Se apropian del corazón y de la cabeza mientras él sigue oprimiendo el botón del control remoto para subir el volumen de la voz.

Después Irene se queda dormida y tiene otro sueño: está en un desfiladero de rocas muy altas que caen a pico en una vertical vertiginosa. Para no despeñarse, se aferra desesperadamente a las raíces raquíticas de un arbusto. Abajo, lejos, está el mar. Y de pronto, como si descubriera una luz venturosa, Irene dormida piensa: *¿por qué no me dejo caer si yo sé nadar?*

En el sueño, se queda prendida de las raíces pero cuando se despierta está de buen humor. Sabe nadar y en cualquier momento va a dejarse caer en el mar.

Cincuenta minutos

Suena el timbre y Beatriz abre la puerta.

Está Irene en el umbral, y trae una buena sonrisa, franca y despierta. Lleva cruzado hacia atrás, por encima del hombro, un chal de lanita de un luminoso azul mediterráneo: es de mañana, temprano, y a pesar de la primavera el aire guarda todavía un toque de frío. Colgada, carga una cartera de cuero blando, tostado, que más parece un morral lleno de cosas, y sostiene contra el cuerpo un sobre de plástico transparente, con papeles impresos puestos de cualquier manera. Nada de eso, sin embargo, parece pesarle: entra, le da un beso a Beatriz, apoya todo sobre el sillón de la entrada y se sienta en la silla que hay junto al escritorio tapado de libros.

Hubo una época, sin embargo, en la que Irene dentro del consultorio se movía con menos familiaridad de la que muestra ahora. Tampoco era el mismo lugar, precisa internamente Beatriz. Fue en el departamentito de Coronel Díaz. Sólo habían hablado por teléfono, un llamado rápido para concertar el día, la hora, el lugar. Aunque fue hace años, Beatriz ya sabía que a las impresiones iniciales conviene darles todo el crédito. Era a principios del otoño y estaba haciéndose de noche. Si alguien se asomaba, debajo de la línea del alféizar hubiera podido ver las copas de los árboles con toques de ocre, de amarillo. Es posible que estuviera lloviznando. Como sea: Irene venía envuelta en una capa. Estaba muy pálida y tenía el pelo largo, rojo y despeinado. Beatriz piensa que, en esa época, Irene se parecía un poco a la amante del teniente francés. Tenía aquel mismo aire de cerrada tristeza alrededor. Aunque en aquel momento la película todavía no se había estrenado y ella no podía haber visto a Meryl Streep en medio de la borrasca, arrebujada dentro de su capa oscura entre los acantilados, con la cara vuelta hacia el horizonte. Ése fue un matiz que Beatriz ajustó más tarde, con sentido retrospectivo. Lo sabe porque cuando se estrenó, apenas la película estaba empezando, advirtió que una ligera inquietud la importunaba, más bien remota, ajena por completo al relato. No conseguía identificar qué era, o por qué, ni siquiera llegaba a ser un recuerdo pero, de repente, Meryl Streep se cruzó con Irene, con aquella primera vez que Beatriz la había visto. La cara de Irene en la puerta del consultorio de Coronel Díaz se superpuso con la de Meryl Streep en la película, contra ese fondo de mar y de roca. Tampoco es que se parezcan, piensa ahora, era sólo el aura atribulada de las dos lo que traía hasta ella esa imagen.

Tal vez tal vez, rememora Beatriz, aquel había sido el peor momento. Y sin embargo no, se corrige, el peor seguramente ya había quedado atrás; de lo contrario Irene no hubiera estado allí, ni le habría pedido, antes, una entrevista. Señal clara de que algo allí había empezado a hacer brecha.

Su madre estaba lejos, contó Irene, y nada, nunca, podría haber hecho que nadie se imaginara algo así, si es que a la muerte se la puede llamar *algo así*. Se había ido a estudiar a Estados Unidos, y todas las semanas mandaba unas cartas llenas de entusiasmo, de curiosidad, contó Irene en aquella primera sesión. Llenas de esa vitalidad que tenía su madre, subrayó. No miraba a Beatriz cuando hablaba, tenía los ojos fijos en algún punto incierto frente a ella, un poco perdidos. Los ojos de Irene contaban bastante de ella en aquella época. Igual que ahora, piensa Beatriz, en eso no puede decirse que haya cambiado. Suerte que cambiaron las cosas que cuentan.

Los meses que tardó en sacarse aquella capa, piensa Beatriz mientras ve cómo Irene se desliga de la cartera con un ademán fácil, deja caer el chal azul hecho un bollo desaprensivo sobre la carpeta de papeles y se sienta.

Era una prenda muy poco habitual, se acuerda Beatriz, era rara y, sobre todo, era negra de la cabeza a los pies. Muy envolvente, de un tejido flexible y tupido que se adaptaba al cuerpo. Pero a Irene la ponía en sombras, la borraba. Beatriz supo después, durante esa misma sesión, que se la había traído la madre de algún viaje. Llevarla puesta era como estar arropada en el recuerdo de Ada, algo así. Una especie de homenaje, tal vez, pero parecía que *ella* se hubiera echado la muerte encima.

Porque había algo más, además. Cuando Ada trajo esa capa desde Marruecos estaba contenta: sentía que era un verdadero hallazgo, que había encontrado para su hija un regalo especialísimo. En cambio, a Irene no le gustó. Le contó a Beatriz, tratando de tragarse las lágrimas, que nunca había podido decírselo a su madre y que eso, después, sólo había conseguido empeorar las cosas. Como si tuviera el peso de una injusticia contra Ada que ahora era imposible reparar.

Le llevó muchísimo tiempo reponerse. Fue una época en la que parecía que todo quedaba absorbido por el abatimiento. Mal, mal. Y aquel marido que tenía: tan poco recomendable, por decirlo de alguna manera. Un momento de cerrazón grave. Durante unos meses, Beatriz estuvo verdaderamente preocupada por ella. Había, en Irene, una lógica del sufrimiento que parecía irreductible. Terminaba la sesión, se levantaba del diván, se iba. De este humor que tiene ahora, de esta energía, había pocas señales.

Después, se quedó embarazada y el nacimiento de su hija dio vuelta las cosas. A partir de ese momento, el Chino tuvo los días contados. Con cierto inapropiado regocijo, Beatriz piensa que él nunca pudo haberse imaginado que Irene iba a decidirse a terminar las cosas de esa manera tan si se quiere abrupta. Posiblemente contaba con que ella siguiera cargando el arnés de la desdicha para siempre, y la capa, y a él. Beatriz de repente recuerda que el padre de Irene llamaba al Chino *el contrapeso*, con esa manera tan cruda de nombrar la realidad que ella solía, y suele todavía, citar en sus sesiones.

Y ahora Irene está ahí, con las piernas cruzadas, el pelo un poco menos colorado de lo que era, mucho más corto, y su forma particular de ir contando las cosas. Ninguna capa que la diluya, ahora. Saco bien cortado, pollera a la rodilla, una cadena con un corazón de plata mate, ancho y chato, que se destaca con un brillo pálido, lunar, sobre la remera. Y la sonrisa viva.

En lo personal, Beatriz no es alguien que se detenga en este tipo de detalles: puede llevar el mismo reloj hasta que la correa se caiga por vejez o uso intensivo, los aros la molestan e invariablemente los abandona o los pierde y, en términos generales, el concepto mismo de adorno le resulta ajeno. Pero, tratándose de Irene, esos detalles dan cuenta del recorrido hecho.

Con el tiempo que hace que la conoce, es difícil que Beatriz se equivoque. Cuando Irene está mal, hasta la voz se le escucha de otra manera. Más baja, más quieta, más triste. Los ojos, mientras piensa, se vuelven hacia adentro, se apagan. Y eso que Beatriz llama la energía o el impulso como un modo del movimiento, podría derivar hacia la dureza.

Pero cuando está contenta, tiene una precisión de palabra bastante remarcable. Y un sentido del humor que aplica a los demás pero también a ella misma: ejerce una ironía un poco mordiente que hace reír a Beatriz junto con ella. Mueve mucho las manos, mientras habla, hace gestos amplios, expansivos. Si se enoja, también es un poco exagerada pero, antes que la tristeza, Beatriz en ella prefiere la cólera. Triste, Irene pierde pie, se queda sin nada entre las manos, ni siquiera los gestos.

Tampoco es habitual que suceda: en general, es una persona animosa. Puede ser que se atemorice pero de todos modos sabe sobreponerse, y va, y libra las peleas que le tocan.

Ahora, hace unos cuantos meses que no se ven. Es la forma que ha ido encontrando la relación que mantienen: una frecuencia irregular que Irene activa de vez en cuando. Llama a Beatriz, le pide una sesión de auxilio, se escucha hablar (suenan tan *distintas* las cosas dichas) y escucha con expresión alerta lo que Beatriz va diciendo.

Protesta un poco, Irene, para empezar: es el ritual acostumbrado, una manera de entrar en calor. Se queja porque Roque habla poco, *es horrible andar preguntando*, dice, y también porque el padre tiende a creer que ella está siempre disponible para escucharlo, ponerle el hombro, pedirle que lo acompañe al médico y decidir después que no va a ir, *bastante cansador*, dice. *Debe creer que yo no tengo una vida. Álvaro bien podría darme una mano, él que es tan responsable, pero con el viejo se escapa todo lo que puede. Y lo que él pone de distancia, me toca acercarlo a mí.*

Cuando habla, probablemente sin darse cuenta, como si en ese gesto de algún modo se apoyara, Irene se toca el aro derecho y lo hace girar en la oreja. Es un gesto que le atribuye algo de incertidumbre, la hace parecer más joven.

Pero resopla, aburrida de golpe, *siempre lo mismo*, dice. Se inclina, se apoya sobre las rodillas, adelanta la cabeza.

—¿Lo mismo que cuando? —pregunta Beatriz.

Que es verdad, dice Irene, endereza la espalda y recupera su eje, los chicos son zona franca de alegría. No alegría abstracta, *poética* (se burla): emoción tangible, física, alegría en su acepción de risa, de diversión continuada, concreta. Y de preocupación también, *no voy a hacerme la distraída. Miedo tengo siempre.* Desde luego, los chicos crecen. Felipe está entrando en la adolescencia, Chispa bordea los veinte. Están en el mundo, expuestos a las cosas. ¿Hasta dónde uno puede proteger a sus hijos? Ellos cambian y cambia Irene, y cambia Roque.

Ellos crecen, mejor dicho, y nosotros. En fin, dice Irene, *no quiero empezar tan pronto con las trivialidades.* El amor cambia, la clase de amor que circula, que se da y que se pide o que no se puede pedir pero que uno de todos modos quiere, o querría.

Que tuvo un sueño, le cuenta ahora Irene, y ella estaba ahí, colgada de un precipicio, aferrada a las raíces raquíticas de unos arbustos que crecían malamente entre las rocas de un desfiladero abierto sobre el mar. Parecía peligroso pero, de pronto, en el mismo sueño, se había acordado de que sabía nadar.

Buen sueño, ¿no?, festeja Irene y vuelve, *No tanto lo mismo, es verdad*, dice otra vez. Que mantiene un coqueteo ocasional con un antiguo compañero de promoción.

—¿Del colegio? —pregunta Beatriz.

—Sí, del colegio —Irene se ríe—, estaba enamorada de él a los quince, dieciséis.

Estrictamente circunscripto a los encuentros que se hacen cada tanto. Entretenido, sin mayores consecuencias. Que algo debe enmendar del pasado, supone. Pero la historia la divierte, algunos pormenores, *que sí que no que no que sí*, hacen contacto con. Como si parte del tiempo se borrara. Porque el matrimonio, además, ¿será bueno conocerse tanto? *A veces le digo a Roque que tiene razón, mejor no hablar: antes de que digas, yo ya sé.*

De eso se trata esta sesión, piensa Beatriz, de la acción del tiempo sobre las cosas, las personas, los sentimientos. Aunque algunas cuestiones insistan, iguales.

Y Beatriz no puede evitar que la alcance otra vez la imagen de Irene aquella primera vez, desde el solitario acantilado de tristeza donde estaba, tan diferente de esta mujer que, sentada frente a ella, le habla con parejo humor de las vueltas de la vida, y le trae este sueño en el que el mar, debajo, lejos, corriendo por el empinado desfiladero de rocas, dejó de ser una amenaza para transformarse en alguna clase de promesa.

Señales de vida

El teléfono suena muy temprano.

—Irene: tu padre —Mauricio, como si hubiera alguna posibilidad de que ella no reconociera esa voz.

—Sí, papá, ¿cómo estás?

—Andando, no queda otra —dice Mauricio. Tiene un tono expeditivo. —Necesitaría que pasaras por casa en cuanto puedas. Sin apuro. Aparecieron unos papeles de tu madre.

Veinticinco años más tarde, cada tanto, sigue pasando. Mauricio abre un cajón del escritorio donde se sentaba Ada a estudiar, revuelve un poco, mira las fotos que están a primera vista y encuentra un papelito con la letra de Ada. Puede ser una lista de cosas que escribió para que la empleada fuera a hacer compras a la verdulería, o una esquela para Álvaro porque *llamaron de la librería: que pases a buscar el libro que ya te lo consiguieron*; puede ser una ficha cuadrada de ésas que usaba ella —renglones celestes, línea encarnada arriba—, con una indicación bibliográfica escrita a máquina de un lado y, del otro, un mensaje para Mauricio, a mano, con tinta roja, *no endurezcas tu corazón conmigo que yo te quiero tanto*. O el dibujo a mano alzada, con lápiz, de seis pescaditos dispuestos en círculo y, debajo, una nota enigmática: *cardumen de peces en el gancho de la de-*

solación acuosa. La esquela, la ficha, la lista del almacén, el dibujo vuelven al mismo lugar donde estaban: todo está igual y todos quieren que siga así. Dentro de un tiempo, alguno de ellos va a volver a abrir ese cajón para encontrarse con esos mismos papeles y leerlos de nuevo.

Pero a veces hay alguna sorpresa.

Que ayer, Mauricio le cuenta a Irene, se paró frente a la biblioteca del pasillo donde guardaron juntos todos los libros, las carpetas, los cuadernos y apuntes de Ada, y se puso a mirarlos así como le gusta hacer a él, uno por uno los mismos libros de siempre como si nunca los hubiera visto hasta ahora y descubrió, en el último estante, arriba, un libraco que *verdaderamente* no había visto antes, forrado con un papel azul a rayas —un resguardo que Ada le puso previendo, tal vez, que iba a usarlo tanto como para que se descuajeringara en el camino— y Mauricio se estiró, lo sacó del estante para averiguar qué título tenía, quién era el autor, pero ya antes de abrirlo se dio cuenta de que, detrás, entre el forro y la cubierta, había un relieve rectangular, una saliencia casi invisible que únicamente podía advertirse si uno *tocaba* el libro, algo que sólo Ada podía haber puesto allí y sólo podía haberlo puesto con el propósito claro de esconderlo, mucho más seguro ahí encerrado que bajo siete llaves. Mauricio fue abriendo el papel azul a rayas. Los dobleces llevaban tanto tiempo plegados de la misma manera inamovible que costaba deshacerlos, habían montado un blindaje que, veinticinco años después de la muerte de Ada, peleaba por su secreto y, pliegue por pliegue, se resistía a entregarlo. Por fin, entre el papel y la contratapa, Mauricio había encontrado un sobre blanco, blanco viejo, alargado y, adentro, unas páginas, no, no sabía cuántas, *vos siempre buscando precisiones, Irene, ¿qué importancia tiene?, serán ocho, diez hojitas escritas a máquina, ni siquiera hojas, son esos papelitos celestes que usaba tu madre*, con errores tipográficos, con tachaduras, como si Ada hubiera escrito muy rápido, muy apurada, sola en la casa, a escondidas ella misma, a lo mejor a escondidas *de* ella misma.

—Necesito que leas esto —dijo Mauricio y la voz tiene un toque de urgencia pero también la tensión de controlarla.

—En un rato voy para allá —dijo Irene.

—Vení con tiempo —dijo Mauricio—, no es para leer a las apuradas.

La casa de Mauricio sigue siendo, por decirlo así, una fuente interminable de sorpresas. Tanto tiempo después, Ada todavía les da señales de vida. Manda mensajes.

«*La macetita está a buen recaudo, no creo que la encuentre nadie y si la encuentran, tampoco creo que le presten atención: cuando mucho, la mirarán un poco antes de volver a dejarla donde está. ¿A quién le importa una maceta de terracota con unas gordas ridículas haciendo ronda? Mirándolas bien, parecen náyades adiposas, musas viejas. Sólo a Irene parece haberle interesado alguna vez y ahora está tan distraída con su vida que qué puede importarle. Mejor así, ¿qué voy a hacer? ¿Contarle mis terrores? Uno no tendría, no tiene que hacer eso con los hijos, ya bastante ponerlos en la vida, ¿además, encima, cargarlos con la propia historia? ¿Y yo? ¿Por qué tanto miedo, yo? No entiendo. Y sigo teniendo estos sueños espantosos que me despierto ahogándome, creyendo que me muero. Incontables. Imposibles de poner en palabras. Imposibles de pensamiento.*

Pero Mauricio, por lo menos Mauricio debería saber-

lo. Eso me daría cierto alivio. Y significaría, para él, pobrecito, alguna explicación sobre mí, mis humores, esta cólera intempestiva que a veces me domina, esa repentina arbitrariedad del ánimo que puede revulsionar la casa entera.

Aunque, ¿qué podría decirme? Y ahora: tantísimos años después. Con esa práctica de ocultación que él tiene, tan a favor de dejar todo apisonado, que no se diga, que no se sepa: el monumento al secreto. Deposito cierta esperanza en contárselo pero también sé que si me falla, si no me contesta, si sólo me da palmaditas consolatorias, la decepción sería infinitamente peor y lo acosaría con un enojo sin tregua.

Me voy a tomar el viaje para pensarlo pero algo tengo que hacer. Es silencio lo que hay en el cimiento de la desdicha. En el origen mismo de la tristeza. Es posible que las palabras ayuden a disiparla, la vuelvan menos opresiva, menos amenazante.

Voy a obligarme a vencer el tembladeral de la duda. Tengo cuatro hijos maravillosos, hago más o menos lo que quiero y lo que me gusta, tengo un marido muy aceptable, ¿por qué me siento desgraciada? Es como si se me escurriera todo por el fregadero: nunca queda nada, y lo que queda (si queda, cuando queda) no sirve.

Mi verdadera enemiga, mi adversaria más antigua, más consecuente, la que me sigue el rastro como un perro de caza, la que no me da respiro soy yo misma, siempre yo. Únicamente yo.

¿Que qué pito toca la macetita en esto? Ninguno, si no es la macetita, no se trata de eso. Es el miedo que se adueña de mí, me invade por completo. El reinado del terror.

Si me dejo llevar, otra pregunta sería: ¿por qué el se-

creto?, ¿por quién?, ¿a quién cuido callándome? ¿No son los culpables los que se callan? ¿Entonces?

Es más fácil negarse a pensar lo impensable, descartar los pensamientos como si uno tuviera un monstruo interior, una especie de íncubo que, solo, por su cuenta, los engendrara en la oscuridad.

Vuelven aquellas noches de invierno.

Si me concentro un minuto, todavía puedo encontrar hasta el olor del kerosén en la memoria, el color azul de la primera llama: no necesito ni siquiera escarbar. Cuando me enseñaba a bailar el tango, ¿tendría alguna idea del tango, de los pasos que había que dar?, ¿sabía adónde llevaban? No se trataba de eso, no estamos hablando de bailar. ¿De qué estamos hablando, exactamente? ¿Te atreverías a decirlo, a dejarlo escrito aquí? ¿A nombrarlo aunque sea una vez, te atreverías? No pienses en lo que podría pasar después. No pienses en Mauricio, no pienses en Irene, ¿te atreverías?

No puedo. La pelea está perdida.

Me queda el miedo, nada más.

Y es el miedo el que incuba. Es el miedo el lugar tenebroso desde donde los pensamientos reptan, van ocupando el mundo, lo van transformando.

Es un lugar amenazado, donde pueden pasar cosas horrendas. Donde una macetita de barro, con unas gordas plácidas bailando alrededor, puede ser

Ahí terminan las cuartillas.

Algo tuvo que haber pasado en ese momento, veinticinco años atrás, para que Ada dejara de escribir de improviso, para que ni siquiera pudiese llegar hasta el punto.

A lo mejor un timbre en la puerta, el teléfono, la llegada imprevista de alguno de los chicos, quizá la misma

Irene, tal vez una pelea entre los hermanos. O no pudo, simplemente. Una especie de náusea que no la dejó seguir, ¿quién sabe? Ella no está, no queda nadie a quien pueda preguntársele. Pero en aquel momento, Ada guardó los papeles rápido, en el primer lugar que se le ocurrió. No en el libro, eso tuvo que ser después, sin apuro. Durante aquellos últimos días de preparativos, con los tironeos de la partida, no pudo seguir escribiendo. No volvió a encontrar ningún otro momento para sentarse a escribir tranquila. Eso sí: pensó dónde dejar los papeles, necesitó descubrir un rincón para que nadie los encontrara.

Irene se imagina a Ada en el escritorio, con los papelitos celestes en la mano, mirando a su alrededor con aire un poco extraviado, tratando de inventar un escondite seguro, a salvo de un descubrimiento casual o de la curiosidad: ese libro, ahí arriba, ¿quién iba a abrirlo, a quién le había importado nunca lo que ella leía o dejaba de leer?, allí los papeles iban a estar a buen recaudo. Y más, adentro de un sobre. La lengua por los bordes para cerrarlo bien. Mejor ponerlo atrás, entre el forro y la tapa: imposible que a alguien se le ocurriera buscar nada en ese lugar. Total, iban a ser apenas unos meses. Iban a pasar volando. Cuando quisiera darse cuenta, ya iba a estar de vuelta.

Irene, apoyada en la orilla del sofá, con la espalda inclinada sobre las hojitas de papel celeste, levanta los ojos y mira a Mauricio. Está sentado frente a ella, tiene el cuerpo fijo en la posición de la espera.

—¿De qué habla? —le pregunta Mauricio.

—No sé, papá, no tengo idea —dice Irene. Está muy cansada, de repente, como si no hubiera dormido en toda la noche.

—¿Maceta de barro? ¿Qué es eso?

—Una macetita que estuvo años dando vueltas. Se la regaló una amiga a mamá cuando estaba por nacer yo, imaginate. Después desapareció del mapa. A veces yo le preguntaba: parecía que no sabía de qué le estaba hablando. Como si se hubiera olvidado. La encontramos después, cuando ordenamos las cosas. Metida en un cajón, entre los camisones de ella. Muy bien guardada, demasiado.

—¿Ahora dónde está?

—La tengo yo, en casa.

—Traémela.

—¿Estás loco, papá? Ni pienso. ¿Por qué?

—Estos papeles, en este momento. Vos sabés bien que yo creo en pocas cosas, Irene. Pero estos papeles que aparecen ahora: algo tiene que significar esto. Esa macetita, como le decís vos: la quiero yo. Mirá cuánto significaba para ella.

—No era la maceta, papá. Lo que dice acá justamente es que *no* era la maceta. Bien clarito.

—Traémela, Irene —la voz de Mauricio vuelve a tener el mismo tono avieso que a Irene le daba miedo cuando era chica.

—Ni sabías que existiera: mirá si a *vos* iba a importarte la maceta.

—Traémela, Irene. No me gustaría tener que pedírtelo dos veces.

Mauricio es así. Deseos como órdenes. *Un hombre no es nadie sin sus obsesiones*, dice a veces para disfrazar un poco esa manera suya despótica de ser, esa faceta Lear que esconde.

Pero esta vez Irene no va a dar el brazo a torcer.

—Tiene más que ver conmigo que con vos. No te la

voy a traer. Cuando mamá murió cada uno de nosotros se quedó con algo de ella. Yo me quedé con la macetita, no te la voy a dar.

—No seamos malvados, Irene —dice Mauricio con un tono de violencia emboscada.

—No seas malvado *vos*, papá. Es mía. Hasta conseguí que le creciera un helecho que a mamá, ahí, las plantas se le secaban siempre. La macetita me tocó a mí, es mía.

—Tuya, un carajo.

Cansancio es casi lo único que siente Irene. *Y pensar que recién es de mañana*, piensa.

—A ella, algo le pasaba con la maceta que tenía que ver conmigo. Ya bastante me pesa saber que no voy a poder enterarme nunca.

Mauricio se calla, una tos convulsiva lo ahoga.

Últimamente tose mucho, piensa Irene, *tendría que acompañarlo al médico.* Mejor que vaya solo, él prefiere que ella no vaya. Mañana mismo va a ocuparse pero antes tiene que armarse de coraje: con Mauricio, ir al médico es siempre una pelea. No tiene que estar cansada para eso.

—Dejemos la maceta.

—Sí, mejor. Vamos a terminar enojándonos, si no —dice Mauricio—. Te voy a decir lo que pensé.

Pero Mauricio no dice una palabra. Se queda callado, con los ojos retraídos, y ese aire de lejanía que lo rodea cuando piensa a solas. Está viejo, Irene se da cuenta de pronto de cuánto envejeció en el último tiempo. Cuando se ríe, cuando hace proyectos, cuando camina por la calle, cuando mira las cosas a su alrededor y se divierte con lo que ve, cuando dice que las mujeres son la maravilla de la creación, parece que la vejez todavía no se atreviera del todo con él. Mauricio se ocupa de mantenerla a raya. Pero ahora, mascullando pensamientos solitarios como si Irene no estuviera ahí, parece que la vida entera se le hubiese caído encima.

—Me cuesta decírtelo —gruñe Mauricio—, ¿sabés que sigo soñando con tu madre? Cada vez más, te diría. Y ahora esto, ¿te das cuenta?, una carta. Y dice que me quería contar algo, que iba a decírmelo a la vuelta de ese viaje siniestro que si no hubiera ido, seguro que todavía estaba aquí con nosotros. *Conmigo.* Y yo fui el que más insistió para que fuera. Fui yo…, no me puedo sacar eso de la cabeza.

Mauricio se calla, se vuelve sobre sí mismo. Los ojos no envejecieron. Son todavía de un castaño luminoso y están moteados de puntos oscuros aquí y allá aunque ahora tengan un lustre de lágrimas.

—Pobrecita —dice—, nunca la entendí. La quise tanto yo, a tu madre, pero entenderla, *eso* que se dice entenderla, no la entendí nunca.

Que es culpa de él, dice, si Ada no le contó sus secretos, si no pudo contar con él para que la consolara por esa aflicción suya.

Hay una respiración que se corta, otra vez la tos. *Está frágil*, piensa Irene, *está viejo*. Pero Mauricio no es alguien que vaya a dejar que una tosecita lo desanime, que lo haga callar. Al contrario, piensa Irene: la vejez lo agravia, es una especie de afrenta miserable.

El ahogo hace que Mauricio se levante para respirar mejor y hay en el cuerpo una vacilación, una inseguridad que lo exaspera. Irene lo mira preocupada.

—¿Te traigo un té? —le pregunta.

—No, dejame. Lo que quiero es que me digas qué pensás de este asunto.

—No sé, papá. ¿Para qué?, cualquier cosa que nos imaginemos es inútil.

—¿Cómo *para qué*, Irene? Me extraña. Para entender, qué carajo importa que sirva o deje de servir. Para saber quién era tu madre, qué le pasó. Para eso.

Y cuando ve el gesto afligido de Irene, se da el gusto.

—Vos traeme la maceta. Y quedate tranquila que la vas a recuperar prontito. Mucho más pronto de lo que pensás.

Eselpásadoquevuelve

Siempre igual el viejo, piensa Irene, *no puede con su genio. Porque ¿qué otra cosa, si no maldad?* La manera de hacerle sentir que el tiempo que le queda es poco, esa especie de tácita extorsión. Dio en el blanco, por supuesto. Una especialidad de la casa.

Así que cuando sale a la calle, Irene camina con la vista fija en la vereda, concentrada en un enojo más bien áspero. *Otro día que se fue a la mierda, perdido, como si fueran días los que sobran,* piensa también. Pero el Jardín Botánico en primavera es capaz de disipar cualquier estúpido malhumor. También en otoño, si vamos al caso: otra gama del esplendor. *Todo está en poder verlo, Pero Grullo,* Irene se burla un poco de sí misma, *seguir mirando cabizbaja la baldosa rajada o levantar los ojos y.*

Y apenas da vuelta la esquina, quiera o no quiera, está el Botánico que le sale al paso, la intercepta, *mejor me tomo un café en la esquina,* y justo hay una mesa en la ventana que ofrece un muy buen ángulo sobre los árboles, *cuántos verdes en el verde y qué cielo, ¡qué cielo!,* se admira Irene, sin querer se regocija, se distrae, se sienta, rechaza con un gesto el diario que le ofrece la moza, *leche apenas, sin espuma,* dice aunque sabe que casi siempre, salvo honrosas excepciones, la escuchan como quien oye llover, una sonrisa oficiosa y siempre el cortado termina pareciendo café con leche y trae encima un esbozo de espuma, aunque debe reconocer también que *apenas* dicho así, incluso subrayado con la mano dibujando en el aire un espacio mínimo entre índice y pulgar, es una medida imprecisa por definición y sobre todo muy indicada para que cualquiera venga e improvise sin mayor derecho a réplica.

Pero mientras espera que le traigan el café Irene piensa *tampoco me gustaría que creyera*, porque Mauricio puede pensar que ella no da lugar a sus preguntas, que les cierra el paso, no admite que las cuartillas celestes escritas por Ada veinticinco años atrás abran un resquicio, algún interrogante. *Que lo piense: mejor si lo piensa*, piensa Irene pero sabe al mismo tiempo que es inútil, ella no tolera la idea de dejarlo solo en ese brete, *pobre viejo, haciéndose reproches a esta altura*, porque por más primavera que la circunde y más sol que haya, Irene conoce bien la obstinación de su padre, sabe qué puede pasar si una idea se le mete entre ceja y ceja, tratar de distraerlo es peligroso pero sobre todo casi siempre inútil.

Sin embargo, esta vez Irene cree que por lo menos tiene que hacer el intento. Esas cuartillas celestes tienen un voltaje en cierto sentido explosivo —el café está cortado de verdad *apenas*, bastante aceptable finalmente, podría pedir otro y quedarse un rato más ahí, tranquila, a salvo, ni teléfono, ni intrusiones, nada más que ella, la ventana, el sol, los árboles enfrente—, *¿explosivo?*, se burla Irene de sí misma, *¿del tipo peligro, manéjese con cuidado?, ¿para tanto? ¿No será otra vez la debilidad por las palabras graves? ¿El registro de Ada resucitando por efecto de la lectura?*

Sin embargo, al mismo tiempo, como una flecha

disparada contra el centro mismo del agobio que empezaba a oprimirla, Irene piensa, *mamá tenía un secreto, sí, ¿y con eso qué? O en todo caso, ¿quién no?*, pero advierte, con un alivio expansivo, que el tono ya no es de pesadumbre sino que interviene ahora una nota ligeramente festiva, *es la luz del sol, o será la primavera, y salir de esas cuatro paredes encerradas.*

Era un secreto, Ada quiso que siguiera siendo un secreto, lo escondió, lo guardó bien guardado dentro del silencio, no abrió ni una brecha (o no había nadie que pudiera verla), evitó las palabras claras, prefirió que los íncubos siguieran acosándola, *¡ay, esas palabras de mamá! Muy buenos, los íncubos, para algún cante flamenco... Y aunque yo quisiese, ¿qué podría hacer? ¿Preguntarle a quién? Sobre todo, ¿para averiguar qué cosa?*

Por más familiarizada que pueda estar Irene con la posiblidad de que, de repente, el disparate pueda volverse un ángulo posible de la lógica —esta súbita actualización de algo sucedido, o no sucedido, veinticinco años atrás— lo que sí sin duda fatalmente sucedió fue que su madre murió, y que esa muerte súbita, intempestiva, por completo inesperada, esa muerte brusca, brutal, nunca encontró explicación que mitigara sus efectos. Hubo, muy de a poco, esa anestesia que trae consigo el tiempo pero nunca respuestas para tantas preguntas interruptas, sin hablar de todas las cosas que Ada estaba haciendo y que quedaron pendientes, privadas de sentido, del sentido íntimo, personal, que tenían para ella.

Ada quedó, desde su muerte, en un territorio expuesto a la conjetura de sus hijos y de su marido, *¿mamá habría...? ¿Qué habría hecho mamá si...?*, un espacio suspendido, agujereado por lo inexplicable, apto para la distorsión, para la atribución de hipotéticos méritos o defectos y para un ejercicio cada vez más dudoso de la memoria que, en ocasiones, perfectamente podía bordear la traición si no fuera porque todos sabían que imaginarse hechos, sentimientos, trifulcas, reacciones o argumentos diversos, era una forma del amor que había sido también amputado y encontraba, en esta especie de tejido ficticio, un modo de suturar la herida.

Pero ellos, todos ellos, Mauricio e Irene y Álvaro y Luchi y Silvita, desde la muerte de Ada, detrás de cualquier pensamiento, gesto, logro en la vida, tropezón, caída o salto venturoso, entre bastidores de lo que fuese que la historia les fuera deparando, tienen este sesgo, este temor de que en cualquier momento, en cualquier lugar, recodo, escalón, viraje, algún accidente puede estar acechando. Fortuito, posiblemente imbécil, muchas veces menor, insignificante, evitable —si uno hubiera doblado a la izquierda en lugar de, si esa mañana hubiera tomado el subte, si el 12 hubiese seguido de largo, si Ada al fin no se hubiese ido de viaje— este contratiempo, por así llamarlo, puede acarrear consigo una desgracia que transforme el horizonte hasta ayer más o menos apacible en un paisaje trastornado.

Y ahora esto. Un secreto de Ada de desciframiento muy improbable tomando en cuenta los pocos indicios que esos papelitos expresan. Peor así, peor este saber a medias, piensa Irene, saber que hay algo que no se sabe, que nunca va a saberse.

Esto sí es un verdadero contratiempo, piensa Irene, algo que irrumpe y resquebraja el distraído sedimento dejado por la acción de un día tras otro día y otro día más, algo que va en contra de la memoria establecida, de los recuerdos aceptados, en contra de una versión de

Ada de bordes atenuados, más plana y desteñida de lo que ella era y la devuelve, despierta y cambiada, con un secreto a cuestas que no por declarado aclara nada.

Porque una cosa es que ella trate de no darle curso a la inquietud de Mauricio, que frente a él opte por una obstinada sordera, *que me haga la boluda, bah, como él mismo me aconsejó tantas veces,* y otra muy diferente es que el secreto que destilan las cuartillas no se vuelva, en esta mañana de luz espléndida, un interrogante que aviva una perplejidad invencible y, otra vez, una maldición contra la muerte prematura que le quitó a su madre.

¿Algún amante?, *cuidado con el folletín, cariño, que entre los íncubos flamencos y los amores clandestinos estás a un tris, más vale que te muevas con cautela,* se burla Irene, o trata de burlarse.

Sin embargo, en las hojitas de papel celeste Ada parece haber escrito sobre algo, alguien, remoto, anterior a Mauricio. Porque cuando Ada encontró a Mauricio era casi una adolescente. Un momento en que la vida es todavía vida que viene dada, cuando uno aún es capaz de intervenir apenas, sólo apenas (gesto mínimo entre el pulgar y el índice). A Irene le cuesta imaginar un amante antes de ese encuentro, *en aquel momento, además. Hasta la palabra era un escándalo.*

Pero Ada estaba enojada, enojada y triste, cuando escribió esas cuartillas, *y en ese papel,* piensa Irene, *tan incómodo escribir a máquina en papel chiquito que se resbala por el rodillo, ¿por qué?* Y en el mismo momento: *para volverlas insignificantes, para esconderlas mejor. Obviamente, obviamentísimamente.*

Porque pensándolo bien, el mecanismo de esconder no parece haber sido para Ada cuestión menor, ni trámite accidental ni decisión momentánea o improvisada sino más bien, *tampoco apuremos las conclusiones,* más bien un recurso incorporado. No sólo lo que dicen las hojitas celestes es una clave que Ada quiso dejar sellada. Los propios, mismísimos papeles, estaban puestos a *muy* buen resguardo. *¿Y la maceta? Lo mismo con la maceta.* Así la habían encontrado, envuelta en la colcha de broderie, en el último rincón del último cajón, bien en el fondo. Podría parecer un gesto de protección, *que no se raje, que no se rompa,* pero no: formaba parte de la trama tejida por Ada, las cuartillas lo decían sin vueltas o lo dejaban claro a pesar de las vueltas. Era una maniobra deliberada, voluntaria, perfectamente intencional de ocultamiento. Oculto, sin embargo, callado, sigue estando para Irene el sentido del secreto pero puede imaginarse los gestos de prestidigitadora de Ada para escamotear de la vista la maceta o las hojas escritas, no sólo para esconder de los otros, también para alejar de sí misma el aguijón que podría haber representado tener ante sus ojos hojas celestes o maceta de barro.

Irene se acuerda. Ella preguntaba por la maceta y Ada, nada. *No sé de qué me estás hablando,* le decía. *Actriz consumada,* piensa Irene sentada en la mesa del café. *Inicua manera de engañar a una hija,* piensa también. O sea: *escondedora, Ada.*

Y un poco inocente también, porque en la creencia de que el ocultamiento alcanza para borrar el peso de las cosas, su perseverante gravitación en la vida de la persona, se revelaba también una especie de ingenuidad, como si el silencio alguna vez pudiera.

Si fue amante, fue amante involuntario, amante con violencia. En contra de ella, se diría. *El matiz de hijo de puta está clarito.* ¿Y el tango? Porque cantar, Ada cantaba, tarareaba, murmuraba por lo bajo o por lo alto boleros y tangos y canzonettas pero ¿bailar?, eso para Irene es completa novedad y le ofrece un rasgo desconocido de su madre muerta veinticinco años atrás, e*ra más joven de lo que soy yo ahora*, piensa Irene, la idea le llega como una contracción nerviosa en el cuerpo, una punzada imprevista. Y es un descubrimiento, *no tendría por qué serlo, es sólo aritmética*, pero tiene algo estremecido que deja a Irene al borde de las lágrimas.

¿No era que la luz del sol y el verde de?, Ada era joven todavía, y se sentía desdichada, y su propia furia la sorprendía. *Tal vez fuera el miedo. ¿De quién? ¿O a lo mejor de qué? ¿Y por qué?*, insiste Irene. Pero no hay nadie que pueda contestar ninguna de las preguntas que se hace.

Y junto con el renovado desaliento, siente una hostilidad repentina contra su padre, *¿ahora se acuerda?*, piensa, *si hubiera tenido otra actitud, ella quizá podría haberle contado.*

Pero es injusta, lo sabe en el mismo momento. No habrá sido sólo el temor el que llevó a Ada a guardarlo casi como un tesoro, *otro tipo, eso seguro, y antes de papá, muy al principio. ¿Una violación? ¿Quién, cuándo? Ada siempre dijo que su vida, antes del viejo, era bastante régimen vigilado. ¿Un pariente próximo, como dicen que pasa tantas veces?*, y entonces sí Irene se asusta, *¿un embarazo?*, pero da el paso que falta: *¿Yo misma?*, se pregunta intrépidamente la hija del Corsario Negro.

Pero tampoco por intrépida, loca de atar. *Es imposible*, se dice, *yo nada menos, única colorada por línea paterna. Hija del Corsario Rojo, más bien, ¿Salgari tenía en el elenco algún Corsario Rojo?*, y la manifiesta incongruencia hace que Irene recupere la cordura y la memoria al mismo tiempo. *Digna hija de tu padre, una cantinela de toda la vida. Los mismos ojos de Mauricio,* es la voz de Ada la que lo está diciendo, *Mauricio, decile a tu hija que se ponga a estudiar de una vez* y también *Cabeza dura como tu padre.* No, el misterio no va por ahí.

Pero es inútil. Como se dice, Ada se llevó el secreto a la tumba. *Esperemos que papá no se empecine en esto, que no se haga mala sangre. Él justamente, que toda la vida...*

Y además, los secretos casi nunca resultan tan graves. El que los padece siempre cree que son peores, transforma en sufrimiento nimiedades que, expuestas finalmente a la luz del día, recuperan su verdadera dimensión piojo.

Allá ellos, piensa Irene de repente. *A ver si el mar profundo donde iba a zambullirme al final era éste —los entresijos de mi madre muerta. Lo único que me faltaba.*

La vuelta a casa

El lunes a la tarde, tarde, Irene vuelve a su casa en subte, línea Catedral-Palermo.

Ahí está, colgada del pasamanos, un poco apelmazada entre la gente, tratando de identificar un gesto, una sugerencia de movimiento por parte de algún sentado que le permita suponer que va a bajarse. Pero no: una señora lee muy concentrada una novela, una profesora aprovecha para corregir pruebas escritas en papel tamaño oficio llenas de números y flechas, un viejo al lado suyo mira por la ventanilla como si hubiera algún paisaje en lugar del manojo de cables grises engrampados al cemento, un hombre con corbata de colores revisa su agenda y hace anotaciones en lápiz cada vez que el subte se detiene en una estación. Si alguien se bajara, habría que ver si el asiento es un objetivo fácil o si desata, entre los parados, una indecorosa guerra de codazos para conseguir sentarse primero.

Irene renuncia, saca de la cartera el libro que está leyendo y, aferrada al barral, lo abre y se mete adentro. Es un cuento, en una antología de papel amarillento, *muy* amarillento bajo la luz cruda del subte, incluso un poco quebradizo de tan viejo, que descubrió hace poco en la biblioteca de Ada. Que dos hombres que fueron amigos se encuentran en una fiesta, en Nueva York. Música, bullicio, luces, gentío, avispada conversación social. Uno de ellos acaba de volver, después de una ausencia de muchos años. Trae una mirada de media distancia. Y los recuerdos, que pueden jugarle en contra. El amigo con quien acaba de encontrarse era, antes (solía ser) un tipo ingenioso, brillante. Capaz de burlarse de todo. Nombre: Merrick. Uno de esos que la gente llama *jóvenes promisorios.* Con un talento que lo recortaba del resto. Empiezan a hablar, después del primer abrazo: la recapitulación obligada de dos personas que no se han visto durante un largo tiempo. Y el que estuvo lejos, de repente, con sorpresa, sin querer, lamentándolo, se da cuenta de que Merrick se convirtió en alguien aburrido. ¿Aburrido, Merrick? Imposible, eso hubiera sido imposible de imaginar en otra época. Pero sí, es así: no tiene nada que decirle. O nada de lo que diga consigue remotamente interesarle.

Cerca de ellos, hay un tapiz desteñido que cuelga de una pared. Y hay una mujer, al otro lado de la habitación, a la que el recién llegado mira pero no reconoce. Que sí, le dice Merrick, que él la conoció antes, le da algunos datos para que pueda identificarla. *¿La ves cambiada?*, pregunta. Ella también, como el tapiz, parece apagada. *La vida nos gasta a todos*, dice Merrick. *A algunos no*, le contesta el que se fue, el que acaba de volver, *A algunos los vuelve más nítidos.*

No creo que esto pueda terminar bien, augura Irene pero se olvida del traqueteo del subte, de la gente encimada, deja que la historia la envuelva por completo. Por el momento, consigue incluso olvidarse de la situación infame, en la agencia del Lacra.

El Lacra dirige la redacción de una revistita para el sector textil. En la primera entrevista que tuvieron, sin eufemismos, el Lacra le explicó a Irene su criterio editorial: nada de traducir a alguien, ni de publicar un cuento, un apunte de viaje, una nota de opinión, el comentario de un desfile europeo, alguna receta de cocina sorprendente, un toque de humor. Nada de nada, por favor, dijo el Lacra: hay que ir a los bifes. Comentarios sobre la industria tal, la fábrica aquélla, la máquina que compró Mengano o la ampliación de Zutano. Algunos triunfos, preferentemente en tono celebratorio. Sobre todo porque el triunfador va a cerrar la página con un aviso: platita contante y sonante que es lo que más le gusta al Lacra. Cualquier propuesta de enriquecer un poco las ocho paginitas a un solo color rebota contra la mirada desteñida del Lacra. Para qué, dice. Y vuelve a expresar su filosofía editorial: a los bifes. Lo repite como si fuera un mandamiento. Después de un tiempo uno empieza a sentir que es cierto: para qué.

Cada vez que va a esa oficina torva que instaló el Lacra en Corrientes y Pueyrredón, Irene piensa que por suerte tiene otros free-lances, que en cualquier momento se va a dar el gusto de no volver a pisar más ese lugar. En el suplemento de turismo cada vez le piden más notas; también, cada dos meses, prepara un correo bibliográfico para una librería de Córdoba. Y la miscelánea que escribe para la revista de mujeres la divierte bastante.

Debería haberme dado cuenta apenas entré, se reprocha Irene. Sólo con poner el pie en ese piso horrible. Como un intestino: pasillos y cubículos que nadie hubiera sospechado desde la entrada. Pero sin entrar siquiera: una mirada a la recepción tendría que haber alcanzado. La chica hundida detrás de un mostrador que la hacía parecer enana. Y las paredes pintadas de un verde apagado, como de hospital de preguerra, con el piso de linóleo levantado en los zócalos. Y los vidrios esmerilados de mugre vieja.

Ese día, el Lacra había hecho su numerito preferido.

La víctima fue el último contratado.

El tipo tendría cuarenta y pico mal llevados, pelo aplastado con gomina, un traje que daba lástima. Prolijo, con esa prolijidad laboriosa de disimular los parches. Cuando se sentaba, se le veía un fragmento de piel pálida entre el final de la media y el borde de la bocamanga. Medias de color inadecuado, con puños flojos, abolsadas.

Fumador empedernido, además. Bigotes de puntas amarillas, dedos teñidos de nicotina. Pero, en la oficina, el Lacra había prohibido el cigarrillo. Pobre del que fumaba: se veía obligado a una serie de gestos furtivos, escaparse al palier, irse cinco minutos a la calle para dar un par de pitadas. O aguantar.

El tipo aguantaba. Al mediodía, ya estaba que se moría por un cigarrillo. Pero seguía aguantando con una sonrisa. Era una sonrisa complicada. Gentil, un poco insistente, laboriosamente armada con restos.

Apenas llegó Irene, el Lacra le contó que, esa mañana, le había pedido al tipo que le escribiera una gacetilla.

—La necesito para dentro de una hora —le contó el Lacra que le había dicho—, ¿podrás?

Cómo no iba a poder. Era sencillo escribir esas diez líneas.

Irene se imaginó lo que había pasado. Conociendo al tipo, era fácil.

Apenas el Lacra le preguntó *¿podrás?*, habrá pensado que era una prueba. Habrá empezado a resbalar, a sudar tinta. Hasta poner una coma debe haberse convertido en un suplicio.

Al final, llevó la gacetilla.

Y se puso a dar explicaciones. El Lacra lo miraba por encima de los anteojos, lo escuchaba.

—Tranquilo, che —le dijo el Lacra—, es una gacetilla, nada más.

—Tardó dos horas en hacerla —le dijo después a Irene—. Y mirá lo que me trajo.

A través del escritorio, empujó la hoja escrita hacia Irene para que la leyera.

—A ver si podés mejorarla —le dijo, frotándose las manos.

Era una notita sobre la inauguración de una boutique y no estaba para nada mal escrita.

—A mí me parece bien —dijo Irene.

—Por favor —dijo el Lacra—. *Por favor*. ¿Cómo podés decir que esto está bien? Falta un título con gancho, no tiene gracia, no hay un solo chiste.

—Tiene un estilo —dijo Irene—. Y yo detesto los títulos con gancho. Pero sobre todo es un hombre grande, no me voy a poner a corregirlo *yo*.

El Lacra se frotó las manos, sonrió.

Qué mal bicho, estaba pensando Irene, *traicionero. Ese trabajo de lima que hace con la gente*.

Ahora fue ella la que empujó el sobre de papel manila por encima del escritorio hacia donde estaba el Lacra.

—Yo vine a traerte el reportaje, nada más —dijo—, me tengo que ir volando.

Cuando cerraba la puerta para irse, vio que el Lacra miraba la hoja de papel escrita y seguía frotándose las manos. Tenía una sonrisa que hacía esperar lo peor. Ni había abierto el sobre con la nota de Irene.

Y encima, abajo, Corrientes y Pueyrredón al final del día. La mujer coreana que estaba en la puerta vendiendo muñequitos era como una columna más del edificio: de la mañana a la noche, con una sonrisa tirante, ella hacía bailar a su muñequito articulado, pintado de colores. Irene más de una vez se había preguntado si no sería siempre el mismo, si alguna vez vendía alguno.

Decidió ir caminando por Pueyrredón, llegar hasta Santa Fe y recién ahí, tomar el subte. Así se despejaba un poco. Respiraba. Salir del despacho y meterse enseguida en el subte hubiera sido demasiado.

Qué asco todo, pensó.

Pero le costaba sacarse de encima la imagen del Lacra. Esos ojos tan claros, como si hubieran estado hirviendo un rato largo para borrarles la expresión. El cuerpo grande y flojo y blando, la espalda curvada. Pero el Lacra es duro, esa voz suave no debería confundir a nadie: es puro frío o ausencia, tiene hielo de fondo, espacio yerto. Y esa malevolencia, no debe haber nada que le guste más que hablar mal de los demás. *Es peor que eso*, se corrige Irene, *es veneno. Pura cizaña.*

Si a mí me habla así de los otros, seguro que a los otros les habla igual de mí, había pensado Irene a los pocos días de conocerlo, *mandamiento uno del maledicente.*

Ya metida en el subte, colgada del pasamanos, la cara del Lacra se cuela entre las páginas del cuento de Edith Wharton.

¿Qué es ser una persona mala?, se pregunta Irene. La maldad no alcanza para explicar algo. Tampoco es lo mismo ser malo que maldad. Ser malo suena como reducir la maldad a cuento infantil. Pero lo del Lacra es otra cosa, va precisando Irene, es más el trazo oblicuo de la traición.

Porque el tipo había llegado a la oficina del Lacra boqueando, como quien sale de un naufragio. Y el Lacra le dio auxilio, cómo no. Le dio trabajo, una máquina de escribir, un escritorio en el cuchitril del fondo. Le dijo que podía contar con un sueldo a fin de mes. Y después, cada día, el gran hijo de puta se dedicó a sacarle el piso de debajo de los pies.

Se terminó, piensa Irene cuando el subte está llegando a Scalabrini Ortiz. *No vuelvo a pisar ese lugar.* Y por el alivio que siente, como si acabara de sacarse un peso de encima, se da cuenta de que ya tomó la decisión casi sin pensarlo. O dejando que se pensara sola, como pasa a veces.

Otra vez sopa

Irene llega a su casa.

—¡Hola! —saluda desde la puerta. Tiene la voz en muy buenas condiciones.

Pero no hay nadie, todo está callado y a oscuras. Por las ventanas, en el cielo, aparece un resto de día claro.

Deja las cosas en el dormitorio, el saco en el perchero, enciende la lámpara del living, va a la cocina y se sirve un poco del café que quedó en el termo desde la mañana. Tibio, por supuesto, repugnante, ¿qué esperaba? ¿un milagro? ¿un termo supersónico?: lo tira en la pileta. ¿Hacerse otro nuevo? No, no tiene *tantas* ganas. En el congelador hay dos cajas de ravioles: resuelta la comida de la noche: va a hacer eso. ¿Hacer? ¿Echar los ravioles adentro de una olla con agua hirviendo, a eso llama ella *hacer*? Menos mal que Ada no vivió para ver esto. ¿Cuánto hace que Irene no prepara de verdad una montaña de milanesas? ¿Y papas fritas, cuánto hace? Forma parte de la memoria familiar, *cuando mamá cocinaba, ¿te acordás? Hasta niños envueltos hacía*, los chicos se llevan unos cuantos años pero se divierten con las mismas cosas.

Chispa es gran maestra de humor y el hermano aprende rápido. También aprende del padre: Roque tiene una gracia repentina que invariablemente los hace reír. Irene los escucha y también festeja aunque el tema sea ella misma: lo de mamá, dicen, es diligencia al revés, cómo *escaparse* rápido de la cocina. Salvo grandes ocasiones: eso hay que reconocérselo. Una vez cada muerte de obispo.

Pero Felipe ya avisó que hoy a la noche no viene: *estoy a full con el ingreso, má, el padre de Federico nos va a explicar fracciones.* Chispa hace dos días que está internada en casa de una compañera preparando un examen. En situaciones así, desprecia la comida. *¿Comer, mamá, cómo se te ocurre?*, no es que lo diga pero la mira desde las alturas solitarias del compromiso intelectual donde el hambre no tiene tiempo de existir. Ni piensa llamarla. Que llame ella, si quiere.

Cuando los chicos no están, algo se apaga en la casa. Irene piensa en ellos con un filo de hostilidad. Después se da cuenta: los extraña, extraña el sonido vivo que tiene la casa cuando ellos andan por ahí dando vueltas. El teléfono, *Friends* en la tele, algún CD, el portero eléctrico porque llega un amigo, las voces, *¿má, no viste mi buzo azul? Tarado no me devolviste la abrochadora que te presté*, el teléfono que suena otra vez.

Pero ahora la casa está callada. A la noche, entonces, Roque y ella solos, casi seguro. *¿Por qué Roque no puede decir estoy cansado en lugar de decir estoy muerto?* Irene cree ciegamente en el poder de las palabras, siente un miedo frío en el corazón cuando lo escucha. ¿Y quien lo manda salir tan temprano a la mañana? Podría hacer todo más despacio, más tranquilo, pero no: él, siete y media, ocho menos cuarto como máximo, ya está afuera. Irene mira el reloj, todavía falta para que llegue. ¿Cómo no va a estar cansadísimo? Chequea el pan, la manteca, el queso para rallar, el vino. Hay de todo.

Se podría tirar un rato, leer el diario que esta mañana apenas lo miró, hojear las revistas del domingo que le quedaron sin leer. De paso hacia el dormitorio aprieta el botón del contestador: el aviso está titilando. Cuatro mensajes. Luchi, con voz de ultratumba, que la gripe no afloja y es peor todavía con el veranito, que no puede más. Mauricio que quiere que el sábado al mediodía vayan a comer al *Globo,* que por favor se ocupe ella de coordinar con todos, y a ver si puede conseguir que vaya Álvaro que hace mucho que no le ven el pelo. Felipe que cambió de idea: viene a comer con su amigo, *pero no te preocupes mami, nos arreglamos con cualquier cosa. Qué suerte,* piensa Irene, se siente restituida. *¿Qué entenderá él por cualquier cosa?,* se pregunta en seguida, *¿más ravioles? ¿pizza, comida china? ¿pila de milanesas madre made? ¿un arroz a la cubana? ¡Eso!,* decide Irene, justo ayer compró panceta, siempre la saca del apuro.

También hay un llamado de Berenbaum que invita para el miércoles siguiente, a las nueve y media, en el mismo restaurante.

¿Otra vez?, se pregunta Irene, no debe hacer ni tres meses desde la última comida, cuatro cuando mucho, antes pasaba más tiempo entre un encuentro y otro. Por lo que ella sabe, no hay nada especial que festejar, ni aniversario, ni acontecimiento. Será como dijo Berenbaum la última vez, *ganas de vernos,* un argumento suficiente que ahora, sin embargo, en este final de lunes, no consigue parecer una promesa.

Pero: *¿iré?,* se pregunta de todas formas, y después, mientras acomoda las almohadas, se recuesta, abre la revista del domingo y va directo al horóscopo.

Sorpresa, le dice como si anunciara una buena nueva, como si dijese felicidades o augurios con voz ligera, y sigue diciendo: un mensaje le llega al corazón pero sus deseos, agrega, se contraponen con compromisos asumidos. Y esto, acentuado así como está, hace imaginar que no está hablando de leer un libro versus planchar una camisa sobre todo porque Busque el consejo, dice, de personas sensatas y después del punto, agrega incongruentemente Reformas hogareñas, concepto que bien podría referirse a la cortina del baño (¿cuánto piensa usted que pueden durar las cosas?) como a otra clase de cambios menos domésticos que una mano de barniz o una cerradura nueva (que las puertas estén bien cerradas que, si no, en cualquier momento se cuelan los danaos por la hendija). Pero en lugar de indagar cuáles podrían ser las conjeturales reformas, el astrólogo insiste todavía en la admonición: la fantasía choca con la realidad, dice. Y dice también una huevada monumental, suponiendo que lo demás no lo sea: lo personal no debe pesar en sus decisiones. Cómo no: dígame cómo.

Se necesita más claridad que la que puede dar un horóscopo, cualquiera sea, porque en efecto reacciones inmaduras, en efecto deseos contrapuestos, en efecto preguntas inoportunas: ¿y si fuese la misma corrección la que entristeciera la vida?, ¿si el buen camino señalara justamente, justísimamente, el íntimo desajuste? Envejecer no es para maricones, le dijo una vez Roque que dijo Paul Newman que había dicho Bette Davis.

Irene marca el número de Julia en el teléfono. Es mala hora para llamarla, el marido está dando vueltas alrededor y siempre tiene algo que preguntarle, dónde está la tijera, si hay café, que se terminó el azúcar, cualquier cosa con tal de interrumpir la conversación hasta que uno se cansa, abandona por desaliento, *dejá*, dice, *te llamo mañana a la oficina*. Pero hoy Irene ni piensa darle el gusto. Que espere.

—¿Te llamó Berenbaum?

—Sí, acabo de encontrar el mensaje.

—¿Vas a ir?

—Sí, creo que sí. ¿Vos?

—Supongo, sí, no estoy segura —dice Irene. Y después de un minuto: —¿Te parece que irá? —le pregunta.

—Ay, Irene —reconviene Julia.

Las dos se están riendo cuando cuelgan.

Si el Duque no va (mejor que no vaya, piensa Irene) va a ser otra clase de encuentro: están todos los otros y tienen grabada en el fondo (¿en el corazón?, ¿en la cabeza?) aquella misma geografía de pasillos, escaleras, patios, aulas y fuentes, tienen esa posibilidad extraordinaria de decir un nombre y despertar instantáneamente un acorde de memoria compartida: juntos les temieron a los danaos en el mismo claustro, y bajo la misma mirada, bajo los mismos vectores encontrados, aprendieron juntos las impávidas leyes de la óptica y del movimiento, ¿*corsi e ricorsi*, decía Vico?, y tanto van a la fuente, tantas idas y vueltas tiene la historia que al final lo que fue volverá a ser aunque cambiado: los que lo son los que lo fueron antes, lo que ahora son por lo que fueron antes, los que (por lo que fueron antes) se conocen ahora y de una sola mirada, son como si fueran los que fueron antes, y no deja de ser extraordinario que aquel primer momento de la adolescencia haya marcado un conocimiento que, a pesar de todo lo que ha sido la vida en estos años para cada uno de ellos, sigue teniendo una certeza que convierte cualquier teorema en mera hipótesis: tanto más peso, tanta más verdad tiene todo aquello aprendido sin saberlo y que el mensaje de Berenbaum en el teléfono activa.

Pero, por ahora, más vale que postergue para otro momento estas reflexiones y se dedique, prontito, a preparar la comida que el tiempo pasa, los hambrientos llegan y todavía tiene que inventarse algo para la comida de la noche.

Augurios

El verano está empezando y ésta va a ser la última reunión del año.

—Pasá por casa, así vamos juntas —le había dicho Irene a Julia.

Julia toca el timbre temprano. Viene desde el trabajo y parece un poco gris. El dueño de la empresa de Recursos Humanos donde trabaja es una persona propensa a las metáforas bélicas muy, muy poco humanas: le gusta establecer un paralelo entre la tarea y la trinchera y el clima que se vive en la oficina es una especie de *bienvenido el obús*, un padecimiento acorde con esa preferencia malsana.

Irene y Julia se paran juntas frente al espejo para terminar de pintarse.

—Lindo, ese colorete —dice Julia.

Lápiz negro para los ojos, rimmel para las pestañas, brillo claro para la boca. Se encuentran allí, frente al espejo, se miran, se asisten mutuamente, se cuentan trucos de descubrimiento reciente, claro aquí, oscuro allá para disimular, realzar, acentuar. Algo tan banal como pintarse las dispone para el encuentro que van a tener dentro de un rato y, como si estuvieran en un tren que sin aviso, sin chirrido, sin estrépito, se hubiese detenido en un apeadero imprevisto, las planta de pronto en el medio mismo de la adolescencia.

Hace tantos años que Irene y Julia están juntas.

Desde el último borde de la infancia. Juntas fueron extremadamente jóvenes y seguían juntas cuando dejaron de serlo. Y ahora, sin proponérselo, por un gesto, por un ritual que también cumplieron juntas tantas veces, descubren otra vez aquel mismo acento de humor, curiosidad y diversión que tenían. Se van poniendo en clima, ganando tiempo: la ceremonia ya empezó.

Cuando llegan, ya llegaron casi todos: están todavía alrededor de la mesa lista, sin sentarse. Berenbaum actúa un poco como anfitrión natural y es el primero que ahora se acerca a ellas, hola chicas, *¿chicas?* ¿dónde, quiénes?, pero chicas, sí: forever chicas, este reloj atrasa treinta años.

Berenbaum les sale al encuentro y mientras laColo lo abraza, ve a Rossi y al Tano y a Ramírez y también a Magnasco y ahí está el Duque, a un costado.

—Te traje la foto del festejo de los treinta —le dice a laColo.

Ella nunca fue a buscarla, esa foto: debió perderse en algún archivo, en algún armario, vaya a saber dónde, piensa ahora, antes todavía de abrir el sobre que le da el Duque, saludando a todos, *raro que nunca haya ido*, piensa, porque esa foto, al fin de cuentas, fue lo único que quedó de aquella noche.

Pero si no fue, piensa Irene, fue porque la foto sólo iba a mostrarle, de esa manera que muestran las cosas las fotos, ese desgaste como del agua en las piedras que no está ni en las arrugas, ni en la sonrisa ni en ningún otro lugar salvo en algo tan esquivo, tan difícil de localizar o definir como puede ser la clase de luz en los ojos, o una inclinación de la cabeza que un día es joven y al día siguiente ya es un gesto cristalizado, matices que siempre una foto, cualquier foto, por una peculiar fidelidad, una penetración que no pretende ser cruel pero termina siéndolo, hace saltar a la vista.

En la foto que Irene está mirando, el Duque no está; está laColo, su pelo rojo un poco alborotado entre los otros pero el Duque —que debería estar, que estaba ahí cuando sacaron la foto— no está. ¿Estaba? ¿Estuvo alguna vez?

Pero ahí están, ahora: laColo, Julia al lado, el Duque al frente, Magnasco que escucha y piensa, Mónica que se ríe un poco más lejos, Berenbaum que se vuelve bíblico con el vino, el Pájaro que observa y se calla, Ansaldi que saluda con vehemencia. Schroeder avisó que no venía, Abbott llama desde París para estar presente.

Y entonces, mientras Berenbaum propone brindar, secretamente, el Duque roza a laColo con el pie por debajo de la mesa y sigue hablando como si no pasara nada. Pero más allá de la simulación, es un toque que nada enciende ni provoca dentro de Irene, *y si esto no fuera más que una total bobada*, se pregunta, sólo trucos para la resucitación del tiempo ido, recursos de última hora para evadir la amenaza de los años que se vienen, sólo eso esta construcción, puro ladrillo de barro que cae deshecho al suelo.

Las cosas tienen ahora un lustre apagado (la risa de Mónica puntúa la decepción) y esta escena repetida empieza a mostrar sus grietas, como una obra de teatro gastada por demasiadas representaciones, porque un toque clandestino por debajo de la mesa, si todo fuese como debiera, debería encender alguna chispa, alguna vibración fuera de programa.

—¿Te aburrís? —pregunta Julia, ágil para detectar las señales del mal.

—No —dice Irene—, todavía no.

No está dispuesta a reconocerlo, aunque sabe que la noche muestra sus fisuras y se estira, interminablemente, innecesariamente.

Vueltas alrededor

—¿Te llevo? —pregunta el Duque al final de la comida.

Juntos, solos, las cosas cambian: Irene y el Duque, en el auto, se alejan de la protección que marcan los otros, quedan fuera del límite y de la complicidad.

—Ya sé que no vas a querer tomar ni un café —dice el Duque.

—Mejor no. Llevame a casa —dice ella—, hablamos mientras tanto.

El Duque va un poco a la deriva. Y también hace preguntas.

—¿Y a vos, conmigo, qué te pasa?

—Me pongo contenta cuando te veo —dice laColo.

—¿Y entonces?

—Nada. Eso: no es poca cosa.

—Pero ¿qué te imaginás?

—No me imagino. Y también todo puede ser un fiasco —dice Irene.

—¿Y si no es un fiasco?

El Duque frena el auto, se vuelve hacia ella, quiere abrazarla. Irene se corre, se repliega, da vuelta la cara: *No, por favor, no,* no se ríe: *vamos que es tarde.* El Duque arranca otra vez. La noche ampara, legitima una historia que mañana, a la luz del sol, parecerá casi sin sentido. Pero ahora terminó el viaje: el Duque estaciona el auto para que ella baje.

—Tenés unos meses para seguir pensando —le dice cuando ella ya va a irse, sabiendo que dentro de un tiempo habrá un nuevo encuentro, otro mensaje de Berenbaum en el teléfono.

Pero cuando pone el motor en marcha, intempestivamente, se inclina sobre ella y la besa. Es el beso que han esperado los dos, y querido, un beso que será (tiene que serlo) un estremecimiento en el corazón y en el cuerpo, como aquella otra vez, en la escalera: mordisco de la memoria. Pero ese beso (aunque hubiera debido serlo) no es como el beso aquél, único motor de toda esta trama ahora inventada (nunca hubiera *podido* serlo, ¿cómo imaginaron alguna vez que podría parecerse?, ¿cómo tuvieron la audacia, la inocencia o la estupidez de creerlo?): es sólo un beso solo que quiere parecerse al otro, único, pálido fantasma, y él sabe y lo sabe ella que ésta es la demostración final, tristísima, inapelable, de que el tiempo ha pasado y nada puede volver a ser como era ni por lo tanto (siendo su única razón de ser aquel pasado que se vuelve remoto en este instante, que cae hecho polvo finalmente) de ninguna otra manera.

No lo dicen, ninguno de los dos nombra esa ausencia que ha sucedido, siguen cuidando aún la ilusión, pero saben los dos que este pobre beso a oscuras (ni temblor, ni encuentro, ni brusco corazón latiendo) acaba de ponerle fin a una historia que tendría que haberse terminado hace mucho tiempo y que, de haber quedado guardada en su arcón correspondiente, conservaría aún la dignidad de los buenos recuerdos en lugar de este aspecto repentinamente mustio que revela a la luz un poco macilenta de la noche.

No dirán nada, seguirán sin decirlo. Expertos en desilusiones como son, guardarán la compostura, mantendrán la ficción de los amantes en juego, fijarán una fecha y un lugar y una hora para un encuentro, dos días después.

Rewind: to do or not to do

«No: hay otra manera —exclamó—, ¡y es no hacerlo! Abstenerse y refrenarse; y después, a la larga, ver en qué nos convertimos, o en qué no nos convertimos, y sacar nuestras conclusiones. Ése es el juego que casi todos jugamos.»

EDITH WHARTON, *The Long Run*

Desencuentro

12 DE DICIEMBRE, 1997. Cuando el Duque llegó, puntual, Irene todavía no estaba. Te voy a estar esperando, le había dicho él. Una hora, más si querés. Yo puedo siempre, puedo cualquier día, a cualquier hora. Si me decís a la una, hasta las dos, hasta las dos y media voy a estar: te voy a esperar hasta que llegues.

Pero cinco minutos después, sentado en la mesa junto a la ventana, con un café y un cigarrillo encendido, él ya sabía que ella no iba a ir. ¿Me habré equivocado de esquina, de bar?, se preguntó pero sabía que el bar estaba bien, que la esquina estaba bien, era sólo que ella no iba a ir, ni ese día ni nunca.

Desencuentro

12 DE DICIEMBRE, 1997. Puedo a cualquier hora, había dicho el Duque, cualquier día, puedo siempre. Decí vos cuándo. Irene dijo: que sea el viernes, entonces. A la una. Acordaron una esquina, un bar. Si no vas, dijo él, si por alguna razón no podés ir, no importa. Una hora entera te voy a estar esperando, y también más.

Pero si no vas vos, dijo ella, si por alguna razón no vas, no volvamos a llamarnos, no volvamos a vernos nunca más. Será porque no tenías que ir, porque es mejor así.

A la una, ella entró en el bar. Él no estaba, no había llegado todavía, y ella se sentó en una mesa, junto a la ventana, a esperarlo.

Pero cinco minutos más tarde, ella ya sabía que él no iba a ir, ni ese día ni nunca.

En ausencia

12 DE DICIEMBRE, 1997. ¿Irá? Cuando llegue y no me encuentre, cuando vaya y yo no esté, no haya ido, cuando vea que no fui, cuando espere, cuanto espere (son las dos menos cuarto, ¿qué estará haciendo ahora?, ¿qué va a hacer después?), cuando yo esté lejos y no haya ido, cuando todo esté terminando, cuando haya terminado, cuando no quede nada que decir (un café, un cigarrillo), ¿de qué otra manera podía terminarse esto? ¿Qué otro cierre que no fuera éste podía tener?

Cuando llegue y no me encuentre, cuando vaya y yo no esté, cuando vea que no fui, cuando espere, cuando vea. Cuando esté esperando, café, cigarrillo, café, reloj, cigarrillo. Cuando se dé cuenta. Cuando deje de esperar.

Lejos, los dos. Y vacía la mesa donde se hubieran sentado, vacía la ventana a la que podrían haberse asomado. Mejor así, pensará él. Mejor así, pensará ella.

Sueño corrido en el tiempo

El sol es blanco y está bajo. El semáforo en rojo detiene el taxi en el que viaja Irene. Es una esquina. Él no es él, en el sueño. Es un hombre de mediana edad que no va a tardar en quedarse pelado. Pero también es él, como pasa tantas veces en los sueños. Son sus ojos en todo caso, aquellos mismos, es su particular manera de andar erguido.

Irene sentada en el taxi y el Duque parado en la vereda se miran. Es sólo un momento. Pero es una mirada larga, que los dos sostienen, en ese tiempo extraño de los sueños tanto más extenso que el de los relojes. Hay una vacilación inicial, una mirada distraída que primero pasa y ahí vuelve y se detiene, como si les hubiera llevado un instante reconocerse, y después, lo que hay en el sueño, clarísimamente, es la decisión de desconocerse. Ella siente primero algo como una remota diversión, tal vez curiosidad, después un silencio mortal en los huesos. No se ve a sí misma. Sólo sabe que lo está mirando sin hacer ningún gesto: no va hablar, no va a sonreír, no va a hacer ninguna señal. Tampoco él. Sólo se miran como dos desconocidos, como si nunca se hubieran visto antes. Los ojos de él son de piedra mientras la mira. Y el semáforo pone luz verde y el taxi arranca.

Pájaros en la cabeza

Si hubiera sido cierto, piensa Irene cuando se despierta, si ese sueño en el que los dos mirándonos a los ojos decidíamos juntos no reconocernos, no dar señal alguna de habernos conocido, qué final tan triste, todavía peor, le habríamos puesto a esta historia ya de por sí trivialísima, una historia ni siquiera de amor ni siquiera de odio, una historia hecha de casi nada: puros pájaros en la cabeza. Qué suerte, piensa ella levantándose, qué suerte que haya sido sólo un sueño, cuánto mejor es dejar la historia sin final, que nunca volvamos a vernos, que ojalá la vida no nos dé la posibilidad de cruzarnos los ojos.

En ese sueño sin embargo, piensa Irene, todo estaba dado vuelta. Era de mañana, y nuestros encuentros siempre fueron de noche. Y los dos, él en la vereda y yo en el taxi, éramos tal como ahora somos: un hombre y una mujer de cincuenta años, bajo la cruda luz del día, y no los adolescentes que fuimos, que fueron en verdad (en la realidad verdadera), los únicos que animaron este cuento sin sentido, los que urdieron el revés de esa trama en la que cada uno fue para el otro sólo aquel que había sido.

Pero, piensa, para tardar más en morirse, para proteger ese reducto puesto en la orilla de la infancia, para mantener caliente un corazón que se enfría, para lo que haya sido, fue inútil.

Viento a favor

¿Y ahora qué?, piensa Irene frente a frente con su
biblioteca, ¿un libro de viajes?, ¿de memorias?, ¿un libro
de poesía?, ¿una novela como una casa para quedarse a
vivir?, ¿hay de ésas, todavía?, ¿queda alguna?
¿*Lo que el viento se llevó*, otra vez?
Ahí está, en la M, Margaret Mitchell, justo a la altura
de los ojos:
estuvo siempre, desde que aquel librero de anteojos,
aspecto de búho sabio,
afónico y bajito, se lo regaló en un cuchitril de
Corrientes
—fue en uno de aquellos paseos de sábado a la noche
de la mano de Mauricio,
Irene tenía diez años, doce cuando mucho—.
Libro de perfil macizo que Irene alza, abre la tapa
marrón de tela desteñida,
deshilachada en los bordes, hojea las páginas que el
tiempo volvió ambarinas,
quebradizas, leéme y no me toques que me rompo,
olor dulce del papel viejo
y el texto dispuesto en doble columna, impreso en
letra ínfima.
Irene hace un sobrevuelo en diagonal, deja que la
memoria vaya por delante, que la lleve de la mano, la

conduzca, que sea ella, *su* memoria, la que arme sobre ese libro una travesía propia: elige un capítulo aquí, otro más allá, otro más,
más lejos, avanza a saltos, a paso rápido, lo suyo es recapitulación
más que lectura: más que lo que lee ahora, en este momento mismo, es lo que leyó antes que sigue por debajo, como una corriente que la arrastra,
como una música.
Ahí están los ojos de Rhett Butler mirando a Scarlett en la escalera
(estuvieron siempre), ahí está, en un volteo más bien atropellado de las páginas,
la belleza completa de ella, su estupidez obstinada e imperdonable, su coraje,
el melodrama desencadenado del final.
Pero está sobre todo Irene, ésa que ella era, asomándose al libro
con el encandilamiento de la primera vez: tiene el pelo rojo, cuadrado a la altura del mentón, el flequillo desparejo. Trata de esquivar requisitorias,
reclamos familiares, *¿estudiaste, hiciste, te fijaste si tus hermanos?*, a media tarde
cruza la casa inadvertida-silenciosa-furtivamente,
llega hasta su cuarto, se tiende en la cama (¿existe acaso algún otro lugar para leer?), contra la espalda la pared,
los pies descalzos sobre la manta, talones juntos-rodillas en alto,
apoyado el libro en el atril de las piernas, tiempo robado a la sensatez,
a las prácticas diurnas, *que nadie entre que nadie me interrumpa que a nadie se le ocurra*

preguntarme nada, que Rhett Butler le dé por fin ese
beso, que ella se dé cuenta,
que se dé cuenta él de que ella.
¿Mismo efecto, ahora?, ¿mismo deslumbramiento?,
¿mismo vuelco en el corazón?
¿Qué clase de pregunta imposible es ésa?,
¿qué clase imbécil de pregunta? (sobre todo inútil),
¿cómo podría ser lo mismo?
Falsas preguntas: stop.
Por favor, *rewind*, indispensable *rewind*. Como quien
dice telón rápido.
Pongamos el reloj en hora antes de que se haga tarde.

Mañanas

23 DE ABRIL, 2000. Irene no se perdería una mañana de domingo por nada del mundo.

Cuando se acerca el verano, hay que bajar un poco las persianas porque la luz entra en el dormitorio de una manera exagerada pero si es invierno, en cambio, aunque afuera haga frío, durante toda la mañana el sol va dibujando sus rayas luminosas sobre el cobertor de algodón azul y la cama es el lugar más tibio que hay.

Si llueve, la felicidad es más grande. Es difícil describir cuánto les gusta la lluvia a Roque y a ella. Dejaron de decirlo porque no quieren ser vistos como sospechosos. Parece que estuviese prohibido que a uno le gustara la lluvia. Y peor en verano, si llegan a decirlo en verano algunos directamente los miran como si fueran a colgarlos de la picota.

Cuando Irene abre los ojos, él está despierto desde hace rato.

—Día horrible —le avisa Roque con una voz que deja traslucir la sonrisa.

Ella levanta apenas la cabeza de la almohada y pispea a su alrededor. La lluvia hace repiqueteo contra las ventanas y, en el balcón, el verde mojado de las plantas resplandece debajo del cielo oscuro.

Roque ya tiene los diarios desparramados sobre la cama. *Tres* diarios, los suplementos, las revistas: imposible agotar tanta lectura en un solo domingo.

Irene se levanta, se estira (el cuerpo se queja un poco), va a la cocina a preparar el café. Eso, para empezar: el olor del café que se hace nuevo, el olor de las tostadas; así también se despiertan todos los rincones de la casa.

Los chicos, no. Los chicos duermen y lo más probable es que sigan durmiendo hasta el mediodía. Para ellos, uno de los grandes placeres del domingo son las mañanas para dormir sin horario. Felipe tiene la obsesión del cuarto completamente a oscuras, no deja que se filtre ni una partícula de luz. A Chispa la luz no le molesta, ella para dormirse sólo necesita tener sueño. Son tan distintos, ellos dos, pero ninguno se hace oír hasta casi el mediodía.

Así que podría decirse que Roque e Irene tienen la mañana para ellos solos. Y todavía es muy temprano.

Irene trae la bandeja con el desayuno y la pone en el medio mismo de la cama.

—¿Qué mermelada?

—Frambuesa.

—Ésta de naranja que compré es buena.

—Dale: pruebo.

Irene pone queso blanco sobre la tostada, estira el dulce, se la da a Roque. Él toma el café negro, sin azúcar. Ella, cortado. Apenas.

—El café está rico —dice Roque.

No importa que los comentarios de Roque sean frugales. Si lo dice es porque de verdad le gusta. Si no le gustara, lo diría con la misma límpida claridad.

Indefectiblemente, por más miramientos que tenga, cuando Irene come su tostada algunas migas van a parar a la sábana así que, sabiendo la inutilidad perseverante, tampoco pone un cuidado demasiado puntilloso para evitarlo. Roque la mira con cara de vigía, Irene se ríe. Roque también se ríe: es una risa con un ápice mosqueado pero al fin de cuentas una risa.

—Por algo dicen *más sufrido que sábana de abajo*—Irene, con una voz que juega entre la disculpa y el desafío. Roque junta las migas en una mano, las levanta y las pone sobre la bandeja. Lo mismo pasa con la arena cuando están de vacaciones. Que a nadie se le ocurra entrar en la casa con los pies enarenados: es obligatorio pasar, antes, por la canilla de afuera. Cuando lo pide, Roque pone en juego su sonrisa pero tampoco deja lugar a dudas: es un mandamiento. Déspota ilustrado, le dice Irene.

—¿Más café? —le pregunta ahora.

—Poquito, sí.

Después, Irene saca la bandeja del medio de la cama, la apoya en el piso y la sesión de lectura arranca. Roque es metódico, empieza siempre por el mismo diario, lo lee íntegro desde el principio hasta el final, después lee el siguiente, separa los suplementos uno por uno y deja las revistas para la tarde, siempre y cuando los chicos no las confisquen.

Irene se deja llevar por el interés del momento. Si una revista está dedicada a la decoración, la lee antes que nada y jura que esta vez sí va a acordarse de las ideas que le gustan —un propósito fútil por completo, las ideas a Irene se le ocurren en movimiento, en medio de la casa, yendo por ejemplo del cuarto a la cocina, *aquí en este pasillo, debajo de la ventana, una bibliotequita a lo mejor*.

Por supuesto, está el momento de leer horóscopos, el de ella y el de Roque y el de cada uno de los chicos. Es una lectura rápida, más bien vuelo de pájaro, y hoy a Irene le toca en el reparto una conjunción entre Mercurio y Venus que (dice) va a estimular todas las esferas de su vida. Que Mercurio —alas en los pies, amado mensajero de los dioses— le sirve a Venus (dice) en la feliz urdimbre de mensajes que precisa el amor para llegar a buen destino, ya sean cartas, esquelas, miradas, ceñudos entrecejos, furtivas lágrimas o (no dice) deseados tocamientos indecentes. *Buen principio,* piensa Irene y le lee a Roque el que le toca a él: los cimientos sólidos le dan un equilibrio que desconocía pero, también, se le contagian las ganas de probar algo nuevo. *¿Me tendré que poner celosa?*, se pregunta Irene fugazmente mientras lee, *¿se le contagian de quién, las ganas?* pero a Roque los horóscopos le entran por un oído y le salen por el otro, a estas profecías de entrecasa les concede apenas una atención sin un átomo de credulidad así que Irene no dice ni pío, ahuyenta sus temores, *no voy a permitir que me empiojen la mañana, les aviso*: intenta Irene amedrentar a sus propios pensamientos, *¿qué es el sujeto dividido sino un gallinero en la cabeza de la persona?*, y ellos hacen un mutis obediente que la deja bastante sorprendida.

Roque se ríe.

—Contame —pide Irene.

Roque lee una anécdota que apareció en el diario. Intercambio entre Georges Bernard Shaw y Churchill: ambos, célebres lenguas filosas. Bernard Shaw invitó a Churchill al estreno de una obra suya: le puso en una esquela que viniera al teatro con un amigo si es que todavía le quedaba alguno. Y Churchill, por su parte: que al estreno no iba a poder ir pero sí a la segunda función si es que Bernard Shaw conseguía que la hubiera.

La risa de Roque a Irene siempre le alegra el corazón.

—¿Pongo unos tangos? —pregunta él después de un rato.

Los tangos también son parte del programa estable.

—Pero después voy a poner un compact de Mina que compré ayer —dice Irene.

—¿Mina?

—Mina, sí. Una maravilla.

—¿Querés ponerla ahora?

—No, más tarde. Ahora dejá esto.

Justo canta *Romance de Barrio* Floreal Ruiz. Ése es uno de los tangos que a Roque más le gustan en la vida. Baja el diario para escuchar mejor, se ve que acompaña la letra con el alma. Irene también deja de leer para mirarlo, él se da cuenta, desde su lado de la cama, por encima de los anteojos, la mira, le sonríe.

—Apenas termine la canción, voy a molestarte con preguntas —le avisa Irene.

Roque hace una mueca de diversión resignada.

Las preguntas de Irene casi siempre tienen que ver con aquella época de la vida de Roque anterior a ella. La infancia, a ella le gustaría saber todo sobre la infancia de Roque, conocer pelos y señales, pero él cuenta sólo cuando quiere y a Irene le parece que no quiere casi nunca. Que no se acuerda, le dice, y es posible que sea cierto, *¿Quién puede acordarse de cosas así, Irene?*, le contesta cuando ella quiere averiguar por qué él dice, por ejemplo, que su abuela era malvada pero tampoco sabe de qué pueblo de España vinieron (y a Irene, solamente con *gallegos* no le alcanza), no da detalles sobre las manganetas que hacía para colarse en el cine los sábados a la tarde o, muchísimo menos, sobre su primera novia. Roque es reacio por naturaleza a las preguntas, cualquiera sea su condición. Sonríe pero no larga prenda.

—El noviecito de Chispa, ¿te sigue pareciendo bien? —pregunta Irene ahora.

—Menos —dice Roque sin levantar la vista del diario—, ¿no era que ibas a esperar hasta que terminara?

—¿Se lo vas a decir?

—Ella ya sabe lo que pienso.

—¿Sabe? ¿Cómo sabe?

—Sabe. Seguro.

—Igual sería bueno que le *dijeras* algo.

—Dejalo por mi cuenta.

Roque a veces tiene una manera de poner punto y aparte que Irene, en términos generales, considera magistral. Cuando es ella, sin embargo, la que queda aparte (la que *él* deja aparte), podría llegar a matarlo sin ningún empacho. Pero llueve, sigue lloviendo, no hay un resquicio de luz en todo el cielo, y ahora justamente la lluvia arrecia, tamborilea contra el vidrio, escande la quietud que hace un momento se ha abatido sobre el cuarto, la puntúa con una cadencia avispada y vivaz. La ventana es una frontera y del lado de adentro, metidos en la cama, con el café y los diarios, ellos dos dejan que sea esa lluvia que cae afuera, sin intención alguna de final, la que tome el mando, que sea ese repique alegre del agua en el vidrio el que los vaya llevando.

El silencio es una materia viva.

—Un poco más de café, tomaría —dice Roque.

Irene se lo sirve.

—¿Pongo a Mina? —le pregunta.

—Dale, sí.

Y Mina canta *E se domani* como si fuera la primera vez.

Mayo, 2000.
lmagnasco@elsitio.net

Lástima que no viniste: no sabés lo que nos divertimos anoche en la comida. Una de las mejores. Dijeron que quizá llegabas tarde así que, hasta cierto momento, te estuvimos esperando. Hubiera sido bueno. Como no estuviste, te hago breve reseña desde mi rincón. Julia había venido a casa temprano y Abbott y Rudi pasaron a buscarnos. Siempre me pasa: hay un momento, antes de ir, antes de soltar amarras, como de cansancio o de desgano, de desaliento. *¿Para qué?*, me pregunto, *¿otra vez?* Pero nunca es lo mismo y nunca puede saberse de antemano. Es sabido, hay noches mejores que otras: ésta fue de ésas. Se había hecho tarde, así que cuando llegamos ya estaban todos los lugares ocupados, dos mesas grandes enteras, hasta el tope. Concurrencia completa: Su Señoría sonriendo, Espindola, que se le ocurrió venir por primera vez en todos estos años (muchos ni se acordaban quién era: el Gordo dijo que, para él, Espindola había nacido ayer mismo). Mesas previstas, excedidas: fuimos más. Tuvieron que armar otra, rápido, afuera, para los rezagados que iban llegando a deshora. No sé qué habrá pasado en las demás: en la nuestra fue diversión corrida. Si hubieras venido, te habría tocado ésa: seguro. Abbott se sentó en una cabecera (aunque se vuelva a París pasado mañana, que esté en las reuniones siempre suma), Teresita Álvarez (cada vez más aburrida, ¿viste que hay personas a cassette?), Julia a mi izquierda, Tincho *à droite*, Berenbaum como siempre aquí, allá y en todas partes: ser el alma de la reunión es exigente, hay muchos detalles que atender. Schroeder estaba cerca, al lado de Belloni: juntos, los dos padres más prolíficos de la promoción, siete hijos tiene Herr Doktor y cinco, B. que cada vez aclara *siempre con la misma monta*. ¿No te suena un poco bruto? Enfrente de mí lo tenía a Suez que cuando está odioso parece un capitán de la milicia pero ayer estaba especialmente simpático, sin abandonar nunca del todo su estilito punzante (un estilete), y él tenía de un lado a Rudi y del otro, al Pájaro. Mónica en la cabecera (F. adentro, en otra mesa, el noviazgo continúa pero también el secreto: ¡todavía!, ¿podés creerlo?, disculpame: ya sé que cuando bajo a chusma te molesta), Rossi que es encantador y yo que no me tenía demasiada confianza pero rápidamente, mucho más rápido de lo que esperaba, me puse en clima y empecé a pasarla bien. ¿*Got the picture*, más o menos? Pasa eso, con nosotros, no importa cuanto tiempo pase, nos encontramos en algún punto del recorrido y desde ahí arrancamos, está todo ese camino ganado. La química cambia según quién te toque al lado pero el viejo escenario común es lugar de arranque para todos, el sobreentendido está siempre puesto a punto. Ansaldi no estaba (creo que llegó un *mail*, que fue a trabajar a México) pero Schroeder se acordó del viaje y les contó a todos. Ni Julia ni yo sabíamos que ellos dos, juntos, después del periplo Italia-Estambul, habían seguido hasta Finlandia: treinta grados bajo cero, durmiendo en los portales. Del Teutón uno podía imaginárselo pero de Ansaldi, toda una sorpresa. Se nota que Schr. lo quiere, y la verdad es que yo también. Dos o tres me preguntaron si, antes, Marilén no era rubia, como desconfiando de la memoria frente a esa señora de pelo más bien corto y oscuro que había ido a la reunión. Era rubia, requeterrubia (madre & manzanilla, por supuesto), pero está más linda ahora que hace un par de años. Se acercó Espindola: tiene voz baja, entonación un poco pomposa. Habla despacio y acentúa mucho. Tengo tantos recuerdos personales de ustedes, nos dijo a Julia y a mí. Subrayó personales: como si los recuerdos pudieran ser de alguna otra manera. Se acordaba de la fiesta de Feldman, en primer año, paso a paso, pieza por pieza, pero el ritmo era demasiado lento para mí. Me di vuelta, seguí hablando con Rossi, le hice un poco de burla a Espindola: como sé que R. se divierte me pongo más mala todavía, después me pregunto si no creerá que soy un poco víbora (también tendría razón). Que Espindola se joda, derecho de piso por no haber venido nunca. La dejé a Julia que se bancara sola todo-o-o-o el cuento de la bombita de mal olor en primer año. Hablamos de vos un poquito. También pasó el Duque, tarde: siempre me gusta verlo. Nos saludamos pero fue apenas. Ya nos estábamos yendo cuando se acercó a la mesa. Hola, chau. El viaje de vuelta, con Julia, Abbott, Rudi y Tincho, fue el punto más alto de la noche. Hacía años que no me reía tanto. No debe haber nada mejor que reírse. Cómo va rápido la vida a veces, rápido bien, digo, sin tropezar, sin recalcarse el tobillo. ¿Ves que somos raras las personas? Pasó todo este tiempo y recién ahora descubro que Tincho es tan simpático. ¿Por qué uno quiere a algunos y a otros no les da ni la hora?, ¿por qué es tan putamente arbitrario uno, una? Preguntas que exceden el formato *mail*, serán para otra vez.

Punto: mirá al final qué crónica tan larga terminé haciéndote. Había dicho breve reseña: las palabras me pierden. Te mando esto rapidito antes de arrepentirme y ponerlo en la papelera. Beso grande, laColo.

Índice

I

II

III